କଳିକା

ଗଳ୍ପ ସଂକଳନ

ସୁଚିସ୍ମିତା ଶତପଥୀ

STORYMIRROR
Stories that reflect you

Copyright © 2022 Suchismita Sathpathy

This is a work of Fiction. Names, characters, businesses, places, events and incidents are either product's of the author's imagination or used in a fictitious manner. Any resemblance to actual persons, living or dead, or actual events is purely coincidental.

All Rights Reserved

Kalika
First Edition : August 2022
Printed in India

Typeset in Kalinga

ISBN : 978-93-95374-43-9

Book Layout by : StoryMirror

Publisher: StoryMirror Infotech Pvt. Ltd.
7th Floor, El Tara Building, Behind Delphi Building, Hiranandani Gardens, Powai, Mumbai, Maharashtra - 400076, India.

Web:	https://storymirror.com
Facebook:	https://facebook.com/storymirror
Twitter:	https://twitter.com/story_mirror
Instagram:	https://instagram.com/storymirror
Email:	marketing@storymirror.com

No part of this publication may be reproduced, be lent, hired out, transmitted or stored in a retrieval system, in form or by any means, electronic, mechanical, photocopying, recording or otherwise, without the prior permission of the publisher. Publisher holds the rights for any format of distribution.

ଉତ୍ସର୍ଗ

ମୋର ପରମ ଆଦରଣୀୟ ଓ ଚିର ନମସ୍ୟ ମୋର ପିତା ମାତାଙ୍କ ନିକଟରେ ସମର୍ପିତ ମୋର ଏହି ଗଳ୍ପ ସଂକଳନ "କଳିକା"।

ଭକ୍ତିପୂତ ପ୍ରଣାମ ଉଭୟଙ୍କୁ। ଭଗବାନ୍ କରନ୍ତୁ ମୋର ଶେଷ ସମୟ ପର୍ଯ୍ୟନ୍ତ ତୁମେ ଦୁହେଁ ମୋ ସାଥିରେ ରୁହ। ପିଲାଟି ଦିନରୁ ପଢିବାରେ ବହୁ ଆଗ୍ରହ ମୋର। ପାଠପଢା ବ୍ୟତୀତ ଅନ୍ୟାନ୍ୟ ପୁସ୍ତକରେ ରୁଚି ଅଧିକ। ମାତ୍ର ଅର୍ଥର ଅଭାବ ବହି କିଣିବାକୁ। ତଥାପି କେଉଁଠି ନା କେଉଁଠି ପୁସ୍ତକର ଯୋଗାଡ଼ ହୋଇଯାଏ। ଯେଉଁଦିନ ନୂଆ ପୁସ୍ତକଟିଏ ମିଳେ ସେଦିନ ଆନନ୍ଦର ସୀମା ନ ଥାଏ। ପାଠପଢା ପଛରେ ଆଗ ପୁସ୍ତକ ପଢା। ସେଦିନ ରାତିରେ ନିଦ ନଥାଏ ଆଖିକୁ କେମିତି ଶେଷ କରିବି ପୁସ୍ତକଟିକୁ। ଏହିପରି ସମୟ ଗଡିଚାଲେ। ବାପାଙ୍କ ଇଛା ପାଠ ପଢି ଇଂଜିନିୟରଟିଏ ହେବି। "ଝିଅଟାଏ ତ, ଏତେ କାହିଁକି ପାଠ ପଢ଼ାଉଛ, ବାହା ହେଇ ତ ଶାଶୁଘର ଯିବ" ଏହି ପାଟିକୁ ସବୁବେଳେ ଶୁଣିବାକୁ ପଡ଼ିଥାଏ ମୋ ବାପାମାଆଙ୍କୁ। ତଥାପି ସେମାନଙ୍କର ଗୋଟିଏ ଜିଦି ଆମ ଝିଅ ପାଠପଢି ଚାକିରି କରିବ ତା ପୁଣି ଇଂଜିନିୟର। ଶତ ଶତ ପ୍ରଣାମ ଉଭୟଙ୍କୁ। ତାଙ୍କର ଦୃଢ଼ ମନୋବଳ ସାମ୍ନାରେ ହାର ମାନିଯାଏ ସମାଜ ଓ ମୁଁ ନିଜ ଗୋଡ଼ରେ ନିଜେ ଛିଡ଼ା ହୁଏ ଜଣେ ସରକାରୀ ବେତନଭୋଗୀ ଇଂଜିନିୟର ହିସାବରେ। ଯେଉଁଦିନ ସରକାରୀ ଚାକିରୀରେ ଯୋଗ ଦେବାର ଚିଠି ଆସିଲା ସେଦିନ ମୁଁ ଯେତିକି ଖୁସି ନଥିଲି ସେତିକି ଖୁସି ଥିଲେ ମୋ ବାପାମାଆ। ତାଙ୍କର

ଖୁସିର ତୁଳନା ନଥିଲା। ମତେ ଲାଗିଲା ସେମାନେ ଯେମିତି ସ୍ୱର୍ଗ ସୁଖ ପାଇଯାଇଛନ୍ତି।

ପ୍ରକୃତରେ ତାଙ୍କ ପାଇଁ ମୁଁ ବହୁତ ଖୁସି। ବହୁ ଝଡଝଞ୍ଜା ସହି ସେ ଆମ ତିନି ଭାଇ ଓ ଭଉଣୀଙ୍କୁ ମଣିଷ ପରି ମଣିଷ କରି ଗଢି ତୋଳିଛନ୍ତି।

ଟେଲିଭିଜନ ଦେଖିଲା ବେଳେ ଯଦି କେତେବେଳେ କୌଣସି ଚଳଚ୍ଚିତ୍ରରେ ହେଉ ବା ଧାରାବାହିକରେ ହେଉ ,କେବେ ଯଦି ଦେଖେ କିଛି ପୁରସ୍କାର ବିତରଣ ଉତ୍ସବରେ ପୁରସ୍କୃତ ପିଲାଟି ତାର ବାପାମାଆଙ୍କୁ ମଞ୍ଚ ଉପରକୁ ଡାକୁଛି, ସେତେବେଳେ ମୋ ମାଆ ବାପାଙ୍କୁ କୁହେ "ଦେଖିବ ମୋ ଝିଅ ଏମିତି ପୁରସ୍କାର ପାଇବ "ସେତେବେଳେ ମୁଁ କିଛି ବୁଝିପାରେନି, କୁହେ "ହେଇ ଦେଖୁନୁ ମୁଁ ବିଦ୍ୟାଳୟରେ କେତେ ପୁରସ୍କାର ପାଇଛି" ତୁ କ'ଣ ସେଥିରେ ଖୁସି ନୁହଁ। ସେତେବେଳେ ସେ ମତେ କୁହେ, ତୁ ଏବେ ସେକଥା ବୁଝି ପାରିବୁନି। ସେ ସମୟ ଗତିଶୀଳ ହୋଇଯାଏ।

ମନେପଡେ ତାର ଅନେକ ବର୍ଷ ପରେ ଏକ ପୁସ୍ତକ ପଢ଼ିବାର ସୁଯୋଗ ମତେ ମିଳିଥିଲା ତାହା ହେଉଛି ଡଃ ପ୍ରତିଭା ରାୟଙ୍କ ରଚିତ "ଯାଜ୍ଞସେନୀ" । ସେ ପୁସ୍ତକଟି ମନରେ ଏପରି ଘର କରିଗଲା ଯେ ମୋର ଲେଖନୀ ପ୍ରସ୍ଫୁଟିତ ହେବାକୁ ଆରମ୍ଭ କଲା। ମାତ୍ର ସୁପ୍ତ ରହିଗଲା ଦୈନନ୍ଦିନ ଜୀବନଚର୍ଯ୍ୟା ଭିତରେ। ସଂସାର ବଢିଚାଲିଲା ତା ସହ ସମୟର ଅଭାବ। ସେହି ଭିତରେ ମୋର ଦେଖାହୁଏ ଜଣେ ବନ୍ଧୁଙ୍କ ସହ। ପ୍ରେରଣା ମିଳେ ତାଙ୍କ ଠାରୁ ସୋସିଆଲ ମିଡିଆରେ ଲେଖିବାର। ସେବେଠାରୁ ଆଗେଇ ଚାଲିଛି। ବହୁ ଘାତ ପ୍ରତିଘାତ ଭିତରେ ମୋ ଲେଖନୀ ଅଗ୍ରାଭୀମୁଖି।

ପୁଣି ସମୟ ଆସି ଉପନୀତ ହୁଏ। ମୋର ଏକ ଗଳ୍ପ ପ୍ରକାଶିତ ହୁଏ "ଆଖ୍ୟାୟୀନ୍ " ନାମକ ପୁସ୍ତକରେ। ସେଦିନ ମୋର ଖୁସିର ସୀମା ନଥାଏ। ମାଆବାପା କୁହନ୍ତି ପୁସ୍ତକଟି କଣ କୌଣସି ମଞ୍ଚ ଉପରେ ଉନ୍ମୋଚନ ହେବନି। ମୁଁ ମନା କରିଥିଲି। କରୋନା ସମୟ ସେପରି ହେବନି। ମାତ୍ର ତାଙ୍କର ଏହା କହିବାର ତାଙ୍କ ଉଦ୍ଦେଶ୍ୟ ଥିଲା ଭିନ୍ନ। ତାହା ମୁଁ ହୃଦୟଙ୍ଗମ କଲି ଯେତେବେଳେ ମତେ ଷ୍ଟୋରିମିରର୍ ତରଫରୁ "ସାରସ୍ୱତ ସମ୍ମାନ ୨୦୨୧" ମିଳିଲା ଏବଂ ମତେ ମଞ୍ଚ ଉପରକୁ ଡାକି ସମ୍ମାନିତ କରାଗଲା। ସେତେବେଳେ ମୋ ବାପାମାଆଙ୍କର ଖୁସିର କିଛି ବି ସୀମା ନଥିଲା। ମୋ ମାଆର ଆଖିରୁ ଖୁସିର ଲୁହ ଦୁଇଟୋପା ଝରି ଆସିଥିଲା, ବାପା ମଧ୍ୟ ଭାବବିହ୍ୱଳ ହୋଇପଡ଼ିଥିଲେ। ସେଦିନ ମୁଁ ବୁଝିଥିଲି ମଞ୍ଚ ଉପରେ ପୁରସ୍କୃତ ହେବାର ପ୍ରକୃତ ମହତ୍ତ୍ୱ। ସେଦିନ ସେ ପୁରା କଲୋନୀରେ କହି ସାରିଥିଲା ମୋ ଝିଅ ମଞ୍ଚ ଉପରେ ସମ୍ମାନିତ ହେବାକୁ ଯାଉଛି ବୋଲି। ମୁଁ ମୋ ପାଇଁ ଯେତିକି ଖୁସି ନୁହେଁ ସେତିକି ଖୁସି ମୋ ବାପାମାଆଙ୍କ ପାଇଁ।

ତାଙ୍କରି ଇଚ୍ଛାକୁ ସମ୍ମାନ ଜଣାଇ ମୋର ଏହି ପୁସ୍ତକଟି ସେହି ଅଦୃଶ୍ୟମୟ ଶକ୍ତିଙ୍କ ସହ ମୋର ମାତାପିତାଙ୍କ ଠାରେ ସମର୍ପିତ। ଆଶାକରେ ମୋର ଏହି ଗଳ୍ପ ସଂକଳନ "କଳିକା" ସମସ୍ତଙ୍କ ହୃଦୟକୁ ଛୁଇଁ ପାରିବ। ଏହି ଆଶା ସହ ଅପେକ୍ଷାରତ।

ଆପଣମାନଙ୍କ

ସୁଚିସ୍ମିତା ଶତପଥୀ

ବାରିପଦା, ଓଡ଼ିଶା

ସୂଚୀ ପତ୍ର

୧ : ଜୀବନର ଦୋଛକି :: ୯

୨ : ଭାବନାର ଭାବନା :: ୧୪

୩ : ପାଉଁଶ କାନ୍ଦୁଛି :: ୧୯

୪ : ଶେଷରେ :: ୨୫

୫ : ଆଶ୍ରିତା :: ୩୧

୬ : କଟୁପୋକ :: ୩୮

୭ : ପାତାଲ୍ :: ୪୩

୮ : ଅବୁଝାବଣା :: ୪୯

୯ : ଭାଗ୍ୟର ବିଡମ୍ବନା :: ୫୪

୧୦ : ଚୁଇଁ ବୁଢୀ :: ୫୯

୧୧ : ଆରମ୍ଭ ଓ ଶେଷ :: ୬୨

୧୨ : ସ୍ୱାଧୀନତା :: ୬୬

୧୩ : ନିଃଶବ୍ଦ ସଙ୍ଗରୋଧ :: ୭୦

୧୪ : ସ୍ୱାଧୀନତାର ସ୍ୱାଦ :: ୭୪

୧୫ : ସୁନା ଚୁଡି :: ୭୭

୧୬ : ରାନୁଦେବୀଙ୍କ ଜାତକ ଦେଖା :: ୮୧

୧୭ : ଏଇତ ଜୀବନ (ଟିକେ ଖରା ଟିକେ ଛାଇ) :: ୮୫
୧୮ : ମାଆ ପଣତ :: ୮୯
୧୯ : ଅନୁଭୂତି :: ୯୨
୨୦ : ଆମ୍ ଚିନ୍ତନ :: ୯୬
୨୧ : ମିଥ୍ୟା ଅହମିକା :: ୧୦୧
୨୨ : ନୀଳ ଦିଦି :: ୧୦୪
୨୩ : ଅଦୃଶ୍ୟ ଶକ୍ତି :: ୧୦୮

ଜୀବନର ଦୋଛକି

କାହିଁକି କେଜାଣି ଆଜି ନୂଆ ନୂଆ ଲାଗୁଛି ଏ ଆମ୍ବତୋଟା, ନଈ ପଠା ଓ ଏଇ ପିଜୁଳି ଗଛର ମିଠା ପିଜୁଳି। ମନ କହୁଛି ଏଇଠି ଏମିତି ବସି ରହନ୍ତି ସବୁ ଦିନ ସବୁ ରାତି।

"ମନ ଖୋଜିବୁଲେ ଅନନ୍ତ ଆକାଶ,
.ପ୍ରାଣ ଖୋଜିବୁଲେ ତପନ ପ୍ରକାଶ,
ଆଖି ଖୋଜିବୁଲେ ମିଳନ୍ତାକି ଟିକେ,
ମନ ବୁଝୁଥିବା ପିରତି ପରଶ।"

ଲାଗୁଛି ଆଜି କିଚିରି ମିଚିରି କରୁଥିବା ଚଢେଇ ଗୁଡିକ କିଛି କହିବା ପାଇଁ ଚତୁର୍ଦ୍ଦିଗ ପଇଁତରା ମାରୁଛନ୍ତି। ବୋଧେ ଏ ଅବୋଧ ଓ ନିଷ୍ପାପ ବିହଙ୍ଗମାନେ ମତେ ଚିହ୍ନି ପାରିଛନ୍ତି ତାଙ୍କ ସହ ସକାଳର କୁଆଁରୀ କିରଣରେ ତାଙ୍କ ଚିଁ ଚିଁ ଶବ୍ଦ ସହ ତାଳ ଦେଇ ଗୁଣୁଗୁଣୁ ଗାଇ ବୁଲୁଥିବା ସେହି ହଜିଯାଇଥିବା ମନଟିକୁ। ବୋଧେ ସେମାନେ ଚିହ୍ନି ପାରିଛନ୍ତି ତାଙ୍କ ସହ ତାଳ ଦେଇ ନାଚୁଥିବା କୁନି ଝିଅଟିକୁ। ବୋଧେ ଖୋଜି ପାଇଛନ୍ତି ତାଙ୍କ ଦରଦି ବନ୍ଧୁକୁ ଯିଏ ଟାଇଁ ଟାଇଁ ଖରାରେ ପାଣି ଧରି ଧାଇଁ ଯାଏ ତାଙ୍କ ପାଇଁ, ସୂର୍ଯ୍ୟଙ୍କ ପ୍ରଖର ତାତିକୁ ଖାତିର ନକରି। ସେଥିପାଇଁ ବୋଧେ ସେମାନେ ଆଜି ଛାଡିଯିବାକୁ ପ୍ରସ୍ତୁତ ନୁହଁନ୍ତି। ଏଇ ବର ଗଛର ଓହଳ ଆସି ଛୁଇଁ ଯାଉଛି ନିଜର ଭାବି। ସେ ବି ମତେ ଦେଖି ଚିହ୍ନି ପାରିଛି। ମାତ୍ର ମୋର ତ କାହିଁ ମନେ ପଡୁନି ମୁଁ କାହାକୁ ଚିହ୍ନିଥିବା ପରି। ତଥାପି

କାହିଁକି ଅତି ଆପଣାର ଲାଗୁଛନ୍ତି ଏମାନେ। ବୋଧେ ଏଥିପାଇଁ ଯେ ମନୁଷ୍ୟ ସ୍ୱାର୍ଥପର। କାର୍ଯ୍ୟ ସରିଗଲେ ତୁ କିଏ ନା ମୁଁ କିଏ।

ସ୍ରଷ୍ଟାଙ୍କ ସୃଷ୍ଟିର ନିଆରା ହୋଇପାରେ ମନୁଷ୍ୟ, ମାତ୍ର ନିଆରା ତ ଏଇ ପଶୁପକ୍ଷୀ, ଗଛଲତା ପ୍ରକୃତରେ ମହାନ। ସାରା ଜୀବନ ଜନ୍ମରୁ ମୃତ୍ୟୁ ପର୍ଯ୍ୟନ୍ତ ଏମାନେ କେବଳ ଦେଇ ଜାଣିଛନ୍ତି ବିନା କିଛି ଦ୍ୱିଧାରେ, ବିନା କିଛି ଲୋଭ ଓ ମୋହରେ। ନା ଏମାନଙ୍କର ଅଛି ରାଗ ନା ଅଭିମାନ। ଏମିତି ଭାବୁ ଭାବୁ ନିନା ପାଖରେ ବସିଥିବା ବଣିଟିକୁ ଧରିବା ନିମନ୍ତେ ହାତ ବଢେଇଲା, ତତ୍କ୍ଷଣାତ ପକ୍ଷୀଟି ଟିକେ ଦୂରକୁ ଘୁଞ୍ଚି ଗଲା ବୋଧେ ଡରରେ। ଏ କଣ? ହଠାତ ନିନାର ଆଖି ପଡିଲା ହାତ ଉପରେ। ହାତ ପାପୁଲି ଦୁଇଟିକୁ ଲୁହରେ ଢଳ ଢଳ ହୋଇ ଯାଉଥିବା ଆଖି ଆଗକୁ ଆଣିବା କ୍ଷଣି ଲୋତକ ପୂର୍ଣ୍ଣ ଚକ୍ଷୁ ଯୁଗଳରୁ ଧାରା ଶ୍ରାବଣ ପରି ଝରିବାକୁ ଲାଗିଲା ଲୋତକ ଗୁଡିକ। ଅମାନିଆ ମନ ବୈଶାଖୀର ଝଡ ପରି ଝିଙ୍ଗାଡି ହୋଇଗଲା। ଅନ୍ତରର କୋହ ଫାଟି ଚିତ୍କାରର ରୂପ ଧାରଣ କରିବାକୁ ଲାଗିଲା ଚାପି ହୋଇ ରହିଥିବା ଅକୁହା କୋହ ଗୁଡିକ। ଆଉ ବୋଲ ମାନିବାକୁ ପ୍ରସ୍ତୁତ ନଥିଲା ମନ ଓ ତାର ସ୍ୱର। କୋହ ଫଟା କାନ୍ଦ ଦେଖି ଗଗନ ପବନ ବି ସ୍ତବ୍ଧ ହୋଇଗଲେ। କିଚିରି ମିଚିରି କରୁଥିବା ପକ୍ଷୀଗୁଡିକ ବି ହଠାତ ଏ ଭୟଙ୍କର ଶବ୍ଦରେ ନିରବ ଦ୍ରଷ୍ଟା ସାଜିଲେ। ଗଛଲତା ମଧ୍ୟ ନିଜର କାୟାକୁ ସଙ୍କୁଚିତ କରିବାକୁ ପଛେଇଲେନି। ସେହି ଲୁହର ଧାରା ଭିତରେ ନିନା ଦେଖିବାକୁ ପାଇଲା ନିଜ ହସ୍ତରେଖା ଗୁଡିକୁ।

ମନେ ପଡିଗଲା ତାର ସେହି ପିଲାଦିନ କଥା। ନିମାଇଁ ପଣ୍ଡିତେଙ୍କ କଥା। କହିଥିଲେ ବହୁତ ଶିଘ୍ର ଝିଅର ଭାଗ୍ୟରେଖା ବଦଳିଯିବ। ବୋଧେ ତାଙ୍କ କଥା ଠିକ ଥିଲା। ଭାଗ୍ୟ ବଦଳିଲା ମାତ୍ର ଜୀବନଟା ଆଗେଇବା ପରିବର୍ତ୍ତେ ଅନ୍ଧାର ଭିତରକୁ ଠେଲି ହୋଇଗଲା। ପାଠପଢାରେ ଡୋରି ବନ୍ଧାହେଲା। ମଖମଲ ଓ ମହଲରୁ ଯାଇ ଦାଣ୍ଡବାଡି ଝାଟି ସଫା କରିବାକୁ ପଡିଲା। ହସ ଓ ଖୁସି ପାଇଁ ଚବିଶ ଘଣ୍ଟାର କାମ ବି ନିଅଣ୍ଟ ପଡିଲା। ଯେଉଁ ନଖରୁ ନେଲପଲିସ ଲିଭୁ ନଥିଲା ଆଜି ତାର ସ୍ଥାନ ନେଇଛି କଳାହାଣ୍ଡି ଓ କରେଇର କଳା ଯାହାକୁ ଯେତେ ଛଡେଇଲେ ବି ସେ ଯିବାର ନା ଧରୁନି।

ଗୋଡର ଅଳତାର ସ୍ଥାନ ନେଇଛି ପାଣିଖାଇ ଫାଟି ଯାଇଥିବା ଗୋଡ। ଏମିତି ଭାବି ଭାବି ଆଗୋଉଥାଏ ନିନା। ସ୍ନାତକ ପଢାପରେ ଗାଁକୁ ଫେରିଥାଏ ନିନା। ଆଖପାଖ ଖଣ୍ଡ ମଣ୍ଡଳର ପାଠୋଇ ଝିଅ ଭାବେ ତାର ଖୁବ ଚର୍ଚ୍ଚା। ତାର ବହୁତ ଇଛା ଆଗକୁ ଆହୁରି ପାଠ ପଢିବ ଓ ନିଜର ପରିଚୟ ସୃଷ୍ଟି କରିବାକୁ। ତେଣୁ ଅନେକ ଆଶା ନେଇ ଛୁଟିରେ ଫେରିଥାଏ ଗାଁକୁ। ଗାଁରେ ନିଜ ଜେଜେମା, ଜେଜେବାପା,ମାଆ ଓ ବାପା ଅପେକ୍ଷା କରିଥାନ୍ତି ନିନାର ଆସିବାକୁ। ତାଙ୍କ ମନରେ ବସା ବାନ୍ଧି ଥାଏ ନିନାର ବାହାଘର। ଏକ ମାତ୍ର ଅଲିଅଳି ଝିଅର ବାହାଘର ଖୁବ ଧୂମଧାମରେ କରିବା ପାଇଁ ଆଖପାଖ ତିନି ଚାରି ଖଣ୍ଡ ଗାଁ ଭିତରେ ଧଡିଆ ଅବଧାନେଙ୍କ ନାଁ ଡାକ। ହଜାର ହଜାର ପିଲାଙ୍କୁ ପାଠ ପଢେଇଛନ୍ତି। ସବୁବେଳେ ସମସ୍ତଙ୍କୁ ଉପଦେଶ ଦିଅନ୍ତି ପୁଅଝିଅ ସମାନ। ଉଭୟଙ୍କର ସମାନ ଅଧିକାର ବାବଦରେ। ଶିକ୍ଷା କ୍ଷେତ୍ରରେ ମଧ୍ୟ ସମ ଅଧିକାର କହି ବୁଝାନ୍ତି ମାତ୍ର ମାଇନର ପରେ ଝିଅଟି ରହିଯାଏ ଚୁଲିମୁଣ୍ଡକୁ ଓ ପୁଅଟି ଚାଲିଯାଏ ଆର ଗାଁକୁ। ବେଳେବେଳେ ତାଙ୍କ ଆତ୍ମା ବି ରକ୍ତାକ୍ତ ହୋଇଯାଏ ଏ ମଣିଷ ମାନଙ୍କର ଚିନ୍ତା ଧାରାକୁ ନେଇ। ସବୁ କରିହେବ ମାତ୍ର ମଣିଷକୁ ଓ ତା ଚିନ୍ତାଧାରାକୁ ବଦଳେଇ ହେବ ନାହିଁ। ବୋଧେ ସେଥିପାଇଁ ତିନି ପୁରୁଷ ପରେ ତାଙ୍କ ଘରକୁ ଲକ୍ଷ୍ମୀ ରୂପେ ପଦାର୍ପଣ କରିଥିଲା ନିନା।

ପିଲାଟି ବେଳରୁ ତାଙ୍କର ଇଛା ତାକୁ ପାଠ ପଢେଇ ମଣିଷ କରି ଗଢି ତୋଳିବା ପାଇଁ। ତେଣୁ ମାଇନର ପରେ ନିଜେ ନେଇ ନିନାକୁ ଛାଡନ୍ତି ହାଇସ୍କୁଲରେ ଓ ତାପରେ ସହରରେ। ଆଜି ତାଙ୍କ ମନ ବହୁତ ଖୁସି ।ତାଙ୍କ ସ୍ୱପ୍ନ ସାକାର ହେବାର ରୂପ ନେବା ଉପରେ। ଅପେକ୍ଷାରେ ଥାନ୍ତି ତାଙ୍କ ଅତି ପ୍ରିୟ ନାତୁଣୀର ସ୍ୱାଗତ କରିବା ପାଇଁ ମାତ୍ର ସେ ଅବଗତ ନଥାନ୍ତି ତାଙ୍କ ସହଧର୍ମିଣୀ ଓ ସୁପୁତ୍ରଙ୍କର ଚିନ୍ତାଧାରା ବାବଦରେ। ସେପଟେ ନିନା ମନରେ ଅନେକ ଆଶା ଘରକୁ ଫେରି ତାର ଉଚ୍ଚ ଶିକ୍ଷା ନିମନ୍ତେ ଆଲୋଚନା କରି ଆଗତ ଭବିଷ୍ୟତର କାର୍ଯ୍ୟ ପନ୍ଥା ସ୍ଥିର କରିବ। ଶେଷରେ ସମସ୍ତଙ୍କ ଅପେକ୍ଷାର ଅନ୍ତ ଘଟିଲା। ଅତି ଆନନ୍ଦରେ ନିନାର ସ୍ୱାଗତ ହେଲା। ତାର ଖୁସିର ସୀମା ନଥିଲା ସେଦିନ। ସେଦିନ ସମସ୍ତଙ୍କ ସମୟ ଖୁସିରେ କଟିଲା। ତାର ଦୁଇଦିନ ପରେ ଅବଧାନେ ଦେଖିଲେ ଶ୍ରୀମତୀଙ୍କ ଦୂର ସମ୍ପର୍କୀୟଙ୍କ ସହ ଦୁଇଜଣ ଅଜଣା ବନ୍ଧୁ ଆସି ପହଞ୍ଚିଛନ୍ତି। କଥା ପଚାରି ବୁଝୁବୁଝୁ କଣ ନା ନିନାକୁ ଦେଖିବାକୁ ଆସିଛନ୍ତି। ଏହା

ଶୁଣି ଅବଧାନେ ରାଗି ଲାଲ ହୋଇଗଲେ।

ଅନେକ ଯୁକ୍ତିତର୍କର ସମାଧାନ ସ୍ୱରୂପ ଶ୍ରୀମତୀଙ୍କ କଥା ରହିଲା କାରଣ ତାଙ୍କର ଏକା ଜିଦ୍ ଭଲ ଘର ଭଲ ବର ଓ ବାହାଘର। ପରେ ନିନାକୁ ପାଠ ପଢିବାର ସୁଯୋଗ ଦେବେ। ସବୁ ଶୁଣିଲା ପରେ ବି ଅବଧାନେ କେମିତି ତାଙ୍କ ଅଲିଅଳି ନାତୁଣୀକୁ ବୁଝେଇବେ ଜାଣିପାରୁନଥିଲେ।

ନିନା ସବୁ ଶୁଣିଲା ପରେ ତା ପାଦତଳୁ ଯେମିତି ଭୂଇଁ ଖସିଗଲା ପରି ଲାଗିଲା। ସେ ବୁଝିସାରିଥିଲା ଯେ ତାର ଏତିକିରେ ପାଠପଢା ଶେଷ। ଆଉ ତା କଥା କି ତା ସ୍ୱପ୍ନର କିଛି ମହତ୍ତ୍ୱ ରହିବ ନାହିଁ। ଝିଅର କଥାର ମହତ୍ତ୍ୱ କାଳେକାଳେ ନଥାଏ ତେଣୁ କେହି କିଛି ବୁଝିଲେ ନାହିଁ। ଶେଷରେ ଅବଧାନେ ନିନାକୁ ନିଜର ଅକ୍ଷମତା ପାଇଁ କ୍ଷମା ପ୍ରାର୍ଥନା କଲେ। ଶାଶୁଘର ଲୋକ ବିବାହ ପୂର୍ବରୁ ପ୍ରତିଶ୍ରୁତି ଦେଇଥିଲେ ନିନାର ପାଠପଢାର ଦାୟିତ୍ୱ ବହନ କରିବେ। ସବୁ ସୁରୁଖୁରୁରେ ସରିଲା। ବିବାହ ସମ୍ପନ୍ନ ହେଲା। ଶାଶୁଘର ଯାଇ ଦେଖିଲା ସେଠିକାର ପରିବେଶ ଭିନ୍ନ। ଚଳନି ତାଙ୍କ ଘରଠାରୁ ସମ୍ପୂର୍ଣ୍ଣ ଅଲଗା। ଚୁଲି ରୋଷେଇକୁ କଳାହାଣ୍ଡି ଓ କରେଇ ମଜା। ରୋଷେଇ ଓ ବାସନ ମାଜିବା ଭିତରେ କେତେବେଳେ ଏକ ବର୍ଷ ବିତିଗଲା ସେ ଜାଣିନାହିଁ। ସେ ଭିତରେ ଜେଜେବାପା ଓ ଜେଜେମାଆ ଆରପାରି ଚାଲିଯାଇଥିଲେ। ମାଆ ରୋଗିଣା ହୋଇଯାଇଥିଲା। ବାପା ଏକା ଘର ସମ୍ଭାଳିବାକୁ। ସବୁବେଳେ ମନସ୍ତାପରେ ରୁହନ୍ତି ଝିଅ କଥା ନଶୁଣି ତା ଭବିଷ୍ୟତକୁ ନଷ୍ଟ କରିଦେଇଥିବାରୁ।

ଅବଧାନେଙ୍କର ଶେଷ ସମୟର ଦୁଃଖ ଥିଲା ତାଙ୍କ ନାତୁଣୀ ପାଠପଢି ପାରିଲା ନାହିଁ ଓ ସେଥିପାଇଁ ସେ ହିଁ ଦାୟୀ। ଏଇ କଥାଟି ତାଙ୍କ ମନ ଓ ହୃଦୟକୁ ଘାଇଲା କରି ରଖୁଥାଏ ପ୍ରତି ମୁହୂର୍ତ୍ତରେ। ଏତେ ଦିନପରେ ଝିଅକୁ ଏପରି ଅବସ୍ଥାରେ ଦେଖି ସେ ଆହୁରି ଭାଙ୍ଗି ପଡିଥିଲେ। ଏମିତି ଭାବୁ ଭାବୁ କେତେବେଳେ ପଶ୍ଚିମ ଆକାଶରେ ସୂର୍ଯ୍ୟ ନଇଁ ଆସିଥିଲା ଜାଣିନଥିଲା ନିନା।

ହଠାତ ପ୍ରକୃତିସ୍ଥ ହେଲା ଆଖିରୁ ଲୁହ ପୋଛି ଦେଖିବାକୁ ଲାଗିଲା ହାତର ରେଖାଗୁଡିକ କଳାହାଣ୍ଡି ସଫା କରିବାରେ ତାର ଅସ୍ତିତ୍ୱ ହଜେଇ ଦେଇଛନ୍ତି। ଯେଉଁ ହାତରେ ମେହେନ୍ଦି ଲାଗିଲେ ତାର ରଙ୍ଗରେ ତାର ଘର ମହକି ଉଠୁଥିଲା

ଆଜି ଅଙ୍ଗାର କଳା ଓ ବାସନ ମଜା ଓ ତେଲ ହଳଦୀର ବାସରେ ତା ଶରୀରର ନିଜସ୍ୱ ଗନ୍ଧ ହଜିଯାଇଛି। ଭୂଲିଯାଇଛି ସେ ଅତରର ବାସ୍ନା ଯାହା ନହେଲେ ସେ ଘରୁ ପଦାକୁ ଗୋଡ କାଢୁନଥିଲା। ଏମିତି ଭାବୁ ଭାବୁ ଆଖିରୁ ଲୁହ ପୋଛିବାକୁ ଲାଗିଲା।

ଅନେକ ଦିନ ପରେ ମାଆର ଦେହ ଖରାପ ଯୋଗୁଁ ତାକୁ ସୁଯୋଗ ମିଳିଲା ଘରକୁ ଆସିବାକୁ ଯେଉଁଠି ତାର ଆତ୍ମା ରହିଯାଇଥିଲା। ଏଠି ଗୋଡ ଦେବା ପରେ ଆଉ ଫେରିବାର ଇଚ୍ଛା ନଥିଲା ତାର । ନିନାର ଏଇ ମନୋଭାବକୁ ପଢିପାରିଥିଲେ ତାର ବାପା ଦିନାନାଥ ବାବୁ ଏବଂ ସ୍ଥିର କରିଥିଲେ ଆଉ ଝିଅକୁ ନପଠେଇବା ପାଇଁ।

ଶେଷରେ ଶାଶୁଘର ମଧ୍ୟ କିଛି ଦିନ ରହିବାର ଅନୁମତି ଦେଲେ ଏହା କହି ଯେ ତାଙ୍କ ପୁଅ ବେପାର କାମରେ ବାହାରକୁ ଯାଉଛି ତେଣୁ ସେ ଆସିବା ପର୍ଯ୍ୟନ୍ତ ସେ ଏଠାରେ ରହିପାରିବ। ଏହା ଶୁଣି ଦିନାନାଥ ବାବୁ ଖୁସି ହୋଇଥିଲେ ଏବଂ ମନେ ମନେ ସ୍ଥିର କରିଥିଲେ ଝିଅର ପାଠକୁ ଆଗେଇବା ପାଇଁ।

ଶେଷରେ ତାହାହିଁ ହେଲା । ନିନାର ଉଚ୍ଚଶିକ୍ଷାର ଦାୟିତ୍ୱ ସେ ବହନ କରି ତାକୁ ସହରକୁ ପାଠ ପଢିବାପାଇଁ ପଠେଇ ଦେଲେ। ସେବେଠାରୁ ସେ ଆଉ ପଛକୁ ଫେରି ଚାହିଁ ନାହିଁ। ପ୍ରକୃତରେ ନାରୀର ଜୀବନଟା ସଦା ସର୍ବଦା ଜୀବନର ଦୋଛକିରେ।

■

ଭାବନାର ଭାବନା

ଅନେକ ଭାବିଲି। ଭାବନାର ଆଦି ଅନ୍ତ ନାହିଁ। ତଥାପି ଭାବିଲି ପ୍ରକୃତରେ ମୁଁ ନେଉଥିବା ନିଷ୍ପତ୍ତି ଠିକ ହେବ ନା ନାହିଁ।

ଭାବନାର ରାଜ୍ୟ ଏକ ଭିନ୍ନ ରାଜ୍ୟ। ସେ ଭିତରେ ଥରେ ପଶିଗଲେ କେତେବେଳେ ନିଜେ ରାଣୀ ତ କେତେବେଳେ ଚାକରାଣୀ । କେତେବେଳେ ପୃଥିବୀର ସର୍ବଶ୍ରେଷ୍ଠ ଧନୀ ତ କେତେବେଳେ ଚପଲ ଘୋରି ହୋଇଯାଇଥିବା ନିରାଶୟ ପଥିକ। କେତେବେଳେ ସବୁଠାରୁ ସୁଖୀ ତ କେତେବେଳେ ସବୁଠାରୁ ଦୁଃଖୀ। ପ୍ରକୃତରେ ଏ ଭାବନା ମନକୁ ଆସିଲା କାହିଁକି ? କଣ ବିନା ଭାବି ନିଷ୍ପତ୍ତି ନେଇହେବନି?

ଭାବନା ଭିତରେ ଥିବା ଭାବ ଶବ୍ଦଟି ବହୁତ ଗୁରୁତ୍ୱପୂର୍ଣ୍ଣ। ଭାବ ତ ମନକୁ ଯୋଡେ। ଯେଉଁଠି ଭାବ ନାହିଁ ସେଠି ମନ ନାହିଁ। ତେଣୁ ଭାବନାର ପ୍ରଶ୍ନ କାହୁଁ ଉଠିବ। ମନର ଭାବ ସହ ପରିସ୍ଥିତି ମଧ୍ୟ ଅଙ୍ଗାଙ୍ଗୀ ଭାବେ ଜଡିତ। ଅନେକ ସମୟରେ ପରିସ୍ଥିତି ମନକୁ ବାଧ୍ୟ କରେ ଭାବନା ରାଜ୍ୟରେ ଭାସି ଯିବାକୁ। ବୋଧହୁଏ ସେହି ସମୟଟି ମଣିଷ ନିଜ ପାଇଁ ବଞ୍ଚେ। ନଚେତ ନିଜ କଥା ଭାବିବାକୁ ସମୟ କାହିଁ।

ଏମିତି ଅନେକ କଥା ଭାବୁ ଭାବୁ ଭାବନା ଯେ ପ୍ରକୃତରେ ନିଜ ରାଜ୍ୟ ଛାଡି ଭାବନା ରାଜ୍ୟରେ ଉଡି ବୁଲୁଛି ସେକଥା ସେ ନିଜେ ବି ଜାଣିପାରିନାହିଁ।

"ଦେଇ... ଦେଇ... କଣ ଏତେ ଭାବୁଛ।"

ହଠାତ ରତନୀର ହାତ ସ୍ପର୍ଶ ପାଇ ପ୍ରକୃତିସ୍ଥ ହେଲା ଭାବନା।

"ଓହୋ ଏତେ ସମୟ ହେଲାଣି ମତେ ଡାକୁନୁ।" ଏକ ସାମୟିକ ବିରକ୍ତି ଭାବ ପ୍ରକାଶ କରି ଭାବନା ଉଠି ବସିଲା।

ରତନୀର ହାତରୁ ଚା କପଟି ଧରି ପିଇବା ବେଳେ ମନେ ପଡିଗଲା ସାଗର କଥା।

ପ୍ରଥମଥର ତା ସହ ଦେଖାହେବାର ମୁହୂର୍ତ୍ତ ଜଳଜଳ ହୋଇ ଆଖି ସାମନାରେ ଭାସି ଉଠିଲା। ସୁଢଳ ଓ ଗୋରା ତକ୍ ତକ୍ ରାଜକୀୟ ଚେହେରା। କଥା କହିବାର ଠାଣି ସମସ୍ତଙ୍କ ଠାରୁ ଅଲଗା ବାରି ହୋଇପଡୁଥିଲା। ଅଫିସ ଭିତରେ ସମସ୍ତଙ୍କ ମଧ୍ୟରେ ଭିନ୍ନ। ସହକର୍ମୀଭାବେ ଅନେକ ଦିନ କାର୍ଯ୍ୟ କଳାପରେ ଉଭୟଙ୍କ ମଧ୍ୟରେ ଏକ ଆକର୍ଷଣ ସୃଷ୍ଟି ହୋଇଥିଲା। ଭାବନା ମନେ ମନେ ତା ପ୍ରତି ଆକର୍ଷିତ ହୋଇଯାଉଥାଏ ଦିନକୁ ଦିନ। ସାଗର ମଧ୍ୟ ଅନେକ ସମୟରେ ଭାବନାର ଚତୁଃପାର୍ଶ୍ୱରେ ଭ୍ରମର ପରି ଘୁରି ବୁଲୁଥାଏ। ଏହିପରି କିଛି ଦିନର ଦେଖା ସାକ୍ଷାତରେ କେଉଁ ଏକ ଦୁର୍ବଳ ମୁହୂର୍ତ୍ତରେ ଉଭୟେ ଉଭୟଙ୍କର ଅତି ନିକଟତର ହୋଇଯାଇଥିଲେ। ସେବେ ଠାରୁ ଅଗଣିତ ଭଲପାଇବା ଦେଇ ଚାଲିଥିଲା ଭାବନା। ନିଃସ୍ୱାର୍ଥପର ଭାବେ ନିଜର କୁମାରୀତ୍ୱକୁ ସାଗର କୋଳରେ ଅଜାଡି ଦେଇଥିଲା ତାକୁ ନିଜ ଭାବି ସ୍ୱାମୀ ଭାବେ ଗ୍ରହଣ କରି।

ସେତେବେଳେ ପ୍ରତ୍ୟକ ଦିନ ଅଫିସ ଶେଷରେ ସାଗର ଆସି ପହଞ୍ଚିଯାଏ ଭାବନା ଘରେ। ସନ୍ଧ୍ୟା ସମୟ ଅତିବାହିତ କରି ପୁନଶ୍ଚ ଫେରିଯାଏ ପୁଣି ଆସିବାର ପ୍ରତିଶ୍ରୁତି ଦେଇ। ପ୍ରତିଶ୍ରୁତି ଶୁଣିବାକୁ ବହୁତ ଭଲ ଲାଗେ। ମାତ୍ର ପ୍ରତିଶ୍ରୁତିର କାର୍ଯ୍ୟକ୍ଷମତା ଉପରେ ଯେତେବେଳେ ପ୍ରଶ୍ନବାଚୀ ସୃଷ୍ଟି ହୁଏ ସେତେବେଳେ ପ୍ରତିଶ୍ରୁତି ଶବ୍ଦ ହିଁ ବିଷ ଉଦ୍ଗିରଣ କରେ। ଯେତେବେଳେ ସାଗରର ଫେରିବାର ପ୍ରତିଶ୍ରୁତିରେ ପ୍ରଶ୍ନ ଉଠିଲା ସେତେବେଳେ ଭାବନାର ଅନ୍ତର ଦୋହଲି ଉଠିଲା ଏକ ଅଦେଖା ଭୟକୁ ନେଇ।

କଥାରେ ଅଛି, ଭଲ ପାଇବା, ପ୍ରେମ ଓ ଅନାବିଳ ସ୍ନେହ ସେତେବେଳେ ଆସେ ଯେତେବେଳେ ଉଭୟଙ୍କ ମନରେ ସମ ଭାବନା ଜାତ ହୁଏ, ମାତ୍ର ଜଣଙ୍କ ମନର କିଞ୍ଚିତ୍ ପରିବର୍ତ୍ତନ ଓ ଛଳନାପୂର୍ଣ୍ଣ ଚିନ୍ତାଧାରା ଶତପ୍ରତିଶତରେ ଅପରପକ୍ଷରେ ପ୍ରତିଫଳିତ ହେବା ସହ ଅନ୍ତର୍ମନରେ ଆନ୍ଦୋଳନ ସୃଷ୍ଟି ହୁଏ ଉଭୟଙ୍କ ଅଜାଣତରେ ମଧ୍ୟ। ସେହି ସମୟ ହିଁ ଚେତାଇଦିଏ ପ୍ରକୃତରେ ଅପରପକ୍ଷର ଛଳନା। "ଠିକ ତାହା ହିଁ ପ୍ରତିଫଳିତ ହୋଇଥିଲା ଭାବନା କ୍ଷେତ୍ରରେ ଯେତେବେଳେ ସେ ସାଗରକୁ ନେଇ ଆକାଶର ଜହ୍ନକୁ ହାତ ମୁଠାକୁ ଆଣିବାର ପ୍ରଚେଷ୍ଟାରେ ଥିଲା। ସେ ଜାଣି ନଥିଲା ଅନ୍ୟର ଆଲୋକରେ ଆଲୋକିତ ଜହ୍ନ କେବଳ ଶୀତଳତା ଦେଇ ପାରିବ ଦିବାସ୍ୱପ୍ନ ପରି। ପୁଣି ରତନୀର ହାତର ସ୍ପର୍ଶ, "ଦିଦି, ଚା ପିଇବା ସରିଲା ନା ସର୍ବତ ପିଇବ। "ତା କଥା ଶୁଣି ଚା କପଟିକୁ ଧରି ଢକ ଢକ ପିଇଦେଇ ଉଠି ବାହାରର ସୂର୍ଯ୍ୟଙ୍କ କିରଣକୁ ମୁହେଁଇଲା ଭାବନା। କହିଉଠିଲା, ରତନୀ ଆଜି ତ ସୂର୍ଯ୍ୟଙ୍କ କିରଣ ବେଶି ପ୍ରଖର ନାହିଁ, ରତନୀ କହିଲା ଯେତେବେଳେ ବାଦଲ ଥାଏ ନା ଦିଦି ସେତେବେଳେ ସୂର୍ଯ୍ୟଙ୍କ ଅତି ପ୍ରଖର କିରଣ ବି କୌଣସି କାର୍ଯ୍ୟରେ ଆସେ ନାହିଁ। ସେତେବେଳେ ସୂର୍ଯ୍ୟଙ୍କ କିରଣ ପାଇବାକୁ ହେଲେ ବାଦଲ ହଟିବାକୁ ଅପେକ୍ଷା କରିବାକୁ ପଡେ। ଦିନେ ଦିନେ ତ ଏପରି ହୁଏ ବାଦଲ ହଟିଲା ବେଳକୁ ସୂର୍ଯ୍ୟ ବି ତାଙ୍କ ତେଜ ହରେଇ ବସିଥାନ୍ତି।

ହଠାତ ରତନୀ ମୁହଁରୁ ଏ ପ୍ରକାର ବାଣୀ ଶୁଣି ଭାବନା ସ୍ଥିର କଲା ସାଗର ଘରକୁ ଯିବ। ଧଡପଡ କରି ବାହାରି ପଡିଲା। ରତନୀକୁ କହିଗଲା ଡେରି ହେବ। ରାସ୍ତାରେ ଯାଉ ଯାଉ ଭାବନା ସ୍ଥିର କଲା ଆଉ କିଛି ନଭାବି ଆଜି ସିଧା ସିଧା ସାଗରକୁ ତା ମନ କଥା ପଚାରି ଦୁହିଁଙ୍କ ବିବାହ କଥା ସ୍ଥିର କରିବ। ଦୀର୍ଘ ଦିନ ଧରି ଅଫିସ ନ ଆସିବା ଓ ତା ସହ ଦେଖା ନକରିବାର କାରଣ ପଚାରିବା ସହ ନିଜ ଅଭିମାନ ଜଣେଇବ। ସାଗରର ଘର ଠିକଣା ଅଫିସ୍ ରୁ ଫୋନକରି ବୁଝି ସେହି ଠିକଣାରେ ପହଞ୍ଚିଲା। ସେତେବେଳେ ମନେମନେ ଭାବୁଥାଏ ଏତେ ବଡ ସମାଜରେ ଜଣଙ୍କ ବିଷୟରେ କିଛି ନଜାଣି ନିଜକୁ ସମ୍ପୂର୍ଣ୍ଣ ରୂପେ ସମର୍ପଣ କରିଦେବାର ଧୃଷ୍ଟତା କଥା। ଏହା କେତେ ମାତ୍ରାରେ ଠିକ ଓ ଭୁଲ। ଏମିତି କେହି ନାହିଁ ଯାହା ସହ ଆଲୋଚନା କରିପାରିବ ବା ପର୍ଯ୍ୟାଲୋଚନାର ସମୟ ବି ମଧ୍ୟ ନାହିଁ।

ପହଞ୍ଚିଗଲା ସାଗର ଘରେ। ସୁସଜ୍ଜିତ ଘର ଓ ଅଗଣା। ସୁନ୍ଦର ସୁନ୍ଦର ଫୁଲର ସମ୍ଭାର। ଜଗୁଆଳୀ ଦେଖି ପଚାରିଲା, କାହାକୁ ଖୋଜୁଛନ୍ତି ? ଘର ବାହାରର ସାଜସଜ୍ଜାରେ ନିମଗ୍ନ ଭାବନା ମୁହଁରେ ସ୍ୱତଃ ଆସିଗଲା ସାଗର ଅଛନ୍ତି ! ଜଗୁଆଳୀ କହି ଉଠିଲା, ଆଜ୍ଞା ଆସନ୍ତା କାଲି ରାତିରେ ବୋହୁମା ଓ ବାବୁ ଆସିଛନ୍ତି ଆପଣ ଭିତରକୁ ଯାଆନ୍ତୁ। ଜଗୁଆଳୀ ମୁହଁରୁ ଏକଥା ଶୁଣି ଭାବନା କିଛି ମୁହୂର୍ତ୍ତ ପାଇଁ ବିବ୍ରତ ହେବା ପରେ ମନକୁ ବୁଝେଇ ଆଗେଇଲା, ବୋହୁମା ଶବ୍ଦଟି ସାଗରର ମାଆ ପାଇଁ ଉଦ୍ଦିଷ୍ଟ ହୋଇଥିବ। ଏପରି ଭାବି କଲିଂ ବେଲ୍ ଟି ମାରି ଅପେକ୍ଷାକଲା ଦରଜା ଖୋଲିବାର। ହଠାତ ଏକ ପାଉଁଜିର ରୁଣୁଝୁଣୁ ଶବ୍ଦସହ ଦରଜା ଖୋଲିଲା। ଭାବନା ସାମନାରେ ସେତେବେଳେ ଏକ ନୀଳ ନୟନା, ଗୋଟିଏ ଚାଉଳରେ ଗଢା ଅତୀବ ସୁନ୍ଦର ନାରୀଟିଏ ଉଭା ହେଲେ। ହାତ ଯୋଡି ନମସ୍କାର ହୋଇ ଘର ଭିତରକୁ ନିମନ୍ତ୍ରଣ କରିବା ସହ ତାର ହାତର କୋମଳ ସ୍ପର୍ଶରେ ନିଜକୁ ସହଜ କରିବାକୁ ଚେଷ୍ଟା କଲା ଭାବନା। ଘର ଭିତରେ ରଜନୀଗନ୍ଧାର ବାସନା ମହକି ଉଠୁଥାଏ ଯେମିତି ସେଦିନ ସାଗର ଓ ତା ଭିତରେ ବ୍ୟତୀତ ହୋଇଥିବା ଗୋପନ ମୁହୂର୍ତ୍ତରେ ବାସି ଥିଲା ଚତୁଃର୍ଦ୍ଦିଗ।

ଭିତରୁ ଆବାଜ ଆସିଲା କିଏ ଲୁସି ?

ଆରେ ଏ ତ ସାଗରର ଶବ୍ଦ। ଭାବନା କିଛି ଭାବିବା ଆଗରୁ ତା ସାମନାରେ ଆସି ପହଞ୍ଚିଗଲା ସାଗର। ଭାବନାକୁ ଦେଖି କଣ କହିବ କିଛି ଭାବି ନପାରି ଅଙ୍ଗମଙ୍ଗ ହୋଇ କହିଲା, ଲୁସି ଟିକେ ଚାହା କର। ଅତି ଧିର ସ୍ୱରରେ ଆଣୁଛି କହି ଭିତରକୁ ଚାଲିଗଲେ ସେହି ସ୍ୱର୍ଗର ଅପ୍ସରା ପରି ପରିଭୂଷିତା ନାରୀଜଣକ।

ସାଗରକୁ ଦେଖି ବସିବା ସ୍ଥାନରୁ ଉଠି ଛିଡାହେଲା ଭାବନା। କିଛି କହିବା ଆଗରୁ ଭିତରୁ ଆଉ ଏକ ଶବ୍ଦ ଶୁଣାଗଲା। ଆରେ ସାଗର, ବୋହୁକୁ ନେଇ ପାଖ ମନ୍ଦିର ଦର୍ଶନ କରେଇ ଆଣେ। ଆଜି ପରା ଅଷ୍ଟମଙ୍ଗଳା। ସେ ତା ବାପାଘରକୁ ଯିବ। ଶିଘ୍ର କର। ଏକଥା ଶୁଣି ନିରୁତ୍ତର ହୋଇ ଏକ ଦୋଷୀ ସଦୃଶ ଛିଡା ହୋଇ ରହିଲା ସାଗର ଭାବନା ସାମ୍ନାରେ। ଏକଥା ଶୁଣି ଭାବନାର ଆଉ ବୁଝିବାରେ ବାକି ରହିଲାନି ଯେ, ସେ ସୁଢଳ ସୁନୟନା ସୁନ୍ଦରୀ ନାରୀ ହେଉଛି ସାଗରର ନବ ବିବାହିତା। ଆଖି ଛଳଛଳ ହୋଇଗଲା ଭାବନାର।

ଠିକ୍ ସେତିକିବେଳେ ଲୁସି ଚା କପ୍ ଧରି ଆସି ପହଞ୍ଚିଗଲା। କପଟି ବଢ଼େଇଦେଲା ଭାବନା ହାତକୁ। ଚା କପଟି ଧରି ଭାବନା ସାମନାରେ ପଡିଥିବା ଟେବଲ ଉପରେ ରଖି ହାତରେ ପିନ୍ଧିଥିବା ଚୁଡି ଦୁଇଟି ଖୋଲି ଲୁସିକୁ ପିନ୍ଧେଇ ଦେଲା, ଯେଉଁ ଦୁଇଟି ତାଙ୍କ ମିଳନ ରାତ୍ରୀରେ ସାଗର ଭାବନା ହାତରେ ପିନ୍ଧେଇଥିଲା।

ପରିସ୍ଥିତିକୁ ସହଜ କରିବାକୁ ଯାଇ ସଙ୍ଗେ ସଙ୍ଗେ କହିଉଠିଲା, ସାଗର ତାଙ୍କ ବାହାଘରକୁ ଡାକିଥିଲେ ମାତ୍ର ମୁଁ ଆସି ନପାରିଥିବାରୁ ଦୁଃଖିତ। ସେଥିପାଇଁ ଏବେ ଚାଲି ଆସିଲି। ଏବେ ମତେ ବିଦାୟ ଦିଅ ସାଗର।

ଏହା କହି ଅଗ୍ରସର ହେଲା ଭାବନା ନିଜ ଗର୍ଭରେ ଜୀବଦାନର ଅପେକ୍ଷାରେ ଥିବା ନିଷ୍ପାପ ଭ୍ରୁଣଟିକୁ ହାତର ଉଷ୍ମ ସ୍ପର୍ଶ ଦେବା ସହ ଏକ ଅଜଣା ଓ ଅଚିହ୍ନା ପରିଚୟର ଅପେକ୍ଷାରେ। ସାଗର ସେହିପରି ଛିଡା ହୋଇ ଭାବନାକୁ ଚାହିଁଥାଏ ଜଣେ ଉପେକ୍ଷିତ ମାନବ ପରି।

ସବୁଦିନ ପାଇଁ ସୁପ୍ତ ରହିଗଲା ଭାବନାର ଭାବନା।

ପାଉଁଶ କାନ୍ଦୁଛି

କାନ୍ଦୁଛି ପାଉଁଶ, କାନ୍ଦୁଛି ମଶାଣି,
ଧରା ଆଜି ଥରହର,
କୋକେଇ ଆସୁଛି, କାନ୍ଧ ନାହିଁ ଆଜି,
ଚକାଆଖି କୃପାକର।

ବିଳମ୍ବରେ ପରେ ବିଜୟ ଆସି ପହଞ୍ଚିଛି। ବାପା ମାଆଙ୍କୁ ଖୋଜି ଖୋଜି। ଘର ତାଲା ଦେଖି ବ୍ୟସ୍ତ ବିଚଳିତ ହୋଇ ପଡିଶା ଘରକୁ ପଚାରିବାକୁ ଯାଇ ସେଠୁ ବି ହତାଶ ହୋଇ ଫେରିଲା। ପଡିଶା ଘର ବି ତାଲା ପଡିଛି। କାହାକୁ ପଚାରିବ।

ଏଇଟା ସହର, ଏଠି କେହି ନୁହେଁ କାହାର।

ତାର ଛାତି ଭିତରଟା କେମିତି ଏକ ଅଜଣା ଭୟରେ ଘାଣ୍ଟି ହେଉଥିଲା।

ଆଖିରୁ ଧାର ଧାର ଲୁହ ବହି ଯାଉଛି,

ପୋଛିବାକୁ ମାଆର ପଣତ ଖୋଜୁଛି।

ନିରୁପାୟ ହୋଇ ଜଲି ପାଖକୁ ଫୋନ କଲା। ମନ ଭିତରେ ବାପା ମାଆଙ୍କୁ ନ ପାଇବାର କୋହ, ସେପଟେ ଅର୍ଦ୍ଧାଙ୍ଗିନୀ,ଯାହାକୁ ଭଲ ପାଇଛି, ତାକୁ ଯାବୁଡି ଧରିବାର ମୋହ।

କଣ ପଚାରିବ ତାକୁ ବୁଝିପାରିଲାନି। ଜଲିର ପ୍ରଶ୍ନ, ତୁମେ କୋଉଠି ଅଛ ଶିଘ୍ର ଘରକୁ ଆସ ବିଟୁ ଖୋଜୁଛି ତୁମକୁ। କିଛି ଉତ୍ତର ନ ଦେଇ ପଚାରିଲା, ବାପା ବୋଉ କଣ କରୁଛନ୍ତି? ଜଲିର ସିଧା ଉତ୍ତର, ସେ କାଲିଠୁ ଘରକୁ ଗଲେଣି। ସେ ତ ପହଞ୍ଚି ସାରିବେଣି। ତୁମେ ଏତେ ଦିନ ହେଲା ବାହାରକୁ ଯାଇଛ ବିଟୁ ବହୁତ ଖୋଜୁଛି ଘରକୁ ଆସ ତୁମ ପାଇଁ ଏକ ସରପ୍ରାଇଜ୍ ଅଛି। ବିଜୟ କଣ କହିବ କିଛି ବୁଝି ପାରିଲାନି କହିଲା ବିଟୁକୁ କୁହ ଚୋର ପୁଲିସ ଖେଳ ପରି ନିଜେ ପୋଲିସ ହୋଇ ମତେ ଖୋଜିବ ଏହା କହି ଫୋନ ରଖିଦେଲା। ଜଲି କିଛି ବୁଝି ପାରିଲାନି। ମଜାରେ କଥାକୁ ନେଇ ପୁଅକୁ କହିଲା, ଧନରେ ତୁ ପୋଲିସ ହେଇ ବାପାକୁ ଖୋଜେ। ଏଇ ଖେଳ ସରିଲା ବେଳକୁ ତୋ ବାପା ଆସିଯାଇଥିବେ। ଫୋନ ରଖି କଇଁ କଇଁ ହୋଇ କାନ୍ଦିବାକୁ ଲାଗିଲା ବିଜୟ। ମନେ ପଡିଲା ତା ମାଆର ପଣତ କାନି ଓ ବାପାଙ୍କର ସ୍ନେହ ଭରା ଆଲିଙ୍ଗନ। କେତେ ଖୁସିରେ ସରକାରୀ ଘର ମିଳିଛି ବୋଲି ବାପା ମାଆଙ୍କୁ ନେଇ ରହିଥିଲା ନିଜ ଘରଠାରୁ ୨୦୦ କିମି ଦୂରରେ।

ତା ବାପା ଏକ ବେସରକାରୀ ଅନୁଷ୍ଠାନରେ ଚାକିରି କରୁଥିଲେ। ପେନସନ ନଥିଲା। ମାଆ ଗୃହିଣୀ। ପୈତୃକ ବାସଭବନ ସହରରେ ଥିଲା ବୋଲି ବେଶି କଷ୍ଟ କରିବାକୁ ପଡୁନଥିଲା ବିଜୟର ବାପା ରାମବାବୁଙ୍କୁ। ଯାହା ରୋଜଗାର କରୁଥିଲେ ସେଥିରେ ପୁଅକୁ ପାଠ ପଢାଇବା ଓ ଘର ଖର୍ଚ୍ଚ ହୋଇଯାଉଥିଲା। ଏପରିକି ଘରଟିକୁ ରଙ୍ଗ ଦେବା ସମ୍ଭବପର ହୋଇପାରୁନଥିଲା। ତେଣୁ କିଛି ଅର୍ଥ ସଞ୍ଚୟ କରିପାରି ନଥିଲେ। ସଞ୍ଚୟ କରିଥିଲେ କେବଳ ନିଜର ସଚ୍ଚୋଟତା। ସେହି କଲୋନୀରେ ସବୁଠୁ ଭଦ୍ର, ଶାନ୍ତ, ନିଷ୍କପଟ, ଓ ଦୟାବାନ ଭାବେ ସେ ଖୁବ ପରିଚିତ। ପାଖ ଆଖରେ କାହାର କିଛି ଅସୁବିଧା ହେଲେ ଦୌଡିଯାଆନ୍ତି। ନିଜର ଖାଇବା ଥାଳି ଉଠାଇ ଅନ୍ୟକୁ ଖାଇବା ଦେବା ବ୍ୟକ୍ତି ଉଭୟେ ସ୍ୱାମୀ ଓ ସ୍ତ୍ରୀ। ପୁଅଟି ଭଲ ପାଠ ମଧ୍ୟ ପଢେ। ସବୁ ଦୃଷ୍ଟିରୁ ସେ ଜଣେ ଭଦ୍ର ପରିବାର ହିସାବରେ ସେ ଅଞ୍ଚଳରେ ଜଣାଶୁଣା।

ପୁଅ ବିଜୟ ପାଠପଢି ନିଜ ସହରଠାରୁ ଦୂରରେ ଚାକିରି କଲା ଦିନୁ ବୁଢା ବୁଢୀ ଦୁହେଁ ଏକୁଟିଆ ରହୁଥିଲେ। ସମାଜ ସେବାରେ ଉଭୟ ମଜି ରହୁଥିବାରୁ ସମୟ ଜଣା ପଡୁନଥିଲା। ବିଜୟ ଛୁଟିରେ ଆସେ, କିଛି ଦିନ ରହି ପୁଣି ଯାଏ।

ଦିନେ ଜଲିକୁ ସାଥିରେ ଧରି ଆସିଲା। ରାମବାବୁଙ୍କୁ ଏହା ଟିକେ ଅଡୁଆ ଲାଗିଲା ମାତ୍ର ଜଲିର ଭଦ୍ର କଥାବାର୍ତ୍ତା ତାଙ୍କ ମତାମତ ବଦଳାଇଦେଲା। ଜଲି ତା ମାମୁଁ ମାଇଁ ପାଖରେ ରହୁଥିଲା। ତାର ଆଉ କେହି ନଥିଲେ। ନିଜେ ଏକ ବିଦ୍ୟାଳୟରେ ଶିକ୍ଷୟିତ୍ରୀ ଭାବେ ଚାକିରି କରୁଥିଲା। ଏସବୁ ଶୁଣି ବିବାହ ପାଇଁ ସମସ୍ତଙ୍କ ସହମତି ମିଳିଗଲା। ସ୍ୱଳ୍ପ ଧନରେ ନିଜ କଲୋନୀ ଭିତରେ ଧୁମଧାମରେ ବିବାହ ସମ୍ପନ୍ନ ହେଲା। କିଛି ଦିନ ପରେ ବିଜୟ ଫେରିଗଲା। ଜଲି ଶାଶୁଘରେ ଥାଏ। ଶାଶୁ ସବୁ କାମ କରନ୍ତି। ଜଲି ସବୁବେଳେ ତାଙ୍କ ରୋଷେଇକୁ ନେଇ ବହୁତ ଖୁଣ ବାହାର କରେ। ମାତ୍ର ଝଗଡା କରେ ନାହିଁ। ରାମବାବୁ ଓ ତାଙ୍କ ପତ୍ନୀ ଘରେ କମ ସମୟ ସମାଜ ସେବାରେ ବେଶି ସମୟ ଦିଅନ୍ତି ତେଣୁ ଏତେ କଥା ଧରନ୍ତି ନାହିଁ।

ଧିରେ ଧିରେ ଜଲିର ସାଙ୍ଗ ସାଥି ତା ଶାଶୁଘରକୁ ଆସିବାକୁ ଲାଗିଲେ। ସେମାନଙ୍କ ଖାଇବା ପିଇବା ସବୁ ସେଇଠାରେ ହିଁ ହୁଏ। ରାମବାବୁଙ୍କର ତ ପେନସନ ନଥିଲା, ଯାହା କିଛି ପୁଅ ଦିଏ ସେଥିରେ ସେମାନେ ଚଳନ୍ତି। କିଛି ଦିନ ପରେ ସେମାନେ ବିଜୟକୁ ଏକଥା କହିଲେ। ବିଜୟ ବହୁତ ମନ ଦୁଃଖ କଲା। ଏବଂ ଅଧିକ ପଇସା ପଠେଇଲା। ତଥାପି ହେଲାନାହିଁ। ଜଲିର ବାହାର ଖର୍ଚ୍ଚ ବହୁତ ହୋଇଗଲା। ନିଜ ରୋଜଗାରର ଏକ ପଇସା ବି ସେ ଖର୍ଚ୍ଚ କରେନାହିଁ। ଏହା ଦେଖି ବିଜୟ ବହୁତ ମନ ଦୁଃଖ କରେ ମାତ୍ର ବାପା ମାଆଙ୍କ କଥାନୁଯାୟୀ କିଛି କୁହେ ନାହିଁ।

ବାପା ମାଆଙ୍କୁ ଆଉ କଷ୍ଟ ନଦେବା ପାଇଁ ସେ ଜଲିକୁ ତା ଭଡାଘରକୁ ନେଇଗଲା। ସେଠାରେ ମଧ୍ୟ ଜଲି ସେହିପରି ସାଙ୍ଗ ସାଥି ଡାକି ମଉଜ କରେ। ବିଜୟ କଳହ ସୃଷ୍ଟି ନକରି ଭଲରେ ବୁଝାଏ। ମାତ୍ର ଜଲି ବୁଝେ ନାହିଁ। କିଛି ଦିନ ଏପରି ଗଲା। ଜଲି ଏକ ପୁତ୍ର ସନ୍ତାନ ଜନ୍ମ ଦେଲା। ନାତି ଜନ୍ମଦିନ ଖୁବ ଧୁମଧାମରେ ପାଳନ କଲେ ରାମବାବୁ ନିଜ କଲୋନୀରେ। ସମସ୍ତେ ଖୁସି। କିଛିଦିନ ସେଠାରେ ରହି ବିଜୟ ଓ ଜଲି ବିଟୁକୁ ଧରି ବାହାରିଲେ ଯିବାପାଇଁ। ଏହା ଦେଖି ରାମବାବୁ ଓ ତାଙ୍କ ପତ୍ନୀ ମନଖରାପ କଲେ। ଏକଥା ବିଜୟର ନଜରରେ ଥାଏ। ସେଠାରୁ ଫେରି ଅଫିସରେ ଏକ ବାସଭବନ ପାଇଁ ଦରଖାସ୍ତ ଦେଲା ଏବଂ କିଛି ମାସ ପରେ ତାହା ମଞ୍ଜୁର ହୋଇଗଲା। ବହୁତ ବଡ ଘର, ଜଲିର ମନ କୁଣ୍ଢେମୋଟା। ତାର ତାସ୍ ପାର୍ଟି ପାଇଁ ତାକୁ ପ୍ରଶସ୍ତ ସ୍ଥାନ ମିଳିଥିଲା।

ମାତ୍ର ବିଜୟ ସଙ୍ଗେ ସଙ୍ଗେ ବାପା ମାଆଙ୍କୁ ଆଣିବ ବୋଲି କହି ତାଙ୍କ ରୁମକୁ ସଜାଡି ଘର ଅଭିମୁଖେ ବାହାରିପଡିଲା। ବହୁତ ମନ ଖୁସିରେ ବାପା ମାଆଙ୍କୁ ଧରି ଆସିଲା ସେମାନଙ୍କ ଅନିଛା ସତ୍ତ୍ୱେ। ତାଙ୍କୁ ଦେଖି ବିଟୁ ବହୁତ ଖୁସି ହୋଇଗଲା। ବିଜୟକୁ କିଛି ଦିନ ପରେ ଏକ ଦୂର ସ୍ଥାନକୁ ଅଫିସ୍ କାମ ପାଇଁ ଯିବାକୁ ପଡିଲା। ଆଖିରୁ ଧାର ଧାର ଲୁହ ବହି ଯାଉଛି ଓ ମାଆ, ବାପା ବୋଲି କାନ୍ଦି କାନ୍ଦି ଡାକୁଛି।

ହଠାତ ହରିବାବୁଙ୍କ ପାଟି ଶୁଣି ଧଡପଡ କରି ଉଠି ବିକଳ ହୋଇ ପଚାରିଲା, ମାଆ ବାପା କୋଉଠି? ହରିବାବୁ ସବୁ କଥା କହିବାକୁ ଲାଗିଲେ ବିଜୟ ଗଲାପରେ ରାମବାବୁ ଓ ତାଙ୍କ ପତ୍ନୀଙ୍କୁ ଏକୁଟିଆ ଲାଗିଲା। ପାଖ ପଡିଶା କେହି ନାହିଁ। ଘରେ ବସି ବସି ଭଲ ଲାଗିଲା ନାହିଁ। ତେଣୁ ପାଖରେ ଥିବା ଜରାଶ୍ରୟକୁ କିଛି ସାହାଯ୍ୟ କରିବା ନିମନ୍ତେ ଉଭୟେ ବାହାରି ଯାଆନ୍ତି। କିଛି ଦିନ ଏହା ଦେଖି ଜଲି ସମ୍ଭାଳି ନପାରି କହିଲା, ବାହାର ଜାଗା ଆପଣମାନେ ଏପରି ଯାଉଛନ୍ତି, କେଉଁଠି କିଛି ଅସୁବିଧା ହେବ କିଏ ବୁଝିବ, ତାପରେ ଦାନ କରିବା ପାଇଁ ଆମ ପାଖରେ ପଇସା ନାହିଁ। ଯଦି ଆପଣଙ୍କ ପାଖରେ ଅଛି ତେବେ କରନ୍ତୁ। ଏହା ଶୁଣି ରାମବାବୁ କିଛି କହିଲେ ନାହିଁ। କାରଣ ବିଜୟ ତାଙ୍କ ଖର୍ଚ୍ଚ ପାଇଁ ପଇସା ଦେଇକି ଯାଇଥାଏ। ସେଥିରୁ ସଞ୍ଚୟ କରି ସେ କିଛି ଦାନ ଧର୍ମ କରନ୍ତି। ଛ' ମାସ ବିତିଗଲା ବିଜୟର କାମ ସରୁନଥାଏ। ଏପଟେ ରାମବାବୁଙ୍କର ପାଖରେ ନିଜ ଖର୍ଚ୍ଚ ପାଇଁ ପଇସା ସରିଆସୁଥାଏ। ଜଲିକୁ ଶାଶୁ ଦିନେ କିଛି ପଇସା ମାଗିଲେ ଔଷଧ କିଣିବା ପାଇଁ। ସେ ସିଧା ମନା କରି ଦେଲା। ରାମବାବୁଙ୍କର ବହୁତ ମନଦୁଃଖ ହେଲା। ନିଜର ଘଣ୍ଟା ଟିକୁ ବିକି କିଛି ପଇସା ଆଣି ଔଷଧ କିଣିଲେ। ଏମିତି ଅବସ୍ଥା ହେଲା ଯେ ନିଜର ପାନ ଟିକେ ଖାଇବା ପାଇଁ ପଇସା ପାଇଲେ ନାହିଁ। ନିଜ ସଞ୍ଚିତ ସବୁ ଧନ ସରିଯାଇଥାଏ। ବିଜୟ ଦେଇଥିବା ପଇସା ମଧ୍ୟ। ଜଲି କେବଳ ଦୁଇଓଳି ଦୁଇମୁଠା ଖାଇବା ଛଡା ଆଉ କିଛି ବୁଝେନା। ରାମବାବୁଙ୍କର ପତ୍ନୀଙ୍କର ଔଷଧ ଅଭାବରୁ ଶରୀର ଅଧିକ ମାତ୍ରାରେ ହ୍ରାସ ପାଇବାରେ ଲାଗିଲା। ଉଭୟେ ପ୍ରତି ମୁହୂର୍ତ୍ତରେ ବିଜୟକୁ ଝୁରି ହେଲେ। ଫୋନ କରିବାକୁ ମଧ୍ୟ ପାଖରେ ଧନ ନାହିଁ। ତାଙ୍କୁ ଲାଗିଲା ତାଙ୍କ ଜନ୍ମ ସ୍ଥାନ ଓ ତାର ପାଣି ପବନ, ସାଙ୍ଗ ସାଥି ଯେମିତି ତାଙ୍କୁ ଡାକୁଛି।

ଶେଷରେ ରାମବାବୁ ନିଜ ଘରକୁ ଫେରିବାକୁ ନିଷ୍ପତି ନେଇ ଦିନେ ସକାଳୁ ବାହାରିଲେ। ପାଖରେ ପଇସା ନାହିଁ କେମିତି ଆସିବେ। ଜଲି ଉଭୟଙ୍କୁ ବିଦାୟ ଦେଲା ମାତ୍ର ଥରେ ହେଲେ ପଚାରିଲାନି କାହିଁକି ଯିବ ଓ ପଇସା ଅଛିକି ନାହିଁ। ମନ ଦୁଃଖରେ ଉଭୟଙ୍କୁ ଖୁସିରେ ଆଶିର୍ବାଦ ଦେଇ ବାହାରି ପଡିଲେ। ଏତେ ବାଟ ଯିବେ କେମିତି। ଯେଉଁ ଗାଡିକୁ କହିଲେ ସେ ମନାକଲେ ଓ ପଇସା ବହୁତ କହିଲେ। ରାମବାବୁ ଉପାୟ ନପାଇ ତାଙ୍କ ସ୍ତ୍ରୀଙ୍କ ହାତରେ ଥିବା ଚୁଡି ଦେଇ ଗୋଟିଏ ଗାଡି ଭଡା କରି ଆସି ନିଜ ଘରେ ପହଞ୍ଚିଲେ। ସେତେବେଳକୁ ତାଙ୍କ ପତ୍ନୀଙ୍କ ଅବସ୍ଥା ଗୁରୁତର। ନିଜ ଜାଗା ହେତୁ ସାହାସ ସଞ୍ଚୟ କରି ନିକଟସ୍ଥ ଡାକ୍ତରଖାନାରେ ଭର୍ତ୍ତି କରାଇଲେ। ମାତ୍ର ସେଠାରୁ ତାଙ୍କ ପତ୍ନୀଙ୍କୁ ଆଉ ଫେରାଇ ଆଣି ପାରିଲେ ନାହିଁ। ସମୟ ପାଇଥିଲେ ହୁଏତ ସେ ତାଙ୍କ ଧର୍ମପତ୍ନୀ ଯିଏ କି ସାରାଜୀବନ ତାଙ୍କ ସୁଖ ଦୁଃଖରେ ଭାଗି ତାଙ୍କୁ ବଞ୍ଚାଇ ପାରିଥାନ୍ତେ। ଏହା ଭାବି ତାଙ୍କର ମଧ୍ୟ ହୃଦଘାତରେ ସେଇଠାରେ ହିଁ ଜୀବନ ଚାଲିଗଲା।

କଲୋନୀର ସମସ୍ତ ବ୍ୟକ୍ତି ସେଠାରେ ଥାନ୍ତି। ତାଙ୍କର ଏକମାତ୍ର ବନ୍ଧୁ ହରିବାବୁଙ୍କୁ ଏସବୁ କଥା ସେ କହିଥାନ୍ତି। ତେଣୁ ସବୁ ଲୋକ ସବୁକଥା ଜାଣିଲେ। ଦୁଇଜଣଙ୍କ ଅନ୍ତିମ ସଂସ୍କାର ପାଇଁ ବ୍ୟବସ୍ଥା କଲେ ସମସ୍ତ କଲୋନୀ ବାସୀ ମିଶି। ଏପରି ପରିସ୍ଥିତି ଯେ ସେଠାକାର ଗଛଲତା ପାଣି ପବନ ଏବଂ ଯେଉଁ ବାସହୀନଙ୍କୁ ସେ ନଖାଇ ସାହାଯ୍ୟ କରିଥିଲେ ସମସ୍ତେ ତାଙ୍କୁ ଅଶ୍ରୁଳ ଶ୍ରଦ୍ଧାଞ୍ଜଳି ଜଣାଇଲେ। ବିଜୟକୁ ଜଣାଇବାର କୌଣସି ମାଧ୍ୟମ ନଥିବାରୁ ହରିବାବୁ ତାର ପୁରୁଣା ଅଫିସକୁ ଖବର ଦେଇଥିଲେ। ଖବର ପାଇ ସେ ଆସି ପହଞ୍ଚିଲା। ସେତେବେଳକୁ ତା ବାପା ମାଆଙ୍କର ଶରୀର ପାଉଁଶରେ ପରିଣତ ହୋଇସାରିଥିଲା।

ତାଙ୍କ ଠାରୁ ସବୁ ଶୁଣି ଧାଇଁଲା ବାପା ମାଆଙ୍କ ପାଖକୁ। ସେଠି ପହଞ୍ଚି ଦେଖେ ତ ସବୁ ପୋଡି ପାଉଁଶ। ସେଥିରେ ଯେମିତି ତା ବାପା ଓ ମାଆଙ୍କର ଲୁହ ଭିଜା ମୁହଁ ଦୁଇଟି ସେ ଦେଖୁଛି। ଯେମିତି ସେମାନେ ତାକୁ କହୁଛନ୍ତି, ବାପାରେ ତତେ ଟିକେ ଦେଖିବା ପାଇଁ ଆମ ଆତ୍ମା ଏଠାରେ ଅଛି। ଯେମିତି ନାଲି ରଙ୍ଗ ପାଉଁଶ ଭିତରୁ ବୁକୁ ପଠାଇ ତା ବାପା କାନ୍ଦୁଛନ୍ତି ତା ମାଆକୁ ବଞ୍ଚାଇ ପାରିନଥିବାରୁ।

ଯେମିତି ଲାଗିଲା ପାଉଁଶ ବି ଆଜି କାନ୍ଦୁଛି। ନିଜକୁ ବହୁତ ଧିକ୍କାର କଲା ବିଜୟ। ବାପା ଓ ମାଆଙ୍କ ଅସ୍ଥି ଧରି ଫେରିଲା ସେଇ ଘରକୁ ଯେଉଁଠି ମାଆର ପଣତକାନିରେ ସେ ଗୁଡେଇ ହୋଇ ଖେଳୁଥିଲା, ଯେଉଁଠି ସେ ବାପାଙ୍କର ସ୍ନେହ ଭରା ଆଲିଙ୍ଗନ ପାଇଥିଲା। ଆସିଲାବେଳେ ଜଲିକୁ ସବୁ କଥା ଫୋନରେ କହି ନିଜକୁ ବହୁ ଧିକ୍କାର କଲା। ବାପା ମାଆଙ୍କ ଫଟୋ ପାଖରେ ଅସ୍ଥିକୁ ରଖି ମୁଣ୍ଡିଆ ମାରିବା ବେଳେ ସେଇ ଫଟୋ ପାଖରେ ହିଁ ତାର ପ୍ରାଣବାୟୁ ଉଡି ଯାଇଥିଲା। ସବୁଦିନ ପାଇଁ ସେ ଚାଲି ଯାଇଥିଲା ତାର ସେଇ ଅତି ପ୍ରିୟ ପଣତକାନି ଓ ସ୍ନେହ ଭରା ଆଲିଙ୍ଗନ ପାଖକୁ।

ଇତି ମଧ୍ୟରେ ଜଲି ଆସି ପହଞ୍ଚି ଯାଇଥିଲା। ବିଟୁ କିଛି ବୁଝିନପାରି ବାପାକୁ ଧରି କହୁଥିଲା, ମୁଁ ଜିତିଗଲି, ଜିତିଗଲି , ବାପା ହାରିଗଲେ, ବାପା ହାରିଗଲେ।

ଏପଟେ ନିସ୍ତବ୍ଧ ହୋଇ ଗୋଟେ କୋଣରେ ଠିଆ ହୋଇଥାଏ ଜଲି।

■

ଶେଷରେ

ପ୍ରିୟର ପ୍ରିୟା,

ମୋର ସ୍ନେହ ନେବ।

ଆଜି ଦୀର୍ଘ ଦିନପରେ କାଗଜଟିଏ ଧରିଛି ଲେଖିବି ବୋଲି। ମାତ୍ର କଣ ଲେଖିବି ବୁଝିପାରୁନି।

ଅନେକ ଦିନର ବ୍ୟଥା ଓ ଗାଥା, ତାହା କଣ ସମ୍ଭବ ବର୍ଣ୍ଣନା କରିବା ନା ବ୍ୟକ୍ତ କରିବା। ତଥାପି ମନକୁ ଦୃଢ କରି ଆଜି ବସିଛି କିଛି ତ ଲେଖିବି। ବୋଧହୁଏ ମୋର ଲେଖାଦ୍ୱାରା ମୁଁ ମନ ଭିତରେ ଚାପି ରଖିଥିବା ଦୀର୍ଘ ଦିନର ଅକୁହା କଥା ଗୁଡିକୁ ତୁମ ପାଖରେ ପରିପ୍ରକାଶ କରିପାରିବି। ବୋଧହୁଏ ତୁମେ ଏହାକୁ ପଢି ମୋ ଭୁଲକୁ କ୍ଷମା ଦେବ। ଏମିତି କଥା ଯାହା ସେତେବେଳେ ମୁଁ ପାଖରେ ଥାଇ ମଧ୍ୟ କହିପାରିନଥିଲି। ଇଚ୍ଛା ଥାଇ ମଧ୍ୟ ମୋର ଭାବନାକୁ ବ୍ୟକ୍ତ କରିପାରିନଥିଲି। କିଛିଟା ଏମିତି କଥା ଯାହା ମୁଁ ଭାବିଥିଲି ମାତ୍ର ପରିବେଶ ଓ ପାରିପାର୍ଶ୍ୱିକ ପରିସ୍ଥିତି ସେତେବେଳେ ମତେ ବାଧ୍ୟ କରିଥିଲା ଚୁପ ରହିବାକୁ। ଭାବୁଛି ଏବେ କହି ଦେବାଟା ଠିକ ହେବ। ତୁମେ ଏବେ ଭାବିବ ଏତେ ଦିନ ପରେ ପୁଣି କାହିଁକି ସେ ପୁରୁଣା କଥାର ପୁନରାବୃତ୍ତି ମୁଁ କରୁଛି। ତୁମେ ସର୍ବଦା କୁହ।

"ଗତସ୍ୟ ଶୋଚନା ନାସ୍ତି"

ଯାହା ଯାଇଛି ସେ ବାବଦରେ ଭାବି, ଚିନ୍ତାକରି କିଛି ଲାଭ ନାହିଁ। ନା ସେ ପୁରୁଣା ଦିନ ଫେରିବ ନା ଘଟଣା ବା ଅଘଟଣା ବଦଳିବ। ବର୍ତ୍ତମାନରେ ବଞ୍ଚିବାକୁ ତୁମେ ସବୁବେଳେ କୁହ। ମୁଁ ମଧ୍ୟ ତାହାହିଁ ଜାଣେ। ମଣିଷ ଜୀବନ ଦୁଇଦିନିଆ, ଆଜି ଅଛି କାଲିକି ନାହିଁ। ସେଥିରେ ଏତେ ଗର୍ବ, ଅହଂକାର, ଲାଭ, କ୍ଷତି, ମାନ, ଅଭିମାନ କରି କଣ ମିଳିବ। ମାତ୍ର ଏସବୁ କହିବା ବହୁତ ସହଜ ମାତ୍ର ପ୍ରକୃତ ପକ୍ଷେ କାର୍ଯ୍ୟରେ ପରିଣତ କରିବା ଅନେକ କଷ୍ଟସାଧ୍ୟ।

ଯେତେହେଲେ ବି ଆମେ ମଣିଷ। ଭଗବାନ ମଣିଷକୁ ସେମିତି ହିଁ ଗଢିଛନ୍ତି। ସେଥିରେ ପୁଣି ଏହା କଳିଯୁଗ। ବିପରୀତ ତ ନିଶ୍ଚିତ। ଭାବ ଅଛି ଓ ଅଭାବ ବି। କିଏ ଧନରେ ଅଭାବି ତ କିଏ ମନରେ।

କଥାରେ ଅଛି ପରା,

"ଅଭାବ ନାହିଁତ ଭାବ କେଉଁଠୁ ଆସିବ।"

ପ୍ରତ୍ୟକ ମଣିଷର ଅଭାବ ଅଛି ନହେଲେ ସେ ଭଗବାନଙ୍କ ପାଖକୁ କାହିଁକି ଯିବ। ଯଦି ମନୁଷ୍ୟ ଯାହା ଚାହେଁ ତା ପାଇଯିବ ତେବେ ଆବଶ୍ୟକତା ବୋଲି କିଛି ରହିବ ନାହିଁ। ଯଦି ଆବଶ୍ୟକତା ରହିବ ନାହିଁ ତେବେ ମଣିଷ ମଣିଷ ତ ଦୂରର କଥା ଭଗବାନଙ୍କୁ ବି ଚିହ୍ନିବ ନାହିଁ କି ତା ମନରେ ମୃତ୍ୟୁର ଡର ଆସିବ ନାହିଁ। ମୁଁ ମଧ୍ୟ ସେହିପରି ଡେଣା ଝାଡି ଆକାଶରେ ଉଡିବୁଲୁଥିଲି ଦିଗହୀନ ହୋଇ। ଆଜି ବି ମନେ ପଡେ ତୁମସହ ମୋର ପ୍ରଥମ ସାକ୍ଷାତ କଲେଜର ସେହି କଦମ୍ବଗଛ ମୂଳେ "ଫ୍ରେସର୍ସ ଡେ" ଦିନ। ତୁମର ସେ ଟଣାଟଣା ଆଖିଦୁଇଟି ପ୍ରଥମ ଦେଖାରେ ମୋ ମନକୁ କିଣି ନେଇଥିଲା। ମୁଁ ତୁମର ଦୁଇବର୍ଷ ସିନିୟର ଥିଲି। ମତେ ଦେଖି ତୁମେ ପୁରା ଡରି ଯାଇଥିଲ। ମତେ ତିନିମାସ ଲାଗିଗଲା ତୁମ ସହ ସିଧାଯାଇ କଥା ହେବା ପାଇଁ। ମାତ୍ର ଦେଖାହେବା ଦିନଠାରୁ ମୁଁ ସଦାବେଳେ ତୁମ ପଛରେ ଥାଏ। କେତେବେଳେ ଆସୁଥିଲ ଓ ଯାଉଥିଲ ସବୁ ମୋ ନଜରରେ ଥାଏ। ତୁମେ ରାସ୍ତାରେ ଗଲାବେଳେ ମୁଁ ଆମ ହଷ୍ଟେଲ ଛାତରୁ ତୁମକୁ ଦେଖୁଥାଏ। ଏକା ଲୟରେ ତୁମେ ଚାଲୁଥାଅ, ଯେମିତି ତୁମକୁ

ତୁମ ଗନ୍ତବ୍ୟସ୍ଥଳ ପୁରାପୁରି ଜଣାଥିଲା। ତାହାହିଁ ତୁମ ପ୍ରତି ମୋର ଆକର୍ଷଣର କେନ୍ଦ୍ରବିନ୍ଦୁ ପାଲଟିଥିଲା।

ଏମିତି କୌଣସି ଦିନ ନଥିଲା ତୁମର କଲେଜକୁ ଚାଲିଚାଲି ଯିବା ଆସିବାର ନିରବ ସାଥି ମୁଁ ହୋଇନଥିଲି। ଆଜିବି ସେ ମୁହୂର୍ତ୍ତ ମନେ ପଡିଗଲେ ଶରୀରରେ ଏକ ଅଦ୍ଭୁତ ଶୀହରଣ ସୃଷ୍ଟିହେଉଛି। ଆଉ ସେଦିନ କଥା କୁହନି ଯେବେ ତୁମ ସହ ପ୍ରଥମ କଥା ହୋଇଥିଲି। ମତେ ଲାଗୁଥିଲା ଯେମିତି ମୋ ଗୋଡଦୁଇଟି ଜମାଟ ବାନ୍ଧିଯାଇଛି। ତୁମର ସେ ଡର ଓ ମୁଁ ତୁମକୁ ଭଲପାଏ କହିଲା ପରେ ଯେଉଁ ଖୁସି ଉଭୟ ଦେଖିବାକୁ ପାଇଥିଲି ସେଦିନ। ସେଦିନର ପ୍ରଥମ ଫଟୋ ଆଜିବି ମୋ ଡାଏରୀରେ ସାଇତା ହୋଇ ରହିଛି। ଏବେ ମୁଁ ତୁମକୁ ପତ୍ର ଲେଖୁଛି ମାତ୍ର ମତେ ଲାଗୁଛି ତୁମେ ମୋ ସମ୍ମୁଖରେ ଅଛ ଓ ମୋ ମନର ଅକୁହା କଥା ଗୁଡିକୁ ମୁଁ ବର୍ଣ୍ଣନା କରିଚାଲିଛି ତୁମ ଆଗରେ। ମୁଁ ଯେତେ ଯେତେ ଲେଖୁଛି ସେତିକି ମୋ ମନ ହାଲୁକା ଲାଗୁଛି। କିଛି ବୋଝ ଶବ୍ଦ ରୂପେ ମୋ ଲେଖା ମାଧ୍ୟମରେ ଓ କିଛି ପଶ୍ଚାତାପର ଲୁହ ମାଧ୍ୟମରେ ବାହାରି ଯାଉଛି। ଏବେ ଅନୁଭବ କରୁଛି କାହିଁକି ମୁଁ ଏ ପରିସ୍ଥିତି ଆସିବା ପର୍ଯ୍ୟନ୍ତ ସମୟ ନେଲି। କାହିଁକି ମୁଁ ଆଗରୁ ଏସବୁ ନ କଲି।ହେଇ ଦେଖ, ମୁଁ ପୁଣି ଅତୀତକୁ ଧରିଲିଣି। ଏଥିରୁ ବୁଝ ମୁଁ ହିଁ ସେମିତି । ଯେତେ ଚେଷ୍ଟା କଲେ ବି ମୁଁ ବର୍ତ୍ତମାନକୁ ଆସିପାରୁନି।

ହଁ ଆସିବି ସେହିଦିନ ଯେଉଁଦିନ ତମେ ମତେ କ୍ଷମା ଦେବ ହୃଦୟରୁ। ଅବଶ୍ୟ ଏହା ସତ ଯେ, ଭାଙ୍ଗି ଯାଇଥିବା ମାଠିଆ ଆଉ ଯୋଡି ହେବନି କି ପୋଡା ଡିଅଣର ଆଉ ସୁଆଦ ଫେରି ଆସିବନି। ତଥାପି ମୋ ଭୂଲକୁ କ୍ଷମା ଦେଇ ଯଦି ଆମେ ଏକ ନୂଆ ମାଠିଆ ଗଢି ପାରିବା ତେବେ ଏହା ସମ୍ଭବ ହୋଇପାରିବ। ସମସ୍ତ ପ୍ରେମ, ଭଲପାଇବା,ସ୍ନେହ, ଆଦର, ସମ୍ମାନକୁ ଏକାଠି କରି ଜୀବନର ଏକ ନୂଆ ଅନୁଭୂତି ସ୍ୱରୂପ ଡିଅଣ ପ୍ରସ୍ତୁତ କରିପାରିବା ବୋଲି ମୋର ଆଶା। ଅନେକ ଘାତ ପ୍ରତିଘାତ ସହି ଜାତି ଧର୍ମକୁ ନମାନି ନିଜ ନିଜ ପରିବାର ସହ ଲଢେଇକରି ଆମେ ଶେଷରେ ଏକାଠି ହୋଇଥିଲେ। କେତେ ଯେ ଘାତ ପ୍ରତିଘାତ ଭିତରେ ଆମେ ଦୁହେଁ ଗତିକରି ଶେଷରେ ଆମ ଭଲପାଇବାର ପୂର୍ଣ୍ଣ ସ୍ୱୀକୃତି ପାଇଥିଲେ ତାହା ଏବେବି ଜଳଜଳ ହୋଇ ମୋ ଆଖି ଆଗରେ ନାଚି ଯାଉଛି।

ସବୁଠାରୁ ସଂଘର୍ଷ ତୁମକୁ କରିବାକୁ ପଡିଥିଲା। କେତେ ରାତି ତୁମେ ନ ଶୋଇ ମୋ ସହ ଫୋନରେ କଥା ହେଇ କାନ୍ଦିଛ ତାହା ଏକ ଅଭୂଲା ସ୍ମୃତି ମୋ ପାଇଁ।

ମୋର ସବୁଠୁ ବଡ ଦୁଃଖ ମୋ ଆତ୍ମବଡିମା ଓ ପରିବାର ପାଇଁ ମୁଁ ତୁମକୁ ଛାଡି ଚାଲିଆସିଲି। ସେ ମୁହୂର୍ତ୍ତ ଆଜି ମନେ ପଡିଗଲେ ନିଜ ପ୍ରତି ଏକ ଅସହ୍ୟ ଘୃଣାଭାବ ଆସିଯାଉଛି। ଯେଉଁଦିନ ତୁମ ପାଖରୁ ଚାଲି ଆସିଲି ସେଦିନ ମୁଁ ଘରକୁ ଫେରିନଥିଲି। ରେଳ ଷ୍ଟେସନରେ ମୋ ସମୟ କଟିଥିଲା। ତା ପରଦିନ ଘରକୁ ଗଲି। ଘର ଲୋକଙ୍କ ତୁମପ୍ରତି କୁତ୍ସାରଟନା ଓ ଗାଳି ଶୁଣି ଶୁଣି ମୁଁ ମଧ୍ୟ ତାଙ୍କ ପ୍ରଭାବରେ ପ୍ରଭାବିତ ହୋଇଗଲି। ଆଜିକୁ ଛ ମାସ ହେବ ମୁଁ ଯେମିତି ମୋ ଭିତରେ ନଥିଲି।

ଆଜି ହଠାତ ମୋର ପୁରୁଣା ଫାଇଲ ଖୋଜୁ ଖୋଜୁ ମୁଁ ତୁମକୁ ଦେଇଥିବା ସେ ଚିଠିଟି ପାଇଲି। ହସ ଲାଗିଲା ଦେଖି ।

ପାଖରେ ଥାଇ ଚିଠି। ଏ କିପରି ସମ୍ଭବ ହୋଇଥିଲା! କେତେ ରାଗ ମୋର। ଗୋଟିଏ ଘରେ ଦୁଇଟି ରୁମରେ ଥାଇ ଚିଠିର ଆଦାନ ପ୍ରଦାନ। ଅଦ୍ଭୁତ ଆମର ଏ ପ୍ରେମ। ମନେ ପଡିଲା ସେହିଦିନ କଥା, ଯେଉଁଦିନ ତମେ କୌଣସି ଏକ ଜରୁରୀ କାର୍ଯ୍ୟନେଇ ଘରକୁ ବାହାରିଥାଅ ଓ ମତେବି ସାଙ୍ଗରେ ଯିବା ପାଇଁ କହୁଥାଅ। ମାତ୍ର ମୋର ଏକା ଜିଦ୍ ଯେ ମୁଁ ଯିବିନି। କାରଣ ସେତେବେଳେ ଏକ ମିଥ୍ୟା ଅହମିକା ଓ ଜାତି ଧର୍ମର ଏକ ମିଥ୍ୟା ଆବରଣ ମତେ ଘାରିରହିଥିଲା। ତେଣୁ ମତେ ତା ଆଗରେ କିଛି ଦୃଶ୍ୟମାନ ହେଉନଥିଲା। ନିଜକୁ ବହୁତ ବଡ ଭାବୁଥିଲି ମୁଁ। ତୁମର ଉପସ୍ଥିତିକୁ ମୁଁ ସଦାସର୍ବଦା ଗ୍ରହଣୀୟ ଭାବେ ନେଇ ଥିଲି। ତେଣୁ ମୋର ରାଜତ୍ୱ ତୁମ ଉପରେ ବିସ୍ତାର କରି ଚାଲିଥିଲି। ସେଦିନ ଲେଖିଥିଲି ଚିଠି।

"ମୋ ପ୍ରିୟର ପ୍ରିୟା,

ମତେ ଭୁଲ ବୁଝିବନି। ମୁଁ ସଦାସର୍ବଦା ତୁମର ଭଲ ଚାହେଁ। ମୁଁ ଯାହା କରୁଛି ତୁମ ଭଲ ପାଇଁ। ତୁମ କର୍ତ୍ତବ୍ୟ ହେଲା ମୋ କଥା ମାନିବା। ମାତ୍ର

ତୁମେ ତୁମ ଇଛାରେ କାର୍ଯ୍ୟକରୁଛ। ଯାହା ଆମ ଭବିଷ୍ୟତ ପାଇଁ ଠିକ ନୁହେଁ। ଏହାପରେ ଯାହା ତୁମର ଇଛା ତାହା କର।

ଇତି ତୁମର (ଯାହା ଇଚ୍ଛା...ତାହା ଲେଖିପାର)

ପ୍ରକୃତରେ ତାହା ଚିଠି ନଥିଲା, ତାହା ଥିଲା ମୋର ଅହଂ ଭାବ, ଯାହାକୁ ମୁଁ ତୁମ ଉପରେ ଲଦି ଦେଉଥିଲି। ମାତ୍ର ଆଜି ମୁଁ ତାହା ବୁଝିପାରୁଛି। ସଂସାର ଭିତରେ ଘର କରିବାକୁ ହେଲେ ଉଭୟଙ୍କର ମତାମତର ଆବଶ୍ୟକତା ରହିଛି। ପରସ୍ପରର ମନୋଭାବକୁ ବୁଝିବା ନିତ୍ୟାନ୍ତ ଆବଶ୍ୟକ। ତୁମକୁ ଦୁଃଖୀ କରି ମୁଁ ସୁଖର ସଂସାର କରି ପାରିବି ନାହିଁ। ଏକାଏକା ଏହା ସମ୍ଭବ ନୁହେଁ। ତୁମ ମନରେ ଆଘାତ ଦେଇ ମୁଁ ଆଜି ପଶ୍ଚାତାପ କରୁଛି। ତୁମକୁ ଜନ୍ମ ଦେଇଥିବା ବାପାମାଆଙ୍କର ତୁମ ଉପରେ ସମ୍ପୂର୍ଣ୍ଣ ଅଧିକାର ଅଛି। ସେମାନେ ଯେତେବେଳେ ଜାତିଧର୍ମକୁ ଭୁଲି ମତେ ଆପଣେଇ ପାରିଲେ ଆମେ ତାଙ୍କ ସନ୍ତାନ ହୋଇ କିପରି ତାଙ୍କୁ ସନ୍ତାନ ସୁଖରେ ଦୂରେଇ ଦେଇ ପାରିବା। ଏହା ଘୋର ଅପରାଧ।

ଆଜି ମୁଁ ବାପା ହେବାକୁ ଯାଉଛି ଶୁଣି ମୋର ହୃଦୟ ଥରି ଉଠିଲା ମୁଁ କରିଥିବା ଭୁଲ ପାଇଁ। ତୁମକୁ ଛାଡି ଆସିଲା ବେଳର ମୁହୂର୍ତ୍ତ ମୋର ଏବେବି ମନେ ପଡୁଛି। ଏବେବି ମନେ ପଡୁଛି ତୁମର ସେହି ଭୟ ମିଶା ମୁହାଁ। ପ୍ରଥମ ପ୍ରେମ ବ୍ୟକ୍ତ ସମୟରେ ଯାହା ବିବାହର ପାଞ୍ଚ ମାସ ପରେ ମଧ୍ୟ ତାହା ଥିଲା।

ଆଜି ମୁଁ ବୁଝି ପାରୁଛି ଏଇ ଫଟୋକୁ ଦେଖି, ତାହା ତୁମର ଭୟ ନଥିଲା, ତାହା ଥିଲା ତୁମର ମୋ ପ୍ରତି ଗଭୀର ବିଶ୍ୱାସ ଓ ସେହି ବିଶ୍ୱାସକୁ ତୁମେ ରକ୍ଷା କରିପାରିବ କି ନାହିଁ ତାର ଦୋଦୁଲ୍ୟମାନ ଅବସ୍ଥା। ଯାହା ଆଜି ମୁଁ ଅଙ୍ଗେ ଅଙ୍ଗେ ଅନୁଭବ କରୁଛି।

ଏଇ କିଛି ମାସର ଦୂରତ୍ୱ ମତେ ହୃଦୟଙ୍ଗମ କରେଇଛି ଯେ ତୁମ ବିନା ମୁଁ କିଛି ନୁହେଁ। ଜୀବନ ଅଛି ମାତ୍ର ଆତ୍ମା ନାହିଁ। ଖାଦ୍ୟ ଅଛି ମାତ୍ର ଭୋକ ନାହିଁ। ଶେଜ ଅଛି ମାତ୍ର ନିଦ୍ରା ନାହିଁ। ଖାଲି ଖାଲିରେ ଚାଲିଛି ଏ ଜୀବନ ଦିଗହୀନ ହୋଇ।

ପ୍ରକୃତ ଦିଗହୀନ ତ ମୁଁ ଏବେ ହେଲି। ଆଗରୁ ତ ପରକଟା ଚଢେଇ ପରି ଘୁରିବୁଲୁଥିଲି । ତୁମେ ଥିଲ ମୋର ନୀଡ। ସେହି ନୀଡ ଛାଡିଲା ଦିନଠୁ ମୋର ଏ ଅବସ୍ଥା।

ଏଇ କିଛି ମାସର ଦୂରତା ମତେ ବୁଝେଇଛି ତୁମର ଆବଶ୍ୟକତାକୁ ମୋ ଜୀବନରେ। ଆଜି ତୁମେ ମାତୃତ୍ୱ ଲାଭ କରିବାକୁ ଯାଉଛ। ମୁଁ ପିତା ହେବାକୁ ଯାଉଛି। ଏହା ଆମ ଉଭୟଙ୍କ ପାଇଁ ଏକ ପରୀକ୍ଷା ସଦୃଶ। ଗୋଟିଏ ଜୀବନରୁ ଆଉ ଏକ ଜୀବନକୁ ପ୍ରବେଶ କରିବାକୁ ଯାଉଛେ ଉଭୟ। ଦୁହେଁ ଦୁହିଁଙ୍କର ଆବଶ୍ୟକତାକୁ ବୁଝିବା ଦରକାର ଥିଲା। ମାତ୍ର ମୁଁ କିଛି ନବୁଝି ଏପରି କରିବା ମୂର୍ଖାମୀର ପରିଚୟ। ମୁଁ ଯଦି ଏପରି ହେବି ତେବେ ଆମ ଆଗାମୀ ପିଢିକୁ କି ଉତ୍ତର ଦେବି। ତୁମେ ଅତି ଖୁସିରେ ଯାଅ ତୁମ ପିତାମାତାଙ୍କ ଆଶିର୍ବାଦ ନିଅ। ଯେତେବେଳେ ପହଞ୍ଚିବ ମତେ ଜଣେଇବ ମୁଁ ପହଞ୍ଚି ଯିବି। ମତେ ବି ଭୁଲ ମାଗିବା ଅଛି। କ୍ଷମା ଦେବା ସେମାନଙ୍କ ଇଛା। ତାଙ୍କର ଯାହା ନିଷ୍ପତ୍ତି ହେବ ମୁଁ ତାକୁ ସାଦରେ ଗ୍ରହଣ କରିବି।

ଲେଖୁଲେଖୁ ଅନେକ କିଛି ଲେଖିଦେଲି ଦାର୍ଶନିକ ପରି। ମାତ୍ର ମୋର ପ୍ରତିଟି ଶବ୍ଦରେ ଭରି ରହିଛି ମୋର ବେଦନା ଓ ପଶ୍ଚାତାପ। ମୋ ଭୂଲ ପାଇଁ ମତେ କ୍ଷମା କରିଦିଅ ମୋର ପ୍ରିୟର ପ୍ରିୟତମା। ତୁମ ବିନା ମୁଁ କିଛି ନୁହେଁ।

ଯଦି ଭାବିବ ତୁମ ଜୀବନରେ ମୋର କିଛି ଆବଶ୍ୟକତା ରହିଛି ଏବଂ ମୋ ଭୁଲକୁ ସୁଧାରିବାର କ୍ଷମତା ମୋ ପାଖରେ ଓ ମତେ କ୍ଷମା କରିବାର ଅଧିକାର ତୁମ ପାଖରେ ରହିଛି।

ଶେଷରେ...

ତୁମ ଉତ୍ତର ଅପେକ୍ଷାରେ...

ଇତି ତୁମର ହତଭାଗା
ସ୍ୱାମୀ ବିକାଶ।

ଆଶ୍ରିତା

: ନଦୀର କୂଳୁ କୂଳୁ ନାଦରେ ଓ ଚଢେଇମାନଙ୍କର ଚିଁ ଚିଁ ଶବ୍ଦ ଭିତରେ କାଳିର ହୃଦୟର ସ୍ପନ୍ଦନ କେଉଁଠି ହଜିଯାଇଛି ସେ ଜାଣିପାରୁନାହିଁ କିମ୍ବା ସେହି ସ୍ପନ୍ଦନକୁ ନ ଶୁଣିବା ପାଇଁ ସେ ପ୍ରତ୍ୟେକ ଦିନ ଏଠାକୁ ସକାଳ ଓ ସନ୍ଧ୍ୟାରେ ଆସୁଛି ସେ କଥା ବି ସେ ବୁଝିପାରୁ ନାହିଁ ।

ମାତ୍ର ଯନ୍ତ୍ରବତ୍ ସେ ଦିନକୁ ଦୁଇଥର ଏଠାରେ ଉପସ୍ଥିତ ହେବା ଏଠାକାର ପାଣିପବନ ମଧ୍ୟ ଜାଣି ପାରିଲେଣି।

ମାତ୍ର ଆଜି ପର୍ଯ୍ୟନ୍ତ ତାର ମୁଖରୁ ଦୁଇଟି ଶବ୍ଦ ଶୁଣି ପାରିନାହାଁନ୍ତି। କିଚିରି ମିଚିରି ହେଉଥିବା ଚଢେଇଗୁଡିକ ମଧ୍ୟ ଗଛ ଡାଳର ଆଢୁଆଳରେ ବସି କାଳିର ଉପସ୍ଥିତିକୁ ଲକ୍ଷ କରିଥାନ୍ତି। ପ୍ରଥମେ ତ ସେମାନେ ବି ଭିତତ୍ରସ୍ତ ହୋଇପଡିଥିଲେ।

ଜୀବନ ଅଛି ତ ଡର ବି ଅଛି। ସେ ମଣିଷ ହେଉ କି ପଶୁପକ୍ଷୀ। ମାତ୍ର କାଳିର କିଛି ଦିନର ଶାନ୍ତ ଉପସ୍ଥିତି ସେମାନଙ୍କ ମନରୁ ବି ଡର ଓ ଭୟକୁ ଦୂରିଭୂତ କରିଦେଇଛି। ଏବେ ସେମାନେ ତା ଚାରିପାଖରେ ଖୁସିରେ ବୁଲନ୍ତି । ମାତ୍ର ମୂର୍ତ୍ତିବତ୍ କାଳିର କିଛି ପ୍ରତିକ୍ରିୟା ନଥାଏ।

ବେଳେବେଳେ ସେମାନେ ବି ଭାବୁଥିବେ ନିକଟରେ ଥିବା ଗଛଲତା ପରି ଏ ବି ଏକ ଧରଣର। ମାତ୍ର କାଳି ନିସ୍ତବ୍ଧ ଓ ନିଶ୍ଚଳ ଭାବେ ବସିରହି ଚାହିଁ ରହେ ସେଇ ପୋଖରୀଟିର ଜଳକୁ ଓ ସେହି ପରିବେଶ ଭିତରେ କିଛି ସମୟ

ପାଇଁ ହଜେଇ ଦିଏ ନିଜର ଅସ୍ତିତ୍ୱକୁ ଯେମିତି ମାତା ସୀତା ନିଜକୁ ବିଲୀନ କରିଦେଇଥିଲେ ଧରଣୀ ମାତାର କୋଳରେ।

ଦିନେ ସେହି ସ୍ଥାନରେ ବସିରହିଥିବା ସମୟରେ ତାର ପିଲାଦିନର ଦୁଇ ସଙ୍ଗାତଙ୍କ ସହ ଭେଟ ହୋଇଗଲା। ସରିତା ଓ ଗୀତା। ଉଭୟେ କାଳିକୁ ଦେଖି କିଛି ଖୁସି ଓ କିଛି ବିବ୍ରତ ହୋଇ ଆସି ତା ପାଖରେ ବସି ତାକୁ ଫେରାଇଆଣିଲେ ନିଜର ସ୍ପନ୍ଦନ ନିକଟକୁ ।

ଅନେକ ଦିନପରେ ସେମାନଙ୍କୁ ଦେଖି ଏକ ଅହେତୁକ ଆନନ୍ଦରେ କାଳିର ମନ ଭରି ଉଠିଲା। ସରିତା କହିଉଠିଲା, ଆରେ ଏ କଣ ତୁ ଏଠି ଏକୁଟିଆ କାହିଁକି ବସିଛୁ। ଆଉ କଣ କିଏ ସାଙ୍ଗରେ ଆସିଛନ୍ତି ଅପେକ୍ଷା କରିଛୁ। କିଛି କହୁନୁ କାହିଁକି। ଏମିତି ଭୂତଙ୍କ ପରି କଣ ବସିଛୁ।ଏ ଗଛଲତାଙ୍କ ପରି ତୁ କଣ କାଠ ହୋଇଗଲୁଣି ନା କଣ? ଏମିତି ଅନେକ ପ୍ରଶ୍ନର ବାଣରେ ସେ ବିଧ କରିପକେଇଲା କାଳିକୁ। ଏହା ଦେଖି ବ୍ୟସ୍ତ ହୋଇ ଗୀତା ସରିତାକୁ ଅଟକାଇ ଚୁପ୍ ରହିବାକୁ କହି ସେଠାରୁ ଯିବାକୁ ଇଙ୍ଗିତ କଲା। ତା ଇସାରାକୁ କିଛି ନବୁଝି ସେଠାରୁ ଉଠି ତା ସହ ଆଗେଇଲା ସରିତା। ସରିତା ଅନେକ ଦିନ ପରେ ଗାଁକୁ ଫେରିଥାଏ। ବିଦେଶରେ ସ୍ୱାମୀ ସହ ବସବାସ ତାର। ହାଇସ୍କୁଲ ପର ଠୁ ସହରରେ ପାଠପଢି ବିଦେଶରେ ବିବାହିତ ଓ ଅବସ୍ଥାପିତ। ଗୀତା ସେହି ଗାଁରେ ବିବାହିତ ଓ ଶିକ୍ଷକତା କରେ।

ଦୀର୍ଘ ବର୍ଷ ପରେ ତିନି ସଙ୍ଗାତ ଏକାଠି ହେବାର ସୁଯୋଗ ମିଳିଛି ତାଙ୍କ ବିଦ୍ୟାଳୟର ପଚସ୍ତରୀ ବର୍ଷ ପୂରଣ ଉପଲକ୍ଷେ। ଦୁଇଦିନ ପୂର୍ବରୁ ଅନେକ ଛାତ୍ରଛାତ୍ରୀଙ୍କର ଭିଡ ଜମିଲାଣି ଗାଁରେ। ପୁରୁଣା ସାଙ୍ଗମାନଙ୍କୁ ଦେଖି ସମସ୍ତଙ୍କର ମନ କୁଣ୍ଢେମୋଟା ପିଲାବେଳକୁ କିଛି ଫେରିଯାଇଛନ୍ତି। ଇତି ମଧ୍ୟରେ ସମସ୍ତେ ନିଜ ନିଜ କ୍ଷେତ୍ରରେ ଅବସ୍ଥାପିତ ଓ ରୋଜଗାରକ୍ଷମ ହୋଇସାରିଛନ୍ତି। ସମସ୍ତଙ୍କର ଶରୀରର କାୟା ବଦଳିବା ସହ ଗାଁ ମଧ୍ୟ ତାର କାୟା ବଦଳେଇଛି।

ମାଟି ସଡକ ସ୍ଥାନକୁ ପକ୍କା ସଡକ ହାତେଇଛି। ଛାଳ ଛପର ଘର ପରିବର୍ତ୍ତେ ଛାତ ଓ ରଙ୍ଗୀନ ଘର ଦେଖିବାକୁ ମିଳୁଛି। ସତେ ଯେମିତି ବିଦେଶୀ ରଙ୍ଗବିରଙ୍ଗରେ ସଜେଇ ହୋଇଛି ସେହି ପଚିଶ ବର୍ଷ ତଳର ଗୋବର ମାଟି

ଲେସି ହୋଇଥିବା ଗାଁ କନିଆଁ । ସରିତା ଖୁସିରେ ବାଧା ଉପୁଜେଇଲା କାଳିର ନିରବତା। ବାଟରେ ଗଲାବେଳେ ଗୀତାର ମୁଣ୍ଡକୁ ପଚାରି ପଚାରି ଖରାପ କରିଦେଲା ସେ। ଶେଷରେ ଗୀତା ମୁହଁ ଖୋଲିଲା। ସେତେବେଳକୁ ତା ଆଖି ଛଳଛଳ ହୋଇଯାଉଥାଏ। ଆରମ୍ଭ କଲା,

"ବିଦ୍ୟାଳୟ ସରିଲା ପରେ ତୁ ଓ ତୋ ସହ ଅନେକ ପିଲା ସହରକୁ ପଳେଇଲେ। ମୁଁ ନିକଟସ୍ଥ ଗାଁର ମହାବିଦ୍ୟାଳୟରେ ନାମ ଲେଖେଇଲି ମାତ୍ର କାଳିର ପାଠରେ ଡୋରି ବନ୍ଧା ହେଲା। ତୁ ତ ଜାଣୁ ତାର ଶରୀରର ରଙ୍ଗପାଇଁ ତାର ନାମକରଣ ତା ଜେଜେମାଆ କରିଥିଲେ କାଳି। ମାତ୍ର ବିଦ୍ୟାଳୟରେ ତାର ଆଚାର ବ୍ୟବହାର, କୃତିତ୍ୱ, ସଫଳତା ଯୋଗୁଁ ତା ନାଁର ଅର୍ଥକୁ କଦର୍ଥ କରୁଥିବା ପିଲାବି ତାକୁ ସମ୍ମାନ ଦେଉଥିଲେ ଓ ସେ ସବୁରି ପ୍ରିୟ ଥିଲା। ସମସ୍ତଙ୍କ ଠାରୁ ଅଧିକ ନମ୍ବର ରଖି ମଧ୍ୟ ତା ଜେଜେମାଆ ପାଇଁ ମହାବିଦ୍ୟାଳୟରେ ଭର୍ତ୍ତି ହୋଇପାରିଲା ନାହିଁ।

ଆମେ ସମସ୍ତେ ଉଚ୍ଚଶିକ୍ଷାର ମାର୍ଗରେ ଗଲାବେଳେ ସେ ଘର କାମ, ଗାଈ ବଳଦ କାମରେ ଲାଗିଲା। କିଛି ମାସପରେ ଧନ ଲୋଭରେ ତା ଜେଜେମାଆ କାହାକଥା ନଶୁଣି ପାଖ ଗାଁର ସାମନ୍ତରାୟ ପରିବାରରେ କାଳିର ବିବାହ କରେଇଦେଲେ। ତାର ରଙ୍ଗ ଏପରି ଥାଇ ମଧ୍ୟ ସେମାନେ ତାର ବ୍ୟବହାର ଓ ଧର୍ଯ୍ୟଶୀଳତା ପାଇଁ ତାଙ୍କ ସାନ ଓ ମାନସିକ ବିକୃତ ପୁଅ ପାଇଁ ବୋହୂକରି ନେଇଗଲେ। ତା ବଦଳରେ କାଳିର ଜେଜେମାଆ ଏକ ମୋଟା ଅଙ୍କର ଅର୍ଥ ପାଇଥିଲେ।

ପ୍ରଥମେ ପ୍ରଥମେ କେହି କିଛି ଜାଣିପାରି ନଥିଲେ। ଚତୁର୍ଥୀ ଦିନ ତାର ଦେହ ଖରାପ କହି କାଳି ନିକଟକୁ ଯିବାକୁ ଦେଇ ନଥିଲେ। କିଛି ସମୟ ପର୍ଯ୍ୟନ୍ତ ଠିକଠାକ ଥିଲା। ନୂଆ ଯାଗା, ନୂଆ ଘର,ବଡ ପରିବାର ଭିତରେ ନିଜକୁ ଏପରି ହଜେଇ ଦେଲା ଯେ ନିଜର ଅସ୍ତିତ୍ୱକୁ ହିଁ ଭୁଲିଗଲା।

କିଛି ଦିନପରେ ସେ ହରିଶ ସାମନ୍ତରାୟ ମାନେ ତା ସ୍ୱାମୀର ପ୍ରକୃତ ରହସ୍ୟ ଜାଣିବାକୁ ପାଇଲା। ସେତେବେଳେ ସେ ନିଜକୁ ବହୁତ ଧିକ୍କାର କରିବା ସହ ବହୁତ ଅସହାୟ ମଣିଥିଲା। ମାତ୍ର ତାଙ୍କ ଘରୁ କେହି ହେଲେ ଟିକେ ଆଶ୍ୱାସନା

ଦେବାପାଇଁ ଯାଇନଥିଲେ। ଆମେ ଚେଷ୍ଟା କରିଥିଲୁ ମାତ୍ର ସାମନ୍ତରାୟ ପରିବାର ଆମକୁ ବାଧା ଦେଇଥିଲା। କାଳି ବିବାହ କରି ସେଠାକୁ ଯିବା ଦିନଠୁ କେବେ ଗାଁକୁ ଆସିନଥିଲା। ନିଜ ଭାଗ୍ୟକୁ ଆଦରି ସେଠାରେ ପଡିରହିଥିଲା। ଚାକର ବାକର ଥିବା ସ୍ୱତ୍ତ୍ୱେ ବି ସେଠାରେ ସେ ଏକ ଆଶ୍ରିତାର ପରିଚୟରେ ବଞ୍ଚିଥିଲା।

ସବୁକିଛି ଭୁଲି ତା ପାଗଳ ସ୍ୱାମୀର ଦେଖାଶୁଣା କରିବାକୁ ଲାଗିପଡିଲା। ଅନେକ ଚିକିତ୍ସା ଓ କାଳିର ଅପାର ଚେଷ୍ଟା ଓ ଭଗବାନଙ୍କ ଉପରେ ବିଶ୍ୱାସ ଯୋଗୁଁ ହରିଶ ଧିରେ ଧିରେ ଠିକ ହେବାକୁ ଲାଗିଲା ମାତ୍ର ତା ସହ ସେ ତାର ବର୍ତ୍ତମାନର ମାନସିକ ସ୍ଥିତି ହରେଇବା ସହ ସବୁକିଛି ଭୁଲିଗଲା। ଯେତେ ଚେଷ୍ଟା କଲେବି ସେ କାଳିକୁ ଚିହ୍ନିଲା ନାହିଁ ବରଂ ତାକୁ ଦେଖି ତାର ରଙ୍ଗ ପାଇଁ ଘୃଣା କରିବାକୁ ଲାଗିଲା।

କାଳି ସବୁ ସହି ଯାଉଥିଲା ମାତ୍ର ତାର ରଙ୍ଗକୁ ନେଇ ତା ନିଜ ସ୍ୱାମୀ ଏପରି ଘୃଣା ଭାବ ପ୍ରକାଶ କରିବା ଓ ତାକୁ ସ୍ତ୍ରୀର ମାନ୍ୟତା ନଦେବା ତାର ଅସହ୍ୟ ଥିଲା। ତାକୁ ଲାଗିଲା ଯେପରି କେଉଁ ଏକ ଅଜଣା ସ୍ଥାନରେ ଅନିଚ୍ଛୁକ ପ୍ରବେଶ କରିଛି ସେ। ତଥାପି କାହାକୁ କିଛି ନକହି ନିଜ ଭାଗ୍ୟକୁ ଆଦରି ସେଠି ରହିଛି।

ହରିଶର ମତି ଠିକ ଦିଗକୁ ଆସିଲେ ମଧ୍ୟ ସବୁ ଜାଣି ସେ କାଳିକୁ ଆପଣେଇବାକୁ ନାରାଜ। ଏକ ଭଲ ଘର, ଭଲ ପରିବାର ଥାଇ ମଧ୍ୟ ସେ ଏକ ଆଶ୍ରିତାର ଜୀବନ ଯାପନ କରୁଛି। ନା ଅଛି ତାର ଆବଶ୍ୟକତା, ତା ଅଛି ତାର ମନ। ସମସ୍ତଙ୍କ ମନ ବୁଝି କାମ କରିଚାଲେ ଅଣନିଶ୍ୱାସୀ ହୋଇ।

ସକାଳ ଓ ସଞ୍ଜରେ ଟିକେ ସମୟ ପାଇଲେ ଚାଲିଆସେ ଏଇ ସ୍ଥାନକୁ ନିଜର ସତ୍ତାକୁ ଖୋଜିବାକୁ। କେତେବେଳେ କେମିତି ମୁଁ ଆସି ତା ପାଖରେ ଟିକେ ବସିଯାଏ। ମାତ୍ର ତା ପାଖରୁ କିଛି ଶୁଣିବାକୁ ପାଏନା। କେତେବେଳେ କେମିତି ତାର ଦୁଇ ଧାର ଲୁହ ସହ ସାକ୍ଷାତ ହୋଇଯାଏ ଓ ସେହି ଲୋତକ ଦ୍ୱାରା ତାର ମନର ଅକୁହା କଥାକୁ ବୁଝିବାକୁ ଚେଷ୍ଟା କରେ। ବାସ୍ ସେତିକି। ତାପରେ ମୁଁ ମୋ ବାଟରେ ସେ ତା ବାଟରେ। ଆଜି ସେ ଯଦି ଜାଣିବ ଆସନ୍ତା କାଲି ତାର ବିଦ୍ୟାଳୟର ଭଲ ପାଠ ଓ ବ୍ୟବହାର ପାଇଁ ବିଦ୍ୟାଳୟ ତରଫରୁ ତାକୁ ସମ୍ମାନୀତ କରିଯାଉଛି ସେ ବହୁତ ଖୁସି ହେବ। ମାତ୍ର ମୁଁ କହିଲି ନାହିଁ।

କାଲି ସିଧାସଳଖ ଶୁଣିଲେ ସେ ବେଶୀ ଖୁସିହେବ। ଏକଥା ଶୁଣିବା ଭିତରେ ସରିତାର ଲୁହର ଧାର ଛୁଟି ଚାଲିଥାଏ। ସେ କଣ କରିବ ଓ କଣ କହିବ ତା ପାଖରେ କିଛି ଭାଷା ନଥିଲା। କିଛି କ୍ଷଣ ପରେ ସେ ନିଜକୁ ଦୃଢ଼ କରି ଗୀତାକୁ କହିଲା ସାମନ୍ତରାୟ ପରିବାରକୁ ଯିବା ପାଇଁ। ତା କଥା ଶୁଣି ଗୀତା ଆଶ୍ଚର୍ଯ୍ୟ ହୋଇ କାରଣ ଜାଣିବାକୁ ଚାହିଁବାରୁ ସରିତା କିଛି ନକହି ଗୀତାର ହାତ ଧରି ସାମନ୍ତରାୟ ଘର ଅଭିମୁଖେ ଚାଲିଲା।

କିଛି କ୍ଷଣ ମଧ୍ୟରେ ସେମାନେ ପହଞ୍ଚି ଗଲେ। ସରିତା ସେଠାରେ ନିଜର ପରିଚୟ ପ୍ରଦାନ କରି ହରିଶକୁ ଭେଟିବାକୁ ଚାହିଁଲା। ତାଙ୍କ ଘରର ସମସ୍ତେ ମନାକଲେ ମାତ୍ର ହରିଶର ମାଆ ତାକୁ ଯିବାକୁ ଦେଲେ। ପ୍ରକୃତରେ ବୋଧେ ସେ ନିଜର ଭୁଲ ବୁଝିପାରିଥିଲେ ଯେ ସେ ଏକ ଝିଅର ଜୀବନ ନଷ୍ଟ କରିଦେଇଛନ୍ତି ଓ ପ୍ରାୟଶ୍ଚିତର ବାଟ ଖୋଜୁଥିଲେ। ସରିତା ରୂପରେ ସେ ଏକ ନୂତନ ଆଲୋକର ରାହା ଦେଖିବାକୁ ପାଇଥିଲେ।

ଇତି ମଧ୍ୟରେ ସରିତା ଓ ଗୀତା ହରିଶ ବସିଥିବା କୋଠରୀରେ ପ୍ରବେଶ କରି ନିଜର ପରିଚୟ ଦେବା ସହ କାଲି ବିଷୟରେ ଅନେକ କଥା କହିବା ସହ ତାର ଆଚାର, ବ୍ୟବହାର, ମନୋଦଶା,ତାର ବିକୃତ ମସ୍ତିଷ୍କ ଥିବା ସମୟରେ ସବୁ ଭୁଲି ତାର ସେବା ଶୁଶ୍ରୁଷା ସବୁ ବର୍ଣ୍ଣନା କରିବା ସହ ଏକ ବିବାହିତା ନାରୀ ଦୀର୍ଘ ବର୍ଷ ଧରି ନିଜର ଅସ୍ତିତ୍ୱକୁ ଭୁଲି ତାର ଅସ୍ତିତ୍ୱ ଫେରାଇ ଆଣିବା ଦିଗରେ କିପରି ନିଜର ଭାବନା, ଆବେଗକୁ ଜଳାଞ୍ଜଳି ଦେଇଦେଇଛି ତାକୁ ହୃଦ୍ ବୋଧ କରେଇବାର ପ୍ରଚେଷ୍ଟା କରିବାକୁ ଲାଗିଲେ।

ତତ୍ ସହ ତାର ବିଦ୍ୟା, ବୁଦ୍ଧି ଓ ବ୍ୟବହାର ପାଇଁ ବିଦ୍ୟାଳୟ ଯେ ତାକୁ ପୁରସ୍କୃତ କରୁଛି ଶୁଣେଇ ହରିଶକୁ ଓ ତାର କାଳି ପ୍ରତି ବ୍ୟବହାରକୁ ଭର୍ତ୍ସନା କରି ତାକୁ କାଳି ପ୍ରତି ତାର ମନୋଭାବ ବଦଳେଇବା ପାଇଁ ନେହୁରା ହୋଇ ତା ପ୍ରତିବଦଳରେ କୌଣସି ଉତ୍ତର ନପାଇ ନିରାଶ ହୋଇ ଫେରିଆସିଲେ।

ସେଦିନଟି ସରିତା ଓ ଗୀତା ଏକ ସଙ୍ଗେ ବିତେଇଲେ ଓ କାଳିର ସମୟ ଓ ଭାଗ୍ୟ ପାଇଁ ଭଗବାନଙ୍କ ପାଖରେ ପ୍ରାର୍ଥନା କରିବାକୁ ଲାଗିଲେ। ତା ପରଦିନ ଅନେକ ବ୍ୟକ୍ତି ବିଶେଷଙ୍କ ସମାଗମ ବିଦ୍ୟାଳୟ ପରିସରରେ। ସରିତା ଓ

ଗୀତା ନିଜ କାମ ସାରି କାଳି ପାଖରେ ପହଞ୍ଚି ତାକୁ ଠିକସେ ପ୍ରସ୍ତୁତ କରିବାକୁ ଚେଷ୍ଟା କରିବାକୁ ଲାଗିଲେ। ସେଦିନ ସେମାନେ ଏକ ଅସମ୍ଭବ କଥା ଜାଣିବାକୁ ପାଇଲେ ଯେ କାଳି ଦୀର୍ଘ ବର୍ଷ ହେବ ଆଇନାରେ ନିଜକୁ ଦେଖି ନାହିଁ। ସେଦିନ ଅନେକ କହିବା ପରେ ନିଜକୁ ଦର୍ପଣ ସାମନାରେ ଦେଖି ହସିବାକୁ ଲାଗିଲା।

ତାର ହସର କାରଣ ଜାଣିବାକୁ ଚାହିଁବାରୁ କହିଲା ," ଏକ ଆଶ୍ରିତାର ପରିଚୟ କେବେହେଲେ ଏକ ଦର୍ପଣ ହୋଇ ନପାରେ।" ଏହା ଶୁଣି ଉଭୟଙ୍କ ଆଖିରେ ଅମାନିଆ ଲୁହ ଗୁଡିକ ବହି ବାରେ ଲାଗିଲା। ନିଜକୁ ବଶ କରି କାଳି ସହ ଉଭୟେ ବାହାରି ପଡିଲେ ବିଦ୍ୟାଳୟ ଅଭିମୁଖେ। ସେଠାରୁ ଆସିଲା ବେଳେ ସରିତାର ଆଶା ଥିଲା ହରିଶ ନିଜର ଭୁଲ ବୁଝିପାରିଥିବ ବୋଲି ମାତ୍ର ତା ଠାରେ କୌଣସି ପରିବର୍ତ୍ତନର ଆଭାସ ପାଇନଥିଲା। ବିଦ୍ୟାଳୟରେ ପହଞ୍ଚିବା ପରେ ଅନେକ ପୂରାତନ ବନ୍ଧୁଙ୍କ ସଂସ୍ପର୍ଶରେ ଆସି କାଳି ମଧ୍ୟ କିଛି କ୍ଷଣ ପାଇଁ ସବୁକିଛି ଭୂଲି ଯାଇଥିଲା। ଶେଷରେ ସେ ସମୟ ଉପନୀତ ହେଲା ଯେତେବେଳେ କାଳିର ନାମକୁ ବିଦ୍ୟାଳୟର ଏପର୍ଯ୍ୟନ୍ତର ସବୁଠାରୁ ଉତ୍କର୍ଷ ଓ ଶ୍ରେଷ୍ଠ ଛାତ୍ରୀ ଭାବେ ଘୋଷଣା କରାଗଲା ଓ ପୁରସ୍କାର ପାଇଁ ମଞ୍ଚ ଉପରକୁ ଆମନ୍ତ୍ରଣ କରାଗଲା।

ଏକଥା ଶୁଣି ନିଜକୁ ବିଶ୍ୱାସ କରିପାରିଲା ନାହିଁ କାଳି। ତାର ଅଥୟ ମନକୁ ଥୟ କରି ବର୍ତ୍ତମାନର ଆମନ୍ତ୍ରଣକୁ ଗ୍ରହଣ କରିବାକୁ ବୁଝାଇ ମଞ୍ଚ ଉପରକୁ ପଠେଇବାରେ ସକ୍ଷମ ହେଲେ। ପୁରସ୍କାର ଗ୍ରହଣ କରିବା ପରେ କାଳିକୁ ନିଜ ଓ ନିଜ ପରିବାର ବିଷୟରେ କହିବାକୁ କହିବାରୁ କାଳି ଆଖିରୁ ଧାର ଧାର ଲୁହ ବହିବାରେ ଲାଗିଲା ଓ ସେ କଣ କହିବ ତା ବିଷୟରେ ଭାବିବାକୁ ଲାଗିଲା। ଯେଉଁଠି ନିଜ ଜନ୍ମଦାତା ମାନେ ତ ଅର୍ଥ ଲୋଭରେ ତାକୁ ଏକ ପ୍ରକାର ବିକ୍ରି କରି ଦେଇଥିଲେ ଓ ଯେଉଁ ମାନେ କିଣିନେଲେ ସେଠାରେ ସେ ହୋଇଥିଲା ସେ ଆଶ୍ରିତା। ଏତେ ଭିତରେ ମଞ୍ଚ ଉପରକୁ ଉଠିବାର ଦେଖାଗଲା ହରିଶ ସାମନ୍ତରାୟଙ୍କୁ। ତାଙ୍କ ଉପସ୍ଥିତ ସମ୍ବନ୍ଧରେ ସମସ୍ତେ କିଛି ଭାବିବା ଆଗରୁ ସରିତା ଓ ଗୀତା ଅନେକ କିଛି ଭାବିବାକୁ ଲାଗି ଖୁସି ହେବାର ପ୍ରୟାସ କରୁଥିଲେ।

ହରିଶ ସିଧା ଯାଇ କାଳିର ପାର୍ଶ୍ୱରେ ଠିଆ ହୋଇଗଲେ ଓ କାଳିକୁ ନିଜର

ସ୍ତ୍ରୀର ପରିଚୟ ଦେବା ସହ କାଳିର କୃତିତ୍ୱ ପାଇଁ ନିଜକୁ ସେ ବହୁତ ଗର୍ବିତ ଓ ସାମନ୍ତରାୟ ପରିବାର ବହୁତ ଭାଗ୍ୟଶାଳୀ ବୋଲି କହିବା ଶୁଣି ସେଠାରେ ଉପସ୍ଥିତ ସମସ୍ତ ଜନତା ଓ ବନ୍ଧୁ ବର୍ଗ ଖୁସିରେ କରତାଳି ଦେବାକୁ ଲାଗିଲେ। ଏହା ଶୁଣି କାଳି ନିଜ କାନକୁ ବିଶ୍ୱାସ କରିପାରିଲା ନାହିଁ।

ଦୀର୍ଘ ବର୍ଷ ପରେ ନିଜର ପରିଚୟ ଖୋଜି ପାଇବାର ଯେଉଁ ଖୁସି ଓ ଆନନ୍ଦ ଥିଲା ତାହା ସ୍ପଷ୍ଟ ବାରି ହୋଇ ପଡୁଥିଲା ତା ଆଖିର ଲୁହରୁ। ସେଦିନ ଗୀତା ଓ ସରିତା କାଳିର ଲୁହରେ ଖୁସିର ଏକ ଝଲକ ଦେଖିବାକୁ ପାଇଥିଲେ। ସେହି ମୁହୂର୍ତ୍ତରେ ଗୀତା ମୁହଁରୁ ସ୍ୱତଃ ବାହାରି ଆସିଥିଲା ତୁ ଆଶ୍ରିତା ନୁହେଁ କାଳି ତୁ ସର୍ବଜନ ଆଦୃତା।

■

କଟୁପୋକ

ଶିବୁ..ମୋ ବାପା ମାଆଙ୍କର ଜ୍ୟେଷ୍ଠ ପୁତ୍ର। ଯେଉଁ ସମୟରେ ମୁଁ ଖେଳକୁଦ କରିବା କଥା, ମନ ମଧ୍ୟରେ ଉଠୁଥିବା ଆଶା ରୂପକ ଗୁଡି ଗୁଡିକୁ ଦୂର ଆକାଶରେ ଉଡେଇବା ପାଇଁ ସୂତା ଯୋଗେଇବା କଥା ସେହି ସମୟରେ ମୋ ଉପରେ ଲଦି ହୋଇଗଲା ପରିବାରର ଦାୟିତ୍ୱ।

ସଂସାରର ମାନେ ବୁଝିବା ପୂର୍ବରୁ ହୋଇଗଲି ମୁଁ ସାଂସାରିକ। ସଂସାରର ସ ଅକ୍ଷର ନଜାଣି ଆବୋରି ବସିଲି ସଂସାର ରୂପକ ଅଗଭୀର ନଦୀକୁ। ଜାଣିନଥିଲି ଯେତେବେଳେ ମହାପ୍ରଳୟଙ୍କାରୀ ବନ୍ୟା ଆସିବ ସବୁ ଧୋଇଯିବ ବୋଲି। ଆଜି ମୁଁ ସେହି ସ୍ଥାନରେ ଯେଉଁ ସ୍ଥାନରେ ଦିନାଅଜାଙ୍କ କହିବା ଅନୁଯାୟୀ କଟୁପୋକ ପରି ମୋ ଜୀବନଟା ହୋଇଗଲା। ଭାବୁଥିଲି ପୁରା ସଂସାରଟି ମୋର ଓ ତାର ସବୁ ଭଲ ମନ୍ଦ, ସୁବିଧା ଅସୁବିଧା, ହାନି ଲାଭ ସବୁ ମୋର। ମୁଁ ଯେମିତି ଚାହିଁବି ସେମିତି ମୋ ସଂସାରକୁ ସଜେଇବି। ସାନ ଭାଇ ଓ ଭଉଣୀମାନଙ୍କୁ ନିଜର ଛୁଆବୋଲି ଭାବି ଅଗଭୀର ନଈରେ କାତ ନପାଇଲେ ବି ନାଉରୀ ସାଜି ଆଗକୁ ବଢି ଚାଲିଲି। ନିଜକୁ ଭୁଲି ନିଜର ଭବିଷ୍ୟତକୁ ଭୁଲି ପରିବାର ପାଇଁ ସବୁ ତ୍ୟାଗ କରି ଚାଲିଲି। ସେହି ତ୍ୟାଗ ଭିତରେ ସରିତାକୁ ବି ଛାଡିଲି।

ପିଲାଟି ଦିନରୁ ଯାହାକୁ ଦିନେ ନଦେଖିଲେ ମୋର ଦିନ ଶେଷ ହୁଏ ନାହିଁ ଶେଷରେ ତା ବିନା ବଞ୍ଚିବା ଶିଖିଗଲି। ସରିତାକୁ ନିଜ ଜୀବନ ସାଥି କରିବି ବୋଲି ଆଉ ଏକ ପ୍ରତିଜ୍ଞା କରିଥିଲି ନିଜ ସହ। ପିଲାବେଳର ସେହି ବାଲିଘର ଖେଳ, ବୋହୁଚୋରି ଖେଳ ସହ ତାଳ ଦେଇ ଆମ ଦୁହିଁଙ୍କ ଜୀବନ ବଢିଚାଲିଥିଲା ଏକ

ହୃଷ୍ଟପୁଷ୍ଟ ଗଛ ପରି। ସନ୍ଧ୍ୟା ସମୟରେ ଖେଳି ସାରି ଘରକୁ ଫେରିଲା ବେଳେ ମୋ ଶରୀରରୁ ଧୂଳି ଝାଡିଲା ବେଳେ ସେ କହେ ଏବେଠାରୁ ଏମିତି ଧୂଳି ଧୂସର ହେଇ ଘରକୁ ଯାଉଛୁ ମାତ୍ର ଆମ ବାହାଘର ପରେ ଏମିତି ହେବୁନି, ନହେଲେ ତତେ ଘରେ ପୁରେଇବିନି। ତା କଥା କିଛି ମାତ୍ରାରେ ସତ ହୋଇଗଲା। ସଂସାର ଜଞ୍ଜାଳ ଭିତରେ ଏମିତି ପେଶି ହୋଇଗଲି ଯେ ଧୂଳି ଖେଳ ଭୁଲିଗଲି । ଶେଷରେ ଅନୁଭବ କଲି ଏ ସଂସାର ଭିତରକୁ ଯଦି ସରିତାକୁ ମୁଁ ଟାଣି ଆଣିବି ତା ଜୀବନଟା ବି ଏ ମାଟିଘରେ ଗୋବର ଲିପିବା ଓ ଘର ସମ୍ଭାଳିବାରେ ବିତିଯିବ। ନିଜ ଜୀବନ ବଞ୍ଚିବା ସେ ଭୁଲିଯିବ। ତେଣୁ ସେଦିନ ନିର୍ଣ୍ଣୟ କଲି ସରିତାକୁ ମୋ ଦୁନିଆ ଛାଡି ଆଉ କାହାର ହାତ ଧରିବାକୁ ହେବ। ସେଦିନ ହୃଦୟଟା ଭାଙ୍ଗି ଚୁରମାର ହୋଇଯାଇଥିଲା ଉଭୟଙ୍କର। ସରିତାକୁ ସମ୍ଭାଳିବା ମୋ ହାତରେ ନଥିଲା। ମାତ୍ର ସରିତା ସେଦିନ ମୋ ଦ୍ୱନ୍ଦକୁ ଦୂର କରି ମତେ ମୁକ୍ତ କରିଦେଇଥିଲା। ସେଦିନ ମତେ ଟିକେ ଅଡୁଆ ଲାଗିଥିଲା। ଗୋଟିଏ ପଦରେ ଆମ ଦୁହିଁଙ୍କ ସମସ୍ୟାର ସମାଧାନ ହୋଇଯାଇଥିଲା। ତାର ଶେଷ ଶବ୍ଦ ଥିଲା, ତୋର ମୋର ସମ୍ପର୍କ ବିବାହ ବନ୍ଧନରେ ଆବଦ୍ଧ ନହେଲେ ମଧ୍ୟ ଏକ ଅଦୃଶ୍ୟ ଶକ୍ତିରେ ବନ୍ଧା। ତୁ ତୋର କର୍ତ୍ତବ୍ୟ କର ମୁଁ ମୋ କର୍ତ୍ତବ୍ୟ କରିବି। ବାସ୍ ସେଦିନ ସେତିକି ତା ସହ ଦେଖା। ତାପରେ ସେ ମୋ ସାମନାକୁ କେବେ ଆସିନାହିଁ। ବୋଧେ ତାର ଉପସ୍ଥିତିରେ ମୋର କର୍ତ୍ତବ୍ୟ ପାଳନରେ ଅବହେଳା ହୋଇଯିବ ଭାବି ସେ ମୋ ସହ ସେବେଠୁ ଦେଖା ହୁଏ ନାହିଁ। ସେବେଠୁ ଦିନାଅଜା ମୋ ଜୀବନର ଏକ ଅବିଚ୍ଛେଦ୍ୟ ଅଙ୍ଗ ହୋଇଗଲେ।

ଦିନାଅଜା ସବୁଦିନ ଆମ ଘର ରାସ୍ତାଦେଇ ଯିବାର ମୁଁ ଲକ୍ଷ୍ୟକରେ। ସଦା ସର୍ବଦା ମୁହଁରେ ଏକ ସ୍ମିତ ହସ ମାତ୍ର ଆଖିକୁ ଦେଖିଲେ ଲାଗେ ସତେ ଯେମିତି କେଉଁ ଏକ ନୂତନ ଆଶାର ଅପେକ୍ଷାରେ ରହିଛି। ଦିନାଅଜା, ଆମ ଗାଁର ପୁରୁଖା ଲୋକ। ବୁଦ୍ଧି ଯେପରି କାମବି ସେପରି। ହୃଷ୍ଟପୁଷ୍ଟ ଚେହେରା, ଦେଖିବାକୁ ରଜା ପୁଅପରି। ପିଲାମାନେ ତାଙ୍କର ପାଠସାଠ ପଢି ବିଦେଶରେ। ସହଧର୍ମିଣୀ ଅନେକ ଦିନରୁ ଆରପାରିରେ। ଧନର ଅଭାବ ନାହିଁ। ଚାଷବାସ ଭାଗରୁ ଯାହା କିଛି ଘରକୁ ଆସେବାକି ପିଲାମାନେ ପ୍ରତିମାସ ଡାକଘରକୁ ପଠାନ୍ତି। ମାତ୍ର ଡାକଘରୁ ସେ ପଇସା କେବେ ଘରକୁ ଆସେନି। ଦିନାଅଜାଙ୍କର କହିବା କଥା, ପିଲାମାନେ ଖୁସିରେ ଦଉଛନ୍ତି ମାତ୍ର ମୋର ଆବଶ୍ୟକତା ନାହିଁ। ନନେଲେ

ମନ ଉଣା କରିବେ ତେଣୁ ମନା କରନ୍ତିନି। ସେହି ଡାକଘରେ ସଞ୍ଚୟ ଖାତାରେ ରଖିଦିଅନ୍ତି। ପିଲାମାନେ ପଚାରିଲେ କୁହନ୍ତି ତୁମ କର୍ତ୍ତବ୍ୟ ତୁମେ କର ମୋ କର୍ତ୍ତବ୍ୟ ମୁଁ କରୁଛି। କେବେ ଡାକିଲେ ମଧ୍ୟ ଗାଁ ଛାଡି ଯାଆନ୍ତି ନାହିଁ। କୁହନ୍ତି ଏହା ମୋର ଜନ୍ମଭୂମି ସହ କର୍ମଭୂମି ମଧ୍ୟ। ତେଣୁ ଆରମ୍ଭ ଏଇଠି ଶେଷ ବି ଏଇଠି। ଏଇ ଗାଁ ମାଟିର ପାଣି ପବନରେ ମୋର ଜୀବନ ଗଢ଼ା। ମୁଁ ଏଠା ଛାଡିକି ଗଲେ ଅଣନିଃଶ୍ୱସୀ ହୋଇଯିବି। ତୁମମାନଙ୍କର ଏବେ ଉଡିବାର ବେଳ ମୁଁ ତୁମକୁ ବାନ୍ଧି ରଖିବାକୁ ଚାହେଁ ନାହିଁ। ମାତ୍ର ଯେତେ ଉଡ ମନା ନାହିଁ ସଞ୍ଜକୁ ନୀଡକୁ ଫେରିବା ଯେମିତି ନଭୁଲ। ଏତିକି ଉପଦେଶରେ ସେ ସନ୍ତୁଷ୍ଟ ଓ ତାଙ୍କ ପିଲେ ମଧ୍ୟ।

ଏତେ ଅମାୟିକ ଓ ଧର୍ମପରାୟଣ ବ୍ୟକ୍ତିଙ୍କ ସଂସ୍ପର୍ଶରେ ମୁଁ ଥିବାରୁ ନିଜକୁ ବହୁତ ଗର୍ବିତ ମନେକରେ। ବାପା ଗଲା ଦିନଠୁ ତାଙ୍କୁ ଦେଇଥିବା ବଚନ ଅନୁଯାୟୀ ଦୁଇ ଭାଇ, ଗୋଟିଏ ଭଉଣୀ, ମାଆର ଦାୟିତ୍ୱ ବହନ କରିଆସୁଛି। ଅନେକ ସମୟରେ ବ୍ୟତିବ୍ୟସ୍ତ ଲାଗିଲେ ଦିନାଅଜାଙ୍କ ପାଖକୁ ଧାଇଁଯାଏ। ତାଙ୍କ ଆଶ୍ୱାସନା ଭରା କଥା କେଇ ପଦ ମନରେ ଦୃଢତା ଆଣିଦିଏ। ଭାଇଭଉଣୀଙ୍କ ଦାୟିତ୍ୱରେ ଏପରି ଲଦି ହୋଇଗଲି ଯେ ନିଜ କଥା ସମ୍ପୂର୍ଣ୍ଣ ଭୁଲିଗଲି। ସମସ୍ତଙ୍କ ଆବଶ୍ୟକତା, ଅଭାବ ସବୁ ମୋରି କାନ୍ଧରେ ଲଦା ହେଲା। ଛୋଟରୁ ବଡକରି ପାଠଶାଠ ପଢେଇ ମଣିଷ କଲି। ମାଆର ମନ ଜାଣି ତା ଜନ୍ମିତ ସନ୍ତାନଙ୍କୁ ନିଜ ସନ୍ତାନ ବୋଲି ଭାବି ବିବାହ କଲିନାହିଁ। ଭାଇମାନେ ନିଜ ଗୋଡରେ ନିଜେ ଠିଆ ହେଲେ ମୋର ଦାୟିତ୍ୱ କମିବ ଭାବିବା ମୋର ମୂର୍ଖାମୀର ପରିଚୟ ଥିଲା। ଭାଇମାନଙ୍କୁ ବାହା ଦେବା ପରେ ଭାବିଲି ଟିକେ ସଂସାର ଜଞ୍ଜାଳରୁ ମୁକ୍ତ ହେବି ମାତ୍ର ଦିନାଅଜାଙ୍କ କହିବା ଅନୁଯାୟୀ ମୁଁ ଆଜି ଭାବୁଛି ଜୀବନଟା କଟୁପୋକ ପରି ହୋଇଗଲା।

ଆଜି ମନେ ପଡେ ଦିନେ ଦିନାଅଜାଙ୍କ ସହ ଘରୋଇ ସମସ୍ୟା ଆଲୋଚନା କଲାବେଳେ କହିଲେ, ବୁଝିଲୁ ଶିବୁ ତୋ ଜୀବନଟା କଟୁପୋକ ପରି ହୋଇଗଲାରେ। କି ବାପା ହେବାର ଦାୟିତ୍ୱ ନେଲୁ ଯେ ସେ ଅପାରଗ ଓ ସ୍ୱାର୍ଥପର ଭାଇଗୁଡାଙ୍କ ଚକ୍ରବ୍ୟୁହରେ ଫସିଗଲୁ। ହଠାତ ତାଙ୍କ କଥା ମୁଁ କିଛି ବୁଝି ପାରିଲିନି।

ପଚାରିଲି ଅଜା କଟୁପୋକ କଣ ?

କହିଲେ ଆରେ ଏତିକି ଜାଣିନୁ, ଆରେ କଟୁପୋକ, ଯେତେବେଳେ ବଢି ଆସେ ପାଣି ଉପରକୁ ସେ ଉଠିଆସେ ଓ ତତ୍ ସଙ୍ଗେ ସଙ୍ଗେ ଚତୁର୍ଦ୍ଦିଗ ଖାଲି ଚକର ଖାଇ ବୁଲୁଥାଏ। ଯେ କେହି ମଣିଷ ସେ ଦୃଶ୍ୟ ଦେଖିବ ତାର ମୁଣ୍ଡ ବୁଲେଇଦେବ। ତାର ପ୍ରକୃତ ଉଦ୍ଦେଶ୍ୟ କଣ କହିଲୁ, କେମିତି ବଢିପାଣି ଖସିଯିବ ଓ ସେ ତା ଗାତକୁ ଯିବ। ମନେ ମନେ ଭାବେ ସେ ଅନେକ ଚେଷ୍ଟା କରୁଛି ପ୍ରକୃତିର ତାଣ୍ଡବକୁ ବନ୍ଦ କରିବା ପାଇଁ ମାତ୍ର ପ୍ରକୃତରେ ତାହା ହୋଇନଥାଏ। ସେ ଚତୁର୍ଦ୍ଦିଗ ବୁଲିବୁଲି ଥକିପଡେ ସିନା ବଢିପାଣି କମେନାହିଁ। ଠିକ ସେହିପରି ତୋ ଜୀବନଟା। ତୁ ଭାବୁଛୁ ସେଇଟା ତୋ ପରିବାର, ତୁ ତାକୁ ସଜାଡି ଦେବୁ। ଯେତେ ବାଧାବିଘ୍ନ ଆସୁପଛେ ନିଜକୁ ସାମ୍ନାରେ ରଖି ସବୁ ସହିଯିବୁ ମାତ୍ର କାହାରି କିଛି ଅସୁବିଧା ହେବାକୁ ଦେବୁନାହିଁ। ପ୍ରକୃତରେ ଆଜି ଠିକ ସେହିପରି ମତେ ଲାଗୁଛି। ନିଜ କଥା ନଭାବି ସମ୍ପୂର୍ଣ୍ଣ ପରିବାରର ଦାୟିତ୍ୱ ନେଇ ମୁଁ କଣ କିଛି ଭୁଲ କରିଦେଲି?

ସାନ ଭାଇ ଭଉଣୀଙ୍କ କଥା ବଡ ଭାଇ ଭାବେ ବୁଝି ମୁଁ କଣ କିଛି ଭୁଲ କରିଛି କି? ନା ନିଜେ ପାଠ ନପଢି ଅବିବାହିତ ରହି ସାନମାନଙ୍କୁ ପାଠ ପଢେଇ ମଣିଷ କରି ନିଜ ଗୋଡରେ ଠିଆ କରେଇ ତାଙ୍କ ବିବାହ କରେଇ ସମାଜରେ ମୁଣ୍ଡ ଟେକି ଚାଲିବାର ରିହା ଦେଖେଇ କଣ ମୁଁ କିଛି ଭୁଲ କରିଦେଲି କି?

...ନା ବାପାଙ୍କ ଦାୟିତ୍ୱକୁ ନିଜେ ମୁଣ୍ଡକୁ ନେଇ ମାଆ ମୁହଁରେ ଟିକେ ଖୁସିର ହସ ଭରିଦେବାର ଚେଷ୍ଟା କରି ମୁଁ କିଛି ଭୁଲ କରିଦେଲି କି? ଭାଇମାନେ ଆଜି କହୁଛନ୍ତି ମୁଁ କୁଆଡେ ସ୍ୱାର୍ଥପର ବୋଲି। ଭାଇମାନଙ୍କ ସ୍ତ୍ରୀମାନେ କହୁଛନ୍ତି ମୁଁ କୁଆଡେ କିଛି କାମ ନକରି ଆଜି ବସିକି ଖାଉଛି ବୋଲି। ମାଆ କହୁଛି ମୁଁ କୁଆଡେ ବଡ ହେଇ ସାନମାନଙ୍କୁ ବୁଝିବାକୁ ଚେଷ୍ଟା କରିନି ବୋଲି।

ପ୍ରକୃତରେ କାହା କଥା ସତ ଓ କାହା କଥା ମିଛ? କ'ଣ ଜୀବନର ରହସ୍ୟ?

ବଞ୍ଚିବା କଣ ଭୁଲ? ନା ନିଜ କଥା ଭୁଲି ଅନ୍ୟପାଇଁ ବଞ୍ଚିବା ଭୁଲ।

ପ୍ରକୃତରେ ମୁଁ ଦିନାଅଜାଙ୍କ କହିବା ଅନୁସାରେ ଏକ କଟୁପୋକ ହୋଇଯାଇଛି। ଭାବୁଛି ପରିବାରଟା ମୋର । ସବୁକୁ ନିଜ ହାତ ମୁଠାରେ ସବୁଦିନ ସୁରକ୍ଷିତ ରଖିବା ପାଇଁ। ମାତ୍ର ପ୍ରକୃତରେ ମୋର ଧାରଣା ଭୁଲ ଥିଲା। ମୁଁ ଯେତେ ଚାହିଁଲେ ବି ପରିବାରରେ ଯଦି ଆତ୍ମୀୟତା ନଥିବ, ଶୃଙ୍ଖଳା ନଥିବ ତେବେ ପ୍ରଳୟ ଅବଶମ୍ଭାବୀ। ମୁଁ ଖାଲି କଟୁପୋକ ସଦୃଶ୍ୟ ଘାଣ୍ଟି ହେବା ସାର ହେବ। ଠିକ ତାହାହିଁ ହୋଇଚାଲିଛି। ଆଜି ମୁଁ ବୟସର ଅପହରାହ୍ନରେ ଉପନୀତ। ଏ ସମୟରେ ମୋର ଏକ ସାଥୀର ଆବଶ୍ୟକତା ରହିଛି। ଯିଏକି ମୋର ମନର ଭାବନାକୁ ବୁଝି ପାରିବ। ମୋର ଆବଶ୍ୟକତାକୁ ଅନୁମାନ କରିପାରିବ। ଆଜି କାହିଁକି ସରିତା କଥା ବହୁତ ମନେ ପଡୁଛି। ଦୀର୍ଘ ବର୍ଷ ତଳେ ସେ ମୋ ମନକୁ ଏପରି ପଢିଥିଲା ଯେ ମତେ ଅନୁତାପର ସୁଯୋଗ ବି ଦେଇନଥିଲା। ଆଜି ମନ କାହିଁ ଖୋଜୁଛି ତାକୁ ଥରେ ଦେଖନ୍ତି କି।

ମାତ୍ର ସେ ଆଉ ଏଠି ନାହିଁ। ବିଦେଶରେ ସୁଖର ସଂସାର କରି ଖୁସିରେ ଅଛି। କିନ୍ତୁ ଏବେବି ସେ ମୋର ଶୁଭ ମନାସୁଥିବ ମୁଁ ଜାଣେ। ହୃଦୟର କେଉଁ ଏକ କୋଣର ଏକ ନିବୃତ କୋଠରୀରେ ମତେ ସେ ଆବଦ୍ଧ କରିରଖିଥିବ। କେଉଁ ଏକ ମୁହୂର୍ତ୍ତରେ ଏକା ବସି ସେ ମୋ କଥା ନିହାତି ଭାବୁଥିବ।

■

ପାତାଲ୍

ଅତଳ ଓ ଅଗଭୀର ସମୁଦ୍ର ମଧ୍ୟରେ ମୋତିର ସନ୍ଧାନ ଯେମିତି ସହଜସାଧ୍ୟ ନୁହେଁ ଠିକ ସେହିପରି କୋଟିକୋଟି ଜନ ସମୁଦ୍ରରୁ ସରଳ, ନିଷ୍କପଟ ମନୁଷ୍ୟଟିଏ ଖୋଜିବା ଅତ୍ୟନ୍ତ କଷ୍ଟଦାୟକ।

ଆଜିକାଲି ଯନ୍ତ୍ରବତ୍ ଚାଲିଥିବା ସମାଜ ନିଜ ସ୍ୱାର୍ଥପାଇଁ ସବୁ ସମ୍ପର୍କକୁ ପଛରେ ପକେଇବାକୁ ପଛଉନାହିଁ। ଗୋଟିଏ ପଟେ ମଣିଷ ସମ୍ପତ୍ତି ରୂପକ ମରୀଚିକା ପଛରେ ଧାଇଁ ବାକୁ ଲାଗିଲା ବେଳେ ଅନ୍ୟ ପକ୍ଷେ ଦେଖିବାକୁ ମିଳୁଛି ଦିନକୁ ଦୁଇମୁଠା ଖାଇବା ଯୋଗାଡରେ ସଙ୍ଘର୍ଷ। ଏମିତି କିଛି ହଠାତ ଆଜି ଦୂରଦର୍ଶନରେ ଦେଖିବାକୁ ଓ ଶୁଣିବାକୁ ପାଇଲି। ବହୁତ ମର୍ମସ୍ପର୍ଶୀ ଥିଲା ସେ ପ୍ରବନ୍ଧଟି ଓ ତାର ଚିତ୍ର ଉତ୍ତୋଳନ। ପନ୍ଦର ମିନିଟର ସମୟରେ ମୋ ଆଖିରେ ଲୁହ ଆସିଗଲା ଓ ମନେ ପଡିଗଲା ସୁନ୍ଦରଗଡର ସେହି ରାମୁ କଥା।

ଦୀର୍ଘ ଦିନର କଥା। ଅଫିସର କିଛି କାର୍ଯ୍ୟରେ ସୁନ୍ଦରଗଡ ଯିବାର ଯୋଜନା ହେଲା। ଭୁବନେଶ୍ୱର କୋଉଠି ଆଉ ସୁନ୍ଦରଗଡ କୋଉଠି। ଆକାଶ ପାତାଳର ଫରକ୍ । ଯେତିକି ପଢିଥିଲି ପଶ୍ଚିମ ଓଡ଼ିଶାର ଚାଲିଚଳନ ଆମ ଠାରୁ ଅନେକ ଭିନ୍ନ। ସମାଜ ସହ ଓ ସମୟ ସହ ତାଳ ଦେଇ ଚାଲିବା ପାଇଁ ସେମାନେ ଚେଷ୍ଟିତ। ରାଜଧାନୀ ଚାକଚକ୍ୟ ଠାରୁ ଅନେକ ଦୂରରେ ସେମାନେ। ଆମର ପୁଣି ରାଜଧାନୀର ଚଳଣୀ ଠାରୁ ଦୂରକୁ ଯାଇ ସୁଦୂର ସୁନ୍ଦରଗଡର ଘନଜଙ୍ଗଲ ପରିବେଷ୍ଟିତ ଅଞ୍ଚଳକୁ ଯିବା କଥା ଶୁଣି ମନରେ ଆଗ୍ରହ ସୃଷ୍ଟି ହେଲା। କାନରେ ଶୁଣିଥିବା ଓ ପଢିଥିବା କଥାକୁ ସ୍ୱଚକ୍ଷୁରେ ଦେଖିବା ପାଇଁ ମନ ଆଗଭର

ହୋଇଉଠିଲା ।

ବାହାରି ପଡିଲି ଅଫିସର କିଛି କର୍ମଚାରୀଙ୍କ ସହ। ରାତ୍ରୀର ଯାତ୍ରା। ତେଣୁ ଆଗ୍ରହ ଆହୁରି ଅଧିକ। ସାଧାରଣତଃ ରାତ୍ରି ସମୟରେ ବାହାରେ ରହିବା ସମ୍ଭବ ହୋଇ ନଥାଏ। ତେଣୁ ବିଳମ୍ବିତ ରାତ୍ରୀର ଶୃଙ୍ଗାର ଦେଖିବାର ମଜା ହିଁ କିଛି ନିଆରା ହୋଇଥିବ ଭାବି ବସରେ ଚଢିଲି। ପ୍ରଥମ କିଛି ସମୟ ମନରେ ଉନ୍ମାଦ ଖେଳିଗଲା। ରାତିର ବୁକୁ ଚିରି ବସଟି ଆଗକୁ ଆଗକୁ ବଢି ଚାଲିଥାଏ ଅମାନିଆ ଅଙ୍କାବଙ୍କା ନଈ ପରି। ରାତି ପ୍ରାୟ ଏଗାରଟା ପରେ ଜଣାଗଲା ଆମ ବସଟି ସହର ଛାଡି ରାଜରାସ୍ତାରେ ଚାଲିଛି। ଚତୁର୍ଦ୍ଦିଗ ଅନ୍ଧକାରମୟ। ତା ମଧ୍ୟରେ ଚିକ୍ ମିକ୍ କରୁଥିବା ବିଜୁଳି ଖୁଣ୍ଟର ଆଲୋକ ଓ ମଝେ ମଝେ ସୁଦୂରରେ କିଛି ବିଜୁଳିବତୀର ଝଲକ ଅମାବାସ୍ୟା ରାତ୍ରୀର ଝିଲ୍ ମିଲ୍ ତାରାମାନଙ୍କ ପରି ପ୍ରତୀତ ହେଉଥାଏ। ସତେ ଯେମିତି ରାତ୍ରୀର ପ୍ରହରୀ। ଏପରି ଲାଗୁଥାଏ କେଉଁ ଏକ ସପନ ରାଇଜରେ ଭ୍ରମଣ କରୁଛି ବୋଲି। ସେଇ ସ୍ୱର୍ଗୀୟ ଅନୁଭବ ଭିତରେ କେତେବେଳେ ନିଦ୍ରାଦେବୀ ଚକ୍ଷୁରେ ବିରାଜମାନ ହୋଇଛନ୍ତି ଜଣାନାହିଁ। ନିଦ ଭାଙ୍ଗିଲା କଣ୍ଡକ୍ଟରର ଡାକରେ। "ଆଜ୍ଞାମାନେ ଓହ୍ଲେଇ ଯାଆନ୍ତୁ। ବସଷ୍ଟାଣ୍ଡ ଆସିଗଲା।"

ସକାଳୁ ସକାଳୁ ଗାଡିରୁ ତଳେ ପାଦ ଦେବା ପୂର୍ବରୁ ଶୀତଳ ପବନର ଏକ ଝଲକ ଶରୀର ଓ ମନର ସ୍ଫୁର୍ତ୍ତିକୁ ଦ୍ୱିଗୁଣିତ କରିଦେଲା। ପୁନର୍ବାର ଏକ କାର ଯୋଗେ ଗନ୍ତବ୍ୟସ୍ଥଳ ଅଭିମୁଖେ ଆଗେଇଲୁ। କିଛି ସମୟ ପରେ ଦେଖାଦେଲେ ମନମୁଗ୍ଧକର ରୂପରେ ସୂର୍ଯ୍ୟଦେବ। ନାଲିରଙ୍ଗର କି ଅପୂର୍ବ ସୁନ୍ଦର ରୂପର ସମାହାର। ସୂର୍ଯ୍ୟଙ୍କର ଏ ସୁନ୍ଦର ରୂପ ପୂର୍ବରୁ କେବେ ମୁଁ ଦେଖିନଥିଲି। ଓଃ କି ମନୋହର ସେ ଦୃଶ୍ୟ। ସତେ ଯେମିତି ଅନ୍ଧକାର ମଧ୍ୟରେ କିଏ ନାଲି ରଙ୍ଗର ବଲବ ଜଳେଇ ଦେଇଛି। ଇଚ୍ଛା ହେଉଥାଏ ସବୁଦିନ ଓ ସବୁ ସମୟ ଏହିପରି ରହି ଯାଆନ୍ତା କି। ମାତ୍ର ପରିବର୍ତ୍ତନ ଶୀଳ ଏ ପୃଥିବୀରେ ସ୍ଥିରତା ଅସମ୍ଭବ। କି ମନୋହର ସେ ସ୍ୱରୂପ ରୁଦ୍ରଙ୍କର। ସମୟ ଗଡିଲା ଓ ଆମେ ପହଞ୍ଚିଗଲୁ। ନିଜ ପାଇଁ ନିର୍ଧାର୍ଯ୍ୟ କୋଠରୀରେ ପ୍ରବେଶ କରି ନିତ୍ୟକର୍ମ ସାରି ବାହାରି ପଡିଲୁ କାର୍ଯ୍ୟକ୍ଷେତ୍ର ଅଭିମୁଖେ। କିଛିଦିନ ଗଲା... ପ୍ରତ୍ୟେକ ଦିନ ମୁଁ ଲକ୍ଷ୍ୟ କରେ ନିକଟରେ ଏକ ବେସରକାରୀ ଆବାସିକ ଅନୁଷ୍ଠାନକୁ। ସେଠାରୁ ଅନେକ ଛୁଆ

ବାହାରକୁ ଆସନ୍ତି ଓ କିଛି ସମୟ ବାହାରେ ବୁଲି ପୁଣି ଭିତରକୁ ଯାଆନ୍ତି। ଆଗ୍ରହ ବଢ଼ିବାରୁ ଦିନେ ସମୟ ବାହାର କରି ସେଠାକୁ ଗଲି। ଯାଇ ଦେଖେତ ତାହା ଏକ ବେସରକାରୀ ଅନୁଷ୍ଠାନ ଯେଉଁଠି କିଛି ପିଲା ରହିଛନ୍ତି ଓ ପାଠ ପଢ଼ୁଛନ୍ତି। ବହୁ ଦୂର ଦୂରାନ୍ତରୁ ତାଙ୍କ ପରିବାରବର୍ଗ ତାଙ୍କୁ ଛାଡି ଯାଇଛନ୍ତି।

ସେ ମଧ୍ୟରେ ଏପରି କିଛି ପିଲା ଅଛନ୍ତି ଯାହାର ଘରେ ଦୁଇ ଓଳି ଦୁଇମୁଠା ଖାଇବାକୁ ନାହିଁ। ସେମାନେ ପିଲାଙ୍କୁ ଛାଡିଛନ୍ତି କେମିତି ସେମାନେ ସେଠାରେ ରହି ଖାଇବାକୁ ପାଇବେ ଓ ତା ସହ ସମାଜର ମୁଖ୍ୟ ସ୍ରୋତରେ ମିଶିବାର ସୁଯୋଗ ପାଇବେ। ତାଙ୍କ କର୍ମକର୍ତ୍ତାଙ୍କ ପାଖରୁ ଏତେ କଥା ଶୁଣି ମନଟା ଭାରାକ୍ରାନ୍ତ ହୋଇଗଲା। ସହରରେ ରହି ବଢ଼ିବା ଭିତରେ ମନୁଷ୍ୟର ଏ ପରିସ୍ଥିତି କେବେ ଦୃଷ୍ଟିକୁ ଆସି ନଥିଲା। ମନ ହେଉଥିଲା ମୁଁ ଯେମିତି ପରିବେଶରେ ବଢ଼ିଛି ସମସ୍ତେ ସେମିତି ପରିବେଶ ପାଇଯାଆନ୍ତେ କି। ମାତ୍ର ତାହା ସମ୍ଭବ ନଥିଲା। ସମସ୍ତଙ୍କୁ ନିଜ ନିଜ ଭାଗ୍ୟ ସହ ଲଢ଼ିବାର ଥିଲା। ସେହିଦିନ ଠାରୁ ମୁଁ ପ୍ରତ୍ୟେକ ଦିନ କିଛି ଚକଲେଟ୍ ଧରି ସେଠାକୁ ଯାଏ ଖାଇବା ଛୁଟି ସମୟରେ। ସେହି ପିଲାମାନଙ୍କର ଶୃଙ୍ଖଳିତ ବ୍ୟବହାର ଓ ଯିବାମାତ୍ରେ "ଦିଦି ନମସ୍କାର" ଶବ୍ଦଟି ମୋ ପକ୍ଷେ ଅତ୍ୟନ୍ତ ଖୁସିର ମୁହୂର୍ତ୍ତ ଆଣିଦେଉଥିଲା, ଯାହାକୁ ମୁଁ ହାତଛଡା କରିବାକୁ ଚାହୁଁନଥିଲି।

କିଛି ଦିନ ପରେ ମୋର ଦୃଷ୍ଟି ନିକ୍ଷେପ ହେଲା ଏକ ଛଅ ବର୍ଷର ପିଲା ଉପରେ। ସମସ୍ତେ ଖାଇବା ପାଖରେ ବସିଲା ପରେ ସେ ଉଠି ଚାଲିଯାଏ। କିଛି ମୁହୂର୍ତ୍ତ ପରେ ହାତରେ କିଛି ଧରି ଚାଲିଆସେ। ତାକୁ ଲୁଣ ଓ ଲଙ୍କା ଦେଇ ଚକଟି ଦିଏ ଓ ମହା ଆନନ୍ଦରେ ଖାଲି ଭାତକୁ ଖାଇଦିଏ। ସେଠାରେ ଖାଦ୍ୟର ସେମିତି କିଛି ଯୋଗାଡ ନଥିଲା। ଭାତ ସହ ଯେକୌଣସି ଗୋଟିଏ ତରକାରୀ ଦିଆଯାଇଥାଏ। ମାତ୍ର ସେ ପିଲାଟି କେବଳ ଭାତ ଓ ସେ ସବୁଜ ଦେଖାଯାଉଥିବା ଫଳଟିର ଚକଟା ଦେଇ ଖାଇ ଉଠି ଯାଏ।

ଏ ସବୁ ଲକ୍ଷ୍ୟ କରି ମୁଁ ଦିନେ ତାଙ୍କ କର୍ମକର୍ତ୍ତାଙ୍କୁ ପଚାରିଲି। ତାଙ୍କର ଉତ୍ତର ଆହୁରି ଚଞ୍ଚଳତା ବଢେଇଦେଲା। ଉତ୍ତର ଥିଲା, "ଆପଣ ନିଜେ ପଚାରିଲେ ଭଲରେ ବୁଝିପାରିବେ।"

ଏପରି କଣ ଯେ, ମତେ ବୁଝିବାକୁ ପଡିବ। ମନରେ ସ୍ଥିର କରି ଦିନେ ତା ପଛରେ ଗଲି। ଯାଇ ଦେଖେ ତ ଅନତି ଦୂରରେ ଥିବା ଏକ ବିଲରୁ ସେ ଦୁଇଟି ଫଳ ତୋଳି ଆଣିଲା। ତାକୁ ତରତର ଆସିବାର ଦେଖି ମୁଁ ଅଟକାଇ ପଚାରିବାକୁ ଚେଷ୍ଟା କଲାରୁ ପିଲାଟି ପ୍ରଥମେ ଡରିଗଲା ଓ ପରେ ମୋର ଧିର ସ୍ୱରରେ ତାକୁ କଥା ହେବାର ଦେଖି ସେ ଏକ ହସଟିଏ ଭରିଦେଲା ତା ଓଠରେ। ପ୍ରତ୍ୟେକ ଦିନ ଏଇ ଦୁଇଟି କି ଫଳ ନେଉଛୁ ଓ ଅନ୍ୟ କିଛି ନନେଇ ଯାକୁ ଦେଇ ଭାତ ଖାଇବାର ତାତ୍ପର୍ଯ୍ୟ କଣ ପଚାରିବାରୁ ସେ କଣ କହିବ ଚିନ୍ତାମଗ୍ନ ହୋଇଗଲା। ଟିକେ ଡରିଯାଇ କହିଲା, ଆଜ୍ଞା ଆପଣ କହି ଦେବେନି ତ ବିଲ ମାଲିକଙ୍କୁ। ମୁଁ ଆଶ୍ୱାସନା ଦେବା ସହ ମନାକଲି। ତା ପରେ ସେ ଆରମ୍ଭ କଲା।

ତାଙ୍କ ଘର ବିଦ୍ୟାଳୟରୁ ତିରିଶ କିମି ଦୂର। ଘରେ ବାପାମାଆ ଓ ସାନ ଭାଇ ଅଛନ୍ତି। ବାପା ମାଆ ଅନ୍ୟ ବିଲରେ କାମ କରନ୍ତି ଓ ଯାହା ସଞ୍ଜକୁ ଆଣନ୍ତି ସେଥିରେ ତାଙ୍କ ଗୁଜୁରାଣ ମେଣ୍ଟେ। ତଥାପି ଦିନେ ଦିନେ ତାହା ମିଳେ ନାହିଁ ଓ ଉପାସ ରହିବାକୁ ହୁଏ। ସେଥିପାଇଁ ତା ପରିବାର ଠାରୁ ଦୂରରେ ଏଠାରେ ଛାଡିଛନ୍ତି ଦୁଇ ଓଳି ଦୁଇ ମୁଠା ଖାଇବା ପାଇଁ। ତାଙ୍କ ପରିବାରର ଖାଦ୍ୟରେ ପ୍ରତ୍ୟେକ ଦିନ ଭାତ ଥାଏ, ମାତ୍ର ସାଥିରେ ସବୁ ଦିନ କିଛି ମିଳେନି। ତେଣୁ ତାଙ୍କ ମାଆ ଯୋଉ ବିଲରେ କାମ କରନ୍ତି ସେଠାରୁ ଏଇ ଫଳ କେତୋଟି ତୋଳି ଆଣନ୍ତି ତାକୁ ଲୁଣ ଲଙ୍କା ଦେଇ ଚକଟି ଦିଏ। ଖଟା ଓ ରାଗ ଲାଗେ, ଆମେ ଖୁସିରେ ଭାତ ଖାଇଦେଉ।

ଯେତେଦିନ ଏ ଫଳ ଫଳେ ଆମର ଭଲ ନହେଲେ ତେନ୍ତୁଳି ପାଣିରେ ଭାତ। ଗୋଟେ କୁନି ମୁହଁରୁ ଏପରି କଥା ଶୁଣି ମୋ ଆଖି ଛଳଛଳ ହୋଇଗଲା। ପଚାରିଲି ଏ ଫଳଟିର ନାଁ କଣ। ଉତ୍ତର ଥିଲା "ପାତାଲ୍‌" ।

ମୁଁ ହଠାତ ପଚାରି ବସିଲି, ତୁ ଏମିତି ଅନ୍ୟ ବିଲରୁ ଆଣୁଛୁ ସେମାନେ ଦେଖିଲେ ଗାଳି ଦେବେ ନିହାତି। ତତେ ତ ଖାଇବାକୁ ମିଳୁଛି ତୁ କାହିଁକି ଏପରି କରୁଛୁ। ତାର ଉତ୍ତର ଶୁଣି ମୋର କୋହ ଭରି ଆସିଲା। କହିଲା, ମାଆ ଆମକୁ ଜନ୍ମରୁ ଏହାକୁ ଖୁଏଇଛି। ଏଥିରେ ମାଆର ବାସ୍ନା ଅଛି। ମତେ ଏଠି ଏକୁଟିଆ ଭଲ ଲାଗୁନି। ଏଇ ପାତାଲ୍‌ ଆଣି ଭାତରେ ଖାଇଲେ ମତେ ମାଆ ଓ ଘର ପରି

ଲାଗେ। ସେଥିପାଇଁ ସବୁଦିନ୍ ଖାଇ ବସ୍ ବାର ବେଳେ ଯାଇ ନି ଆସେ।

ତା କଥା ଶୁଣି ମୋର ମସ୍ତିଷ୍କ କାମ କରିବା ବନ୍ଦ କରିଦେଇଥିଲା ସେଦିନ। କୋଳକୁ ଟାଣିଆଣି ଆଲିଙ୍ଗନ କରି ତାକୁ ଟିକେ ଆଉଁସି ଦେଇଥିଲି ସେଦିନ। ସେବେ ପରଠୁ ସେ ଯେତେବେଳେ ମତେ ଦେଖେ ମୋ ପାଖକୁ ଧାଇଁ ଆସି ମୋ ହାତକୁ ଟାଣି ତା ପିଠିରେ ରଖେ। ମୁଁ ବୁଝିପାରେ ଓ ତାକୁ ଟିକିଏ ଆଉଁସି ଦିଏ। ସେ ହସି ହସି ପୁଣି ଚାଲିଯାଏ। ମୋର କାର୍ଯ୍ୟ ସମାପ୍ତ ହୋଇସାରିଥାଏ। ଯେଉଁ ଦିନ ମୋର ଫେରିବାର ଥାଏ ସେଦିନ ମୁଁ ସେଠାକୁ ଯାଇ କିଛି ଚକଲେଟ୍ ଓ ଆର୍ଥିକ ସାହାଯ୍ୟ ଦେଇଆସିଥିଲି। ମାତ୍ର ସେଠାରେ ରାମୁକୁ ନପାଇ ମନ ଦୁଃଖରେ ଫେରିଥିଲି। ମନରେ ଅବଶୋଷ ରହିଯାଇଥିଲା ତାକୁ ନଦେଖି ପାରିବାର।

କିଛି ବାଟ ଆସିଛି, ପଛରୁ ଡାକ ଶୁଭିଲା, ଦିଦି... ଦିଦି...। ଜାଣିପାରିଲି ରାମୁର ଶବ୍ଦ। ଅଟକିଯାଇ ପଛକୁ ବୁଲି ଦେଖେ ତ ହାତରେ ସେହି ସବୁଜ ଫଳ ଦୁଇଟି ଧରି ଏକ ନିଶ୍ୱାସରେ ମୋ ଆଡକୁ ଧାଇଁଛି। ଧଇଁ ସଇଁ ହୋଇ ପହଞ୍ଚି ଗଲା। କୁଆଡେ ଯାଇଥିଲୁ ପଚାରିଲାରୁ କହିଲା "ତୁମର ଲାଗି ପାତାଲ୍ ଆନି ଯାଇଥିଲେ" ଏହା କହି ଦୁଇଟି ପାତାଲ୍ ମତେ ବଢେଇ ଦେଲା। ମୁଁ ମଧ୍ୟ ଖୁସିରେ ତାକୁ ଆଣି ମୋ ବ୍ୟାଗରେ ରଖିଦେଲି ଓ ତା ପାଇଁ ବଜାରରୁ କିଣି ଥିବା କିଛି ମିଠା ଓ ଡ୍ରେସ ଦେଲି। ତାକୁ ଦେଖି ଖୁସିରେ ନାଚି ଉଠିଥିଲା ସେଦିନ ସେ। ତାକୁ ସେଦିନ ଶେଷ ଆଲିଙ୍ଗନ କରି ମୁଁ ବସରେ ବସିଥିଲି।

ଅଦୃଶ୍ୟ ହେବା ପର୍ଯ୍ୟନ୍ତ ସେ ସେମିତି ଛିଡାହୋଇ ହାତ ହଲାଉଥିବାର ମୁଁ ଦେଖିଥିଲି ଓ ମୁଁ ମଧ୍ୟ ତାକୁ ହାତ ହଲେଇ ଆଉଥରେ ଆସିବାର ସୂଚନା ଦେଉଥିଲି। ମାତ୍ର ନା ଆଉ ସମୟ ଆସିଲା ନା ମୁଁ ସେଠାକୁ ଆଉ ଗଲି।

କିଛି ସମୟ ବସ ଚାଲିଲା ପରେ ମନ ହେଲା ବ୍ୟାଗରୁ ରାମୁ ଦେଇଥିବା ଫଳ ଦୁଇଟିକୁ ଦେଖିବାକୁ। ଆଗ୍ରହର ସହ କାଢି ତାକୁ ଚିହ୍ନିବାକୁ ଚେଷ୍ଟା କଲି। ଚିହ୍ନିବାର ପ୍ରଥମ ପର୍ଯ୍ୟାୟ ଆଘ୍ରାଣ। ତେଣୁ ଫଳଟିକୁ ନାକ ପାଖକୁ ନେଇ ଜାଣିବାକୁ ପାଇଲି ଯେ, ରାମୁର ଏଇ "ପାତାଲ୍" ଅନ୍ୟ କିଛି ନୁହେଁ ଆମ ରାଜଧାନୀ ବାସୀଙ୍କର ତାହା "ଟମାଟୋ"। ଫଳଟିର ପରିଚୟ ପାଇ ମନେ

ମନେ ବହୁତ ହସିଲି। ସମ୍ପୂର୍ଣ୍ଣ ରାସ୍ତାଟି ତାର କଥା ଓ ତାର ନିର୍ମାୟା ମୁହଁକୁ ଆଖି ଆଗରେ ରଖି କାଟିଦେଲି।

ଘରେ ପହଞ୍ଚି ମାଆକୁ ଖାଇବାକୁ ମାଗିଲି। ମାଆ ଭାତ ସହ ନ ଭଜା ଛ ତିଅଣ ପରଷି ଦେଲା। ମାତ୍ର ସେଦିନ ମୁଁ ସେହି ପାତାଲ୍ ମାନେ ଟମାଟୋକୁ ଆଣି ମାଆକୁ ଲୁଣ ଓ ଲଙ୍କା ମାଗି ତାକୁ ଚକଟି ଭାତ ସହ ଖାଇବାକୁ ଲାଗିଲି। ମାଆ ଏହା ଦେଖି କହିଲା, ତୁ ଏମିତି କଞ୍ଚା ଟମାଟୋକୁ ଚକଟି ଖାଉଛୁ କ'ଣ? ମୋ ପାଟିରୁ ସ୍ୱତଃ ପ୍ରବୃତ ଭାବେ ବାହାରି ଆସିଲା ଏହାକୁ ଖାଇବାରୁ ରାମୁ ପାଖରେ ଥିଲା ପରି ଲାଗୁଛି। ମୋ ଆଖି ସେତେବେଳକୁ ଛଳଛଳ ହୋଇଆସିଥିଲା।

ଅବୁଝାମଣା

ଦୀର୍ଘ ଛ' ମାସ ପରେ ଆଜି ହଠାତ୍ ମାର୍କେଟରେ ଅନି ସହ ଦେଖା ହୋଇଗଲା ସାନିର। ଇଚ୍ଛା କରିବି ସାନି ତା ସହ କଥା ହୋଇ ପାରିଲା ନାହିଁ କାରଣ ଅନି ତାକୁ ଦେଖି ନ ଦେଖିଲା ପରି ମୁହଁ ବୁଲେଇ ଦେଇ ତା ଡ୍ରାଇଭରକୁ ଡାକି ସିଧା ଯାଇ ଗାଡି ଭିତରେ ବସି ଗାଡିର କାଚ ବନ୍ଦ କରିଦେଲା। ଏହା ଦେଖି ବହୁତ ମନ କଷ୍ଟ ହେଲା ସାନିର।

ପିଲାଦିନର ଅତି ଘନିଷ୍ଠ ବାନ୍ଧବୀ ସହ ଏତେ ଦିନ ପରେ ଏପରି ପରିସ୍ଥିତିରେ ଦେଖା ହେବ ବୋଲି ସେ କେବେ ଭାବି ନଥିଲା।

ଘରକୁ ଫେରିଲା ମନ ଦୁଃଖରେ। ବାଟରେ ଫେରିଲା ବେଳେ ସେଇ ମୁହୂର୍ତ୍ତ ଗୁଡିକ ମନେ ପଡିଗଲା ଯାହାକି ତା ବାନ୍ଧବୀ ଠାରୁ ତାକୁ ଦୂରେଇ ଦେଇଥିଲା। ଗୋଟିଏ ଛୋଟ ଅବୁଝାମଣା ଯେ ଆଜି ଏପରି ଉଭୟଙ୍କୁ ନଈର ଦୁଇଟି ସମାନ୍ତର ଧାରରେ ପରିଣତ କରିଦେବ ଯାହା କେବେବି ମିଶି ପାରିବ ନାହିଁ ତାହା କାହାକୁ ବା ଜଣା ଥିଲା।

ଉଭୟେ ପିଲାଟି ଦିନରୁ ଗୋଟିଏ ବିଦ୍ୟାଳୟରେ ଶିକ୍ଷା ଗ୍ରହଣ କରି ଗୋଟିଏ କଲେଜରେ ନାମ ଲେଖାଇଲେ। ଏକ ସଙ୍ଗେ ଯିବା ଆସିବା, ପାଠ ପଢିବା ସହ ସବୁ ସମୟ ଏକ ସାଥେ କାଟନ୍ତି। ଯେହେତୁ ଦୁଇଜଣଙ୍କ ବାପା ଗୋଟିଏ ଅଫିସରେ କାମ କରନ୍ତି ଓ ପଡୋଶୀ। କେବଳ ତଫାତ ଏତିକି ଅନିର ପିତା ଏକ ଉଚ୍ଚସ୍ତରୀୟ ଅଫିସର ଓ ସାନିର ବାପା ତାଙ୍କ ତଳ ସ୍ତରରେ

ଅବସ୍ଥାପିତ। ଯଦିଓ ତାଙ୍କ ଭିତରେ ସବୁ ସମାନ ଥିଲା କେବଳ ଅନିର ବାପା ଟିକେ ନିଜର ଆଭିଜାତ୍ୟକୁ ନେଇ ଚଳନ୍ତି। ମାତ୍ର ତାହା କେବେ ଦୁଇ ପରିବାର ମଧ୍ୟରେ ଅନ୍ତର ସୃଷ୍ଟି କରିନଥିଲା।

ସମୟ ଅତିକ୍ରାନ୍ତ। ଅଦିନ ଝଡ ପରି ଅନି ଓ ସାନି ଜୀବନରେ ଆସିଲେ ଅଜିତ। ଯେଉଁ କଲେଜରେ ସେମାନେ ପାଠ ପଢୁଥିଲେ ସେହି କଲେଜରେ ଗେଷ୍ଟ ଲେକ୍ଚର ହିସାବରେ। ସମ ବୟସ୍କ ନହେଲେ ମଧ୍ୟ ସେ କଲେଜରେ ଛାତ୍ର ଛାତ୍ରୀମାନଙ୍କ ସହ ବହୁତ ଭଲରେ ମିଶି ଯାଉଥିଲେ। ଅନି ଓ ସାନି ଶେଷ ବର୍ଷ ଛାତ୍ରୀ। ଅନି ମନରେ ଅଜିତକୁ ଦେଖି କିଛି ମାତ୍ରାରେ ଯୌବନର ଉତ୍ତାଳ ତରଙ୍ଗ ଲହଡି ଭାଙ୍ଗିଲା ପରି ଆଭାସ ଦେଉଥାଏ।

ସମ ପରିସ୍ଥିତି ସାନିର ମଧ୍ୟ। ମାତ୍ର ତାର ପରିବାରର ସ୍ଥିତି ତାକୁ ସେଥିରୁ ନିବୃତ ରହିବାକୁ ବାଧ୍ୟ କଲା। ତେଣୁ ସେ ତାର ଭାବକୁ ନିଜ ଭିତରେ ଚାପି ରଖିଲା କାରଣ ତାର ବିବାହ ପାଇଁ ଭଲ ପାତ୍ର ତା ବାପା ଖୋଜିଛନ୍ତି ବୋଲି ସେ ଦିନେ ତା ମାଆ କଥାହେବାର ଶୁଣିଥାଏ। ନିମ୍ନ ମଧ୍ୟବିତ୍ତ ପରିବିରରେ ପ୍ରେମ ଭଳି ଏକ ଅପୂର୍ବ ଓ ଆବେଗପୂର୍ଣ୍ଣ ଭାବର ସ୍ଥାନ ନାହିଁ ବୋଲି ସେ ଜାଣିଥାଏ।

ମାତ୍ର ଏପଟେ ବିଭିନ୍ନ ସମୟରେ ପାଠ ବୁଝି ନପାରିବାର ବାହାନା ଦେଖାଇ ଅଜିତ ପାଖକୁ ଅନି ଯାଏ ଓ ସାଥିରେ ସାନିକୁ ବି ନେଇଯାଏ। ଅନି ମନରେ ଅଜିତ ପ୍ରତି ଭଲପାଇବା ଦେଖି ସାନିର ମନ ଓ ହୃଦୟଟା ଘାଣ୍ଟି ହୋଇଯାଏ ମାତ୍ର କରିବାର କି କହିବାର ସାହସ ନଥାଏ।

ଦିନେ ଦିନେ ଗାଡି ପଠାଇ ଅଜିତକୁ ତାଙ୍କ ଘରକୁ ପାଠ ବୁଝେଇବା ପାଇଁ ଅନୁରୋଧ କରେ ଅନି ମାତ୍ର ଅଜିତ ଜଣେ ଶିକ୍ଷକ ହିସାବରେ ସେମିତି କାହା ଘରକୁ ଯିବାକୁ ପସନ୍ଦ କରୁନଥିଲେ।

ଏହା ଅନିକୁ ବହୁତ ବାଧେ। କାରଣ ସେ ଏକ ଅନ୍ତରଙ୍ଗ ମୁହୂର୍ତ୍ତ ସବୁବେଳେ ଖୋଜୁଥାଏ ତା ମନରେ ଅଜିତ ପ୍ରତି ଥିବା ପ୍ରେମକୁ ସମ୍ମୁଖରେ ପ୍ରସ୍ତୁତ କରିବାକୁ ମାତ୍ର ସେ ସୁଯୋଗ ସେ ପାଉନଥିଲା। ତାର ହାବଭାବରୁ ଅଜିତ ବୁଝିପାରୁଥାଏ ଅନି ମନରେ କଣ ଚାଲିଛି ମାତ୍ର ସେ ତାକୁ ପସନ୍ଦ

କରୁନଥାଏ। କାହିଁକି ନା କଲେଜକୁ ଆସିବା ଦିନରୁ ହିଁ ସାନି ସହ ବିବାହ କରିବ ବୋଲି ମନସ୍ଥ କରିସାରିଥାଏ ଏବଂ ତା ପରିବାର ତରଫରୁ ତାଙ୍କ ଘରକୁ ଖବର ବି ଦେଇସାରିଥାଏ। ସାନିକୁ ଦେଖିବା ଦିନଠୁ ଅଜିତ ସାନିର ପ୍ରେମରେ ପଡିସାରିଥିଲା।

ତାଙ୍କର ମଧ୍ୟ ନିମ୍ନ ମଧ୍ୟବିତ୍ତ ପରିବାର ଓ ସାନି ଘର ସହ ସମାନତା ଅଛି ତେଣୁ ସେ କହିବା କ୍ଷଣି ତାଙ୍କ ଘରେ ରାଜି ହୋଇ ପ୍ରସ୍ତାବ ଦେଇଥିଲେ। ସେ କେବଳ ଅପେକ୍ଷା କରିଥିଲେ କଲେଜ ସରିବାକୁ ତା ପରେ ସାନିକୁ କହିବା ପାଇଁ।

ଏହି ଭିତରେ କଲେଜର ଅନ୍ତିମ ପରୀକ୍ଷା ସରିଯାଏ ମାତ୍ର ଅନି ତା ମନର କଥା କହି ପାରିନଥାଏ।

କଲେଜରୁ ବିଦାୟ ନେବାର ସମୟ। ଏକ କ୍ଷୁଦ୍ର ଭୋଜିର ଆୟୋଜନ କରାଯାଇଥାଏ କଲେଜରେ। ସେଦିନ ଆଉ ହାତ ଛଡା କଲା ନାହିଁ ଅନି। ଅଜିତକୁ ରୁମରେ ଏକାକୀ ଦେଖି ନିଜର ପ୍ରେମ ନିବେଦନ କରିବା ପାଇଁ ପହଞ୍ଚିଲା ଅନି। ତାର ଭାବ ଭଙ୍ଗୀ ଦେଖି ଅଜିତ ବୁଝିଗଲା ସେ କଣ ପାଇଁ ଆସିଛି।

ଅନି କିଛି କହିବା ପୂର୍ବରୁ ଅଜିତ କହିବସିଲେ, ସେ ସାନିକୁ ଭଲପାଆନ୍ତି ଓ ତା ସହ ବିବାହ କରିବେ ବୋଲି ସ୍ଥିର କରିଛନ୍ତି। ଏହା ଶୁଣି ଅନିର ପାଦ ତଳୁ ମାଟି ଖସିଗଲା ପରି ତାକୁ ଅନୁଭବ ହେଲା। ସେ କାନ୍ଦିବା ସହ କହିଲା ତାହା ହୋଇ ପାରିବ ନାହିଁ କାରଣ ମୁଁ ତୁମକୁ ବହୁତ ଭଲପାଏ ଏବଂ ମୋ ବାପାଙ୍କୁ କହି ତୁମର ଭଲ ସ୍ଥାନରେ ଚାକିରୀ ବି କରେଇ ଦେବି କିନ୍ତୁ ତୁମେ ମତେ ହିଁ ବିବାହ କରିବ, ନହେଲେ ମୁଁ ଆତ୍ମହତ୍ୟା କରିବି ଏବଂ ତାର କାରଣ ସାନି ଓ ତୁମେ ଉଭୟ ହେବ। ଆଉ ସାନି ମୋର ଅତି ଘନିଷ୍ଠ ବାନ୍ଧବୀ ହୋଇ ସେ ବି ମଧ୍ୟ ମତେ ଏକଥା କହି ନାହିଁ। ଏହା କହି ବହୁତ କାନ୍ଦି କାନ୍ଦି ସେଠାରୁ ତିବ୍ର ବେଗରେ ଆସି ସାନିର ଦୁଇ ଗାଲରେ ଦୁଇ ଚାପୁଡା ମାରି ସେଠାରୁ ପଳେଇଲା।

ହଠାତ ତାର ଏପରି ବ୍ୟବହାରରେ ଆଶ୍ଚର୍ଯ୍ୟ ହୋଇଗଲା ସାନି। ଏତେ ପିଲାଙ୍କ ଉପସ୍ଥିତିରେ ଅନି ତାକୁ ଏମିତି ହାତ ଉଠାଇ ମାରିବାଟା ତାକୁ ଖରାପ ଲାଗିଲା। ସେ କିଛି ବୁଝି ନପାରି ଅନି ପାଖକୁ ଧାଇଁଲା। ମାତ୍ର ଅନି ତାକୁ ପ୍ରସୟ ଦେଲାନାହିଁ କି ଦେଖା ବି କଲା ନାହିଁ। ସେଦିନ ମନସ୍ତାପରେ ରହିଲା ସାନି।

ଅନି ଅପେକ୍ଷା କରିଥାଏ ତା ବାପାଙ୍କ ଅଫିସରୁ ଫେରିବାକୁ। ସନ୍ଧ୍ୟାରେ ଅଜିତର କଥା ସେ ତାଙ୍କ ଘରେ କହିଲା ମାତ୍ର ତା ବାପା ମାଆ ସିଧା ମନା କରିଦେଲେ ଓ କହିଲେ ସେ ତାଙ୍କ ପରିବାରର ସମାସ୍କନ୍ଧ ନୁହଁନ୍ତି ଏବଂ ଅନିର ବିବାହ ତାଙ୍କ ବନ୍ଧୁଙ୍କ ଇଂଜିନିୟର ପୁତ୍ର ସହ ସ୍ଥିର କରିଛନ୍ତି ବୋଲି ଜଣାଇବା ସହ ଆସନ୍ତା କାଲି ସକାଳୁ ତାଙ୍କ ଘରକୁ ଯିବାର ଯୋଜନା ମଧ୍ୟ କରିଛନ୍ତି ବୋଲି କହିଲେ। ଅନିର ସବୁ କଥାକୁ ପ୍ରତ୍ୟାଖ୍ୟାନ କରି ତାକୁ ପ୍ରସ୍ତୁତ ରହିବାକୁ କହିଲେ। ତା ମନ ମଧ୍ୟରେ ଥିବା ସବୁ ଭାବ ଚୁରମାର ହୋଇଗଲା ଓ ଏସବୁ ପାଇଁ ସେ ସାନିକୁ ହିଁ ମନେ ମନେ ଦାୟୀ କଲା।

ତା ପରଦିନ ସେ ଘରୁ ବାହାରି ଯିବା ସମୟରେ ସାନି ତାକୁ ଡାକିଲେ ମଧ୍ୟ ତାର ଉତ୍ତର ଦେଲା ନାହିଁ। ସାନି କିଛି ବୁଝି ପାରୁନଥାଏ କେବଳ ଆଖିରୁ ଲୋତକ ଗୁଡିକ ଝରି ପଡୁଥାଏ ଅନିର ଏପରି ବ୍ୟବହାର ଦେଖି। ଏ ଭିତରେ କିଛି ଦିନ ବିତି ଗଲାଣି। ଅନିର ବିଭାଘର ଠିକ ହୋଇ ଏକ ବଡ ମଣ୍ଡପରେ ବିଧିପୂର୍ବକ ସମ୍ପନ୍ନ ହେଲା ମାତ୍ର ସେ ସାନିକୁ କହିଲା ନାହିଁ। ସାନିର ବାପା ମାଆ ଉଭୟେ ଯାଇ ବାହାଘରରେ ଯୋଗ ଦେଲେ। ବହୁତ ମନ ଦୁଃଖ ହେଲା ସାନିର ଯେତେବେଳେ ତାକୁ କିଛି ନକହି ଅନି ଘରୁ ବିଦା ହେଲା। ସେ କିଛି ଭାବି ପାରୁନଥାଏ କି ତାର କଣ ଭୁଲ ସେ ଜାଣି ପାରୁନଥାଏ।

ଅନି ବାହାଘରର କିଛି ଦିନ ପରେ ଅଜିତ ତା ପରିବାର ସହ ଆସି ପହଞ୍ଚିଲେ ସାନି ଘରେ। ସେତେବେଳକୁ ଅଜିତ ଏକ ସରକାରୀ କଲେଜରେ ସ୍ଥାୟୀ ଚାକିରୀ ପାଇସାରିଥାଏ। ସାନି ଅଜିତକୁ ତାଙ୍କ ଘରେ ଦେଖି ଆଶ୍ଚର୍ଯ୍ୟ ହୋଇଗଲା। ମାତ୍ର ଘରଲୋକଙ୍କ ସହ ତାଙ୍କର ଭଲ ମିଳାମିଶା ଦେଖି ଆହୁରି ଆଶ୍ଚର୍ଯ୍ୟ ହେଲା। ଏହା ଦେଖି ସାନିର ମାଆ କହିଲେ ଅଜିତ ବହୁ ଦିନରୁ ବିବାହ ପ୍ରସ୍ତାବ ଦେଇସାରିଥିଲେ ଏବଂ ଆମେ ସମସ୍ତେ ଏଥିରେ ରାଜି ଥିଲୁ ମାତ୍ର

ତାଙ୍କର ଅନୁରୋଧ ଥିଲା ତତେ ଏ ବିଷୟରେ କିଛି ନ କହିବା ପାଇଁ। ତତେ ଯେଉଁ ପ୍ରସ୍ତାବ କଥା କୁହାଯାଇଥିଲା ତାହା ଅଜିତଙ୍କର ହିଁ ଥିଲା।

ଏତେ ସବୁ ଶୁଣିଲା ପରେ ସବୁ ବିଷୟ ସାନି ଧିରେ ଧିରେ ବୁଝିପାରିଲା ଏବଂ ଅଜିତକୁ ଡାକି ସବୁ କହିବା ସହ ଅଜିତ ମଧ୍ୟ ସବୁ ଘଟଣା ସାନିକୁ କହିଲା। ଏହା ଜାଣି କିଛି ନ କହିଥିବା ଯୋଗୁଁ ବହୁତ ଗାଳି କରିବା ସହ ଅଭିମାନରେ କାନ୍ଦିବାକୁ ଲାଗିଲା। ଏହା ଦେଖି ଅଜିତ ସାନିକୁ ପାଖକୁ ଟାଣି ଆଣି କହିଲେ, ସବୁ ଜାଣିଲା ପରେ ଯଦି ତୁମେ ଏ ବିବାହରେ ରାଜି ନୁହଁ ତେବେ ଏବେ ମୁଁ ଏଠାରୁ ପଳେଇବି। ଏହା ଶୁଣି ଏକ ସ୍ମିତ ହାସ୍ୟ ଦେଇ ସାନି ଅଜିତକୁ ଟାଣି ଧରିଲା ଏବଂ ମନେ ମନେ ନିଜ ମନର ମଣିଷକୁ ପାଇଥିବାରୁ ତା ମନରେ ଏକ ଶିହରଣ ସୃଷ୍ଟି ହେଲା।

ସବୁ ସରିଲା। ବିବାହ ମଧ୍ୟ ମାତ୍ର ଅନି ଆସିଲା ନାହିଁ। ଯାହାର ଦୁଃଖ ଏବେ ପର୍ଯ୍ୟନ୍ତ ସାନି ମନରୁ ଯାଇନାହିଁ। ଏମିତି ଭାବି ଭାବି ଆସି ଘରେ ପହଞ୍ଚିଲା। ଅଜିତ ବସିଥାଏ ବାହାରେ ଚୌକି ପକାଇ। ପରିବା ବ୍ୟାଗଟା ରଖିଦେଇ ସେଇଠି ବସି ପଡିଲା ସାନି। ତାର ମୁହଁର ଉଦାସ ଭାବ ଦେଖି ଅଜିତ ତାର କାରଣ ପଚାରିଲା। ହଠାତ ସାନି ଆଖିରୁ ଧାର ଧାର ଲୁହ ବହିଗଲା ଅମାନିଆ ବଢିଲା ନଈ ପରି। ଏହା ଦେଖି ଅଜିତ ନିଜେ ମଧ୍ୟ ବ୍ୟସ୍ତ ହୋଇ ପଡିଲେ ଏବଂ ସବୁ ଶୁଣିଲା ପରେ ସେ ମଧ୍ୟ ମନ ଦୁଃଖ କଲେ ଏବଂ ସାନିକୁ କହିଲେ ଯେଉଁ କଥାର ସମାଧାନ ନାହିଁ ତାକୁ ଭାବି ଦୁଃଖ କର ନାହିଁ। ସମୟ ଉପରେ ଛାଡିଦିଅ।

ସବୁ ବୁଝିଲା ପରି ସାନି ହଁ ମାରିଲା ମାତ୍ର ଅନିର ସେହି ଆଖି ସହ ଆଖି ମିଶିବା ଓ ମୁହଁ ଫେରାଇ ପଳେଇବାଟା ସହଜରେ ମନରୁ ଲିଭୁନଥିଲା ସାନିର।

■

ଭାଗ୍ୟର ବିଡମ୍ବନା

ସମାଜ, ଦେଖିବାକୁ ଗଲେ ଶବ୍ଦ ବହୁତ ଛୋଟ ମାତ୍ର ତାର ମର୍ମ ଓ ଗୁରୁତ୍ବ ବହୁତ ଗୁରୁ। ଏହି ସମାଜ ଚାହିଁଲେ ବ୍ୟକ୍ତିକୁ ବହୁ ଉର୍ଦ୍ଧ୍ବକୁ ନେଇ ପାରେ ଏବଂ ଚାହିଁଲେ ତଳିତଳାନ୍ତ କରିଦେଇପାରେ।

ଅଜୟ ବାବୁ ଓ ତାଙ୍କ ପରିବାର କହିଲେ ସ୍ତ୍ରୀ ଓ ଗୋଟିଏ ଝିଅଙ୍କୁ ନେଇ ସହରରେ ଏକ ଛୋଟ ଘର ଭଡା ନେଇ ରହୁଥିଲେ। ଛୋଟିଆ ସରକାରୀ କର୍ମଚାରୀକୁ ଛୋଟ ପରିବାର। ଆବଶ୍ୟକତା ସମ୍ପୂର୍ଣ୍ଣ ରୂପେ ମେଣ୍ଟାଇ ନ ପାରିଲେ ମଧ୍ୟ ଖୁସିରେ ବସବାସ କରୁଥିଲେ। ତାଙ୍କର ଏକ ମାତ୍ର ଝିଅ ନିତୀ। ଦଶମ ଶ୍ରେଣୀରେ ପାଠ ପଢେ। ବିଦ୍ୟାଳୟରେ ଭଲ ପାଠ ପଢେ ବୋଲି ଅଜୟ ବାବୁ ଓ ତାଙ୍କ ସ୍ତ୍ରୀ ବହୁତ ଗର୍ବ କରନ୍ତି।

ଅଫିସରେ ମଧ୍ୟ ଅଜୟ ବାବୁ ସବୁବେଳେ ଗର୍ବର ସହ କୁହନ୍ତି ତାଙ୍କ ଝିଅ ବିଷୟରେ। ଆବଶ୍ୟକତା ଠାରୁ ଅଧିକ ଚର୍ଚ୍ଚା କରୁଥିବାରୁ ଅନ୍ୟ କର୍ମଚାରୀ ମାନେ ବିଶେଷ ଦୃଷ୍ଟି ଦିଅନ୍ତି ନାହିଁ। ମାତ୍ର ତାଙ୍କ କାର୍ଯ୍ୟ ଶୈଳୀ ପାଇଁ ସେ ସମସ୍ତଙ୍କ ପ୍ରିୟ। ଏପଟେ ଅଜୟ ବାବୁଙ୍କ ସ୍ତ୍ରୀ ଭାନୁମତୀ, ଝିଅର ପାଠପଢାକୁ ନେଇ ସର୍ବଦା ପଡୋଶୀ ମାନଙ୍କ ସହ ଆଲୋଚନା କରିବା ସହିତ ସମୟ ପଡିଲେ ଯୁକ୍ତି ଉପରକୁ ମଧ୍ୟ ଆସି ଯାଆନ୍ତି।

ବିଦ୍ୟାଳୟରେ ଯେତେବେଳେ ଅଭିଭାବକମାନଙ୍କର ଏକତ୍ରୀକରଣ ହୁଏ ସେତେବେଳେ ଭାନୁମତୀ ଦେବୀଙ୍କ କଥା ଆଉ କହିଲେ ନସରେ। ସର୍ବଦା

ଶିକ୍ଷକ ଓ ଶିକ୍ଷୟିତ୍ରୀମାନଙ୍କ ଚର୍ଚ୍ଚାର ମୂଳରେ ତାଙ୍କରି କଥା। ତେବେ ସେ ଯାହା ହେଉ, ସମୟ ଗଡି ଚାଲେ। ଶେଷରେ ଦଶମ ଶ୍ରେଣୀ ବୋର୍ଡ଼ ପରୀକ୍ଷା। ବହୁ ଜୋର ସୋରରେ ଲାଗି ପଡିଛନ୍ତି ବାପା ମାଆ ଉଭୟେ। ଦିନ ରାତି ସବୁ ସମାନ। ସବୁ ବନ୍ଧୁ ବାନ୍ଧବମାନଙ୍କୁ ମନା କରିଥାନ୍ତି ତାଙ୍କ ଘରକୁ ଆସିବାକୁ ଏବଂ ନିଜେ ମଧ୍ୟ କୌଣସି ପର୍ବ ପର୍ବାଣୀ, ଭୋଜିଭାତରେ ସମସ୍ତଙ୍କ ଘରକୁ ଯିବା ବନ୍ଦ କରିଦେଇଥାନ୍ତି। ଯେତେ ନୀତିନିୟମ ଓ ଜାନିଜାତ ସବୁ ବନ୍ଦ। ଘରୁ ବାହାର ସବୁଠି ସମସ୍ତେ ଟାହି ଟାପରା କରି କୁହନ୍ତି "ସତେ ଯେମିତି ଜଳପରୀ ,ନଜର ଲାଗିଯିବ ନହେଲେ ଝିଅ ମାଲିକାଣୀ ହେବ"। ମାତ୍ର କାହାରି କଥାରେ ସେମାନଙ୍କର ଖାତିର ନଥାଏ।

ପରୀକ୍ଷା ସମୟ ଆସିଲା, ସବୁ ଭଲରେ ଭଲରେ ସରିଲା। ଛୁଟି ସମୟରେ ଝିଅକୁ ଅନ୍ୟାନ୍ୟ ପାଠରେ ନିୟୋଜିତ କଲେ ଯେମିତି ଆଗକୁ କିଛି ଅସୁବିଧା ନହୁଏ। ନିତୀର ମଧ୍ୟ ପାଠରେ ବହୁତ ମନ। ସବୁବେଳେ ଧିର ଓ ଶାନ୍ତ। କିଛିଦିନ ପରେ ପରୀକ୍ଷା ଫଳ ବାହାରିଲା। ଅଜୟ ବାବୁ ଅଣନିଶ୍ୱାସୀ ହୋଇ ଘରକୁ ଦୌଡି ଆସି ନିତୀକୁ କୁଣ୍ଢାଇ ପକାଇ କହିଲେ, ହଇଓ ଶୁଣୁଛ ଆମ ଝିଅ ବିଦ୍ୟାଳୟରେ ପ୍ରଥମ ହୋଇଛି। ବାପା ମାଆଙ୍କର ଖୁସିରେ ଆଉ ତୁଳନା ରହିଲା ନାହିଁ। ଦଶ ଟଙ୍କିଆ ମିଠା ଆଣି ସମସ୍ତଙ୍କ ଘରେ ବାଣ୍ଟିଲେ। ଅଜୟ ବାବୁ ନିଜ ଅଫିସରେ ମଧ୍ୟ ମିଠା ବାଣ୍ଟିଥିଲେ।

ସେହିଦିନ ଠାରୁ ଉଭୟଙ୍କ ମନ ମଧ୍ୟରେ ଗର୍ବ ଓ ଅହଙ୍କାର ଏତେ ମାତ୍ରାରେ ବଢିଗଲା ଯେ, ସେମାନେ ଇନ୍ଦ୍ର ଚନ୍ଦ୍ର ମାନିଲେ ନାହିଁ। ଏମିତିକି ଝିଅର ବିଦ୍ୟାଳୟର ସହପାଠୀ ଓ ସହପାଠୀନି ବନ୍ଧୁମାନେ ଆସିଲେ ମଧ୍ୟ କଥା ହେବାପାଇଁ ମନେକରନ୍ତି ଭାନୁମତୀ ଦେବୀ। ସବୁଠାରୁ ଭଲ କଲେଜରେ ନିତୀର ନାମ ଲେଖାଇଲେ। ପାଠ ପଢା ଚାଲିଲା। ମାତ୍ର ସମାଜିକ ଜୀବନ ଜିଇଁବା ସେମାନେ ନିତୀକୁ ଶିଖେଇବାକୁ ଭୁଲିଗଲେ।

ଭାନୁମତୀ ଦେବୀଙ୍କ ମୁହଁରେ ସର୍ବଦା ଗୋଟିଏ କଥା ମୋ ଝିଅ ଆଇଏଏସ୍ ହେବ। ତେଣୁ ତାର କିଛି ଶିଖିବାର ଆବଶ୍ୟକତା ନାହିଁ। ତା ଗୋଡତଳେ ତ ଚାକର ଚାକରାଣୀ ଖଟିବେ। କେତେ ଗାଡି ଘୋଡା ତା ଦୁଆରେ ଲାଗିବ।

ଏମିତି ଅନେକ କଥା। ଆତ୍ମ ଗର୍ବ ଓ ଆତ୍ମ ବଡ଼ିମା ଏତେ ମାତ୍ରାରେ ବଢିଗଲା ଯେ ସାହି ପଡିଶା ଓ ସମାଜ ସହିତ ସମ୍ପର୍କ ମଧ୍ୟ ରଖୁନଥିଲେ। ଦିନ ପରେ ଦିନ ଗଡି ଚାଲିଲା। ସବୁ ଠିକ ଠାକ୍ ଚାଲିଥିଲା।

ହଠାତ ଦିନେ ଅଜୟ ବାବୁ ଅଫିସରେ ବସିଛନ୍ତି ତାଙ୍କ ଛାତିରେ ଯନ୍ତ୍ରଣା ଅନୁଭବ କଲେ। ସମସ୍ତ କର୍ମଚାରୀ ବ୍ୟତିବ୍ୟସ୍ତ ହୋଇ ତାଙ୍କୁ ନେଇ ଡାକ୍ତରଖାନାରେ ଭର୍ତ୍ତି କରାଇ ଭାନୁମତୀ ଦେବୀଙ୍କୁ ଖବର ପଠାଇଲେ। ଭାନୁମତୀ ଦେବୀ ଓ ତାଙ୍କ ଝିଅ ନିତୀ କିଛି ମୁହୂର୍ତ୍ତ ମଧ୍ୟରେ ଆସି ପହଞ୍ଚିଲେ। ଅଜୟ ବାବୁଙ୍କ ଏପରି ଅବସ୍ଥା ଦେଖି କାନ୍ଦି କାନ୍ଦି ବେହୋସ ପ୍ରାୟ ହୋଇଗଲେ। ସେଠାରେ ଥିବା ନର୍ସମାନେ ତାଙ୍କୁ ପାଣି ଓ ଔଷଧ ଦେଇ ପ୍ରକୃତିସ୍ଥ କରାଇଲେ। ଡାକ୍ତରମାନେ ସବୁ ପ୍ରକାରର ଚେଷ୍ଟା କଲେ ମାତ୍ର ଅଜୟ ବାବୁଙ୍କୁ ବଞ୍ଚାଇ ପାରିଲେ ନାହିଁ। ଦୁଃଖର ଯେମିତି ପାହାଡ ଛିଡି ପଡିଲା ସେମାନଙ୍କ ଉପରେ।

ସାଇପଡିଶା,ବନ୍ଧୁ ବାନ୍ଧବ ଓ ସହକର୍ମୀମାନଙ୍କ ସହାୟତାରେ ଅଜୟ ବାବୁଙ୍କ ସବୁ କର୍ମ ଯଥାରୀତି ସମ୍ପନ୍ନ ହେଲା। ବନ୍ଧୁ ବାନ୍ଧବ ତାପରେ ଦିନେ ଦୁଇ ଦିନ ରହି ଯେଝା ବାଟରେ ଯେଝା ଗଲେ। ଅଜୟ ବାବୁଙ୍କର ଯାହା ସରକାରୀ ପ୍ରାପ୍ୟ ଥିଲା ସେସବୁ ମିଳିଗଲା। ଯାହା ଅର୍ଥ ମିଳିଥିଲା ମାଆ ଝିଅ ଦୁହେଁ ସେଥିରେ ନିଜର ଭରଣ ପୋଷଣ କରୁଥିଲେ। ନିତୀର ପାଠ ପଢା ସରିଲା ମାତ୍ର କୌଣସି ଉଚ୍ଚ ପଦ ପାଇଁ ଥିବା ପରୀକ୍ଷାରେ କୃତକାର୍ଯ୍ୟ ହୋଇପାରିଲା ନାହିଁ। ବହୁ ଚେଷ୍ଟା କରି କରି କିଛି ଲାଭ ହେଲାନାହିଁ। ଭାନୁମତୀ ଦେବୀଙ୍କ ତୁଚ୍ଛ ବ୍ୟବହାର ପାଇଁ କୌଣସି ବନ୍ଧୁ ବାନ୍ଧବ ମଧ୍ୟ ସାହାଯ୍ୟର ହାତ ବଢାଇଲେ ନାହିଁ।

ଗଚ୍ଛିତ ଥିବା ଧନ ଧିରେ ଧିରେ ସମାପ୍ତ ପ୍ରାୟ। ଅଭାବ ଓ ଅନାଟନ ଧିରେ ଧିରେ ବଢିବାକୁ ଲାଗିଲା। ଘର ଭଡା ଦେଇନପାରିବାରୁ ଘର ମାଲିକ ବାରମ୍ବାର ତାଗିଦ୍ କରିବାକୁ ଲାଗିଲା। ଅନ୍ୟନ୍ୟୋପାୟ ହୋଇ ଏକ କ୍ଷୁଦ୍ର ଚାଳ ଘରକୁ ବାହାରିଆସିଲେ ମା ଝିଅ ଦୁହେଁ। ସେଠି ବି ଅବସ୍ଥା କହିଲେ ନସରେ। ଅଧିକ ପାଠ ପଢିଥିବାରୁ ଅନ୍ୟ ଝିଅମାନେ ନିତୀ ସହ ମିଳାମିଶା କରିବାକୁ ପସନ୍ଦ କଲେ ନାହିଁ। ଦୁଇ ଜଣଙ୍କର ଏପରି ଦୂରାବସ୍ଥା ଦେଖି ଦେଖି ଭାନୁମତୀ ଦେବୀ ଶଯ୍ୟାଶାୟୀ ହେଲେ।

ଆଖିରେ ଆଖିଏ ସ୍ୱପ୍ନ ଓ ଆକାଶରେ ଉଡିବାର ଆଶା ଦେଖୁଥିବା ଆଖି ଏବେ ଅଜସ୍ର ଅଶ୍ରୁରେ ପରିପୂର୍ଣ୍ଣ ହୋଇ ରହୁଥିଲା। ସତେ ଯେମିତି ତାଙ୍କ ଜଳପରୀ ବାଟ ହୁଡି ଗଲା। ନିଜ ପ୍ରାଣ ଠାରୁ ଅଧିକ ଭଲ ପାଉଥିବା ଝିଅ ଶରୀରରେ ଛିଡି ଯାଇଥିବା ପୋଷାକ ଦେଖି ଶଯ୍ୟ କରିପାରୁନଥିଲେ ଭାନୁମତୀ ଦେବୀ। କେଉଁଠି ନା କେଉଁଠି ମନ ମଧ୍ୟରେ ପଶ୍ଚାତାପର ଅଗ୍ନିରେ ସେ ଭସ୍ମୀଭୂତ ହେଉଥିଲେ। ଭାବୁଥିଲେ ନିଜେ କରିଥିବା କର୍ମର ଫଳ ଆଜି ତାଙ୍କ ଝିଅକୁ ଭୋଗିବାକୁ ପଡୁଛି।

ନିତୀକୁ ମଧ୍ୟ କିଛି ବୁଦ୍ଧିବାଟ ଦୃଶ୍ୟ ମାନ ହେଉନଥାଏ। କିଛି ଦିନ ଦେଖିଲା ସେ ରହୁଥିବା ଚାଳିର ଏକ ଘରୁ ଦୁଇ ଜଣ ଝିଅ ପ୍ରତ୍ୟେକ ଦିନ କେଉଁ ଆଡେ ବାହାରି ଯାଉଛନ୍ତି। ସାହାସ କରି ପଚାରିଲା, ତୁମେ ମାନେ କୁଆଡେ ଯାଉଛ? ଉତ୍ତର ଥିଲା ଆମେ ହେଲୁ ଦିନ ମଜୁରିଆ। ସକାଳେ ଖଟିଲେ ଯାଇ ସଞ୍ଜକୁ ଖାଇବାକୁ ମିଳିବ ନଚେତ ଉପାସ ରହିବାକୁ ପଡିବ। ବୁଡିଯାଉଥିବା ମଣିଷ କୁଟାଖିଅକୁ ଭରଷା କଲାପରି ନିତୀ ତାଙ୍କ ସହିତ ଚାଲିଲା ପାଉଁରୁଟି ଫ୍ୟାକ୍ଟ୍ରୀରେ କାମ କରିବାକୁ।

ସରିଗଲା ପରୀ ରାଇଜର କଥା।

ଆସିଗଲା ଜୀବନ ଜିଇଁବାର ବ୍ୟଥା ।।

କିଛି ଦିନ ଧରି ସେଠାରେ କାମ କଲା। ଦି ପଇସା ମଧ୍ୟ ମିଳିଲା। ପାଠ ପଢିଥିବାରୁ ସେଠାକାର କିଛି ପିଲାଙ୍କୁ ପାଠ ମଧ୍ୟ ପଢାଇଲା। ଏମିତି ଭାବେ ସୁରୁଖୁରୁରେ ଜୀବନ ସମ୍ଭାଳିବାକୁ ଆସିବାକୁ ଥାଏ "ବୋଝ ଉପରେ ନଳିତାବିଡା" ପରି ମହାମାରୀ ସ୍ୱରୂପ ସମଗ୍ର ବିଶ୍ବରେ ବ୍ୟାପିଗଲା କରୋନା ଭାଇରସ। ସରକାର ଘୋଷଣା କଲେ ସବୁ ବନ୍ଦ। ଏମିତି ମନୁଷ୍ୟ ସହ ମନୁଷ୍ୟ କଥା ହେବା ମଧ୍ୟ ବନ୍ଦ। ଦୀର୍ଘ ତିନି ମାସ ଧରି ଘରୁ ବାହାରିବା ଏକ ପ୍ରକାର ନିଷେଧ ହୋଇଗଲା। ଖାଇବାକୁ ଭୁଜା ମୁଠେ ମଧ୍ୟ ମାଆ ଝିଅ ପାଇଲେ ନାହିଁ। ଦୁଇ ଓଳି ପଖାଳ ଓ ପାଣି ଖାଇ ରହିଲେ। ନିତୀ ଏ ଭିତରେ ନିଜକୁ ଭୁଲି ଯାଇଥିଲା। ସେହି ବସ୍ତିର ଝିଅମାନଙ୍କ ସହ ମିଶି ଓଳି ମୂଳରେ ବସି ଉକୁଣୀ ବାଛିବା କାମରେ ଲାଗିଯାଇଥିଲା।

ହଠାତ୍ ଦିନେ ଶୁଣିଲା ତାଙ୍କ ବସ୍ତିର ଜଣେ ବୃଦ୍ଧା ପାଖ ସାଇର ଏକ ସମ୍ଭ୍ରାନ୍ତ ଘରକୁ ପାଇଟି କରିବାକୁ ଯାଉଥିଲା ମାତ୍ର ତା ଭଉଣୀର ଅସୁସ୍ଥତା ଯୋଗୁଁ ସେ କାମ ଛାଡ଼ି ଦେଇଛି। ସେମାନେ ଏଣେ କାମବାଲୀ ଖୋଜୁଛନ୍ତି। ଏହା ଶୁଣି ନିତୀର ମନ କାହିଁକି ସେ ଆଡକୁ ଟାଣିଲା। କ୍ଷୁଧା ନିବାରଣ ନିମନ୍ତେ ସେ କାମବାଲୀର ସ୍ଥାନ ନେବାକୁ ବାହାରିପଡିଲା। ଶେଷରେ ସେଠାରେ ତାକୁ କାମ ମିଳିଗଲା। ଦିନକୁ ଦୁଇ ଥର ରୁଟି କରିବ ଓ ଝାଡୁ ପୋଛା କରିବ।

ସେଦିନ ପ୍ରଥମ କରି ତାଙ୍କ ଘରକୁ କାମ କରି ଯାଇ ତାଙ୍କ ଝିଅକୁ ଦେଖି ନିତୀର ପିଲାଦିନର ସବୁକଥା ମନେ ପଡିଗଲା। ଆଖିରୁ ଅଶ୍ରୁର ଧାରା ଶ୍ରାବଣ ବହିବାରେ ଲାଗିଲା।

କେଉଁଠି ମାଲିକାଣୀ ହେବାର ସ୍ୱପ୍ନ ସ୍ଥାନରେ ଆଜି ସେ ବସ୍ତିର କାମବାଲୀବାଈ ବନିଗଲା।

କାଚକେନ୍ଦୁ ପରି ପାଣିର କଳକଳ ନାଦରେ ନିର୍ଦ୍ୱନ୍ଦରେ ଘୁରି ବୁଲୁଥିବା ଜଳପରୀ ଏବେ ବାଟ ହୁଡି ଆସି ହେଲା କାମବାଲୀ।

■

ଚୁଇଁ ବୁଢୀ

ବାଦୁଡି, ଏକ ସ୍ତନ୍ୟପାୟୀ। ପ୍ରାୟ ସମସ୍ତେ ଜାଣନ୍ତି ସେମାନେ ଗଛରେ ଝୁଲିକି ରୁହନ୍ତି। ସୂର୍ଯୋଦୟ ଓ ସୂର୍ଯ୍ୟକାନ୍ତ ସମୟରେ ସେମାନଙ୍କ ଆଖିକୁ ବହୁତ ଭଲ ଦେଖାଯାଏ ସେଥିପାଇଁ ସେମାନେ ଛୋଟ ସ୍ଥାନରେ ବି ପହଞ୍ଚି ପାରନ୍ତି। ସାଧାରଣତଃ ପଶୁପକ୍ଷୀମାନଙ୍କ ଆଖିଗୁଡିକ ରାତିରେ ଲାଇଟ ଜଳିଲା ପରି ଦେଖାଯାଏ ଏବଂ ତାହା ଦେଖିବାକୁ ରୋମାଞ୍ଚକର ଓ ଡର ବି ଲାଗେ।

ଆଜି ଏହାକୁ ନେଇ ଏଇ ଗଳ୍ପର ଉପସ୍ଥାପନା। ଆଶା କରେ ଭଲ ଲାଗିବ।

ହଠାତ ଚୁଇଁ ବୋଉ ଚମକି ପଡି ଏକ ଚିତ୍କାର କରି ଦୌଡିଲା, ଇଲୋ ବୋଉଲୋ ମରିଗଲି...ପିଶାଚୁଣୀ କି ଡାହାଣୀ ଆମ୍ବ ଗଛରେ ବସିଛି। ସକାଳ ଭୋର ସମୟରେ ସୂର୍ଯ୍ୟଦେବଙ୍କ ଉଇଁବା ପୂର୍ବରୁ ଚୁଇଁ ବୁଢୀ ଦୁଇ ଯିବାପାଇଁ ଢାଳ ଧରି ଯାଏ ଆଜିବି ବାହାରିଛି। ହଠାତ ଗଛରେ ଏକ ଲାଇଟ ଓ ଓଲଟା କିଛି ଝୁଲୁଥିବା ଅବସ୍ଥାରେ ଦେଖି ଡରି ମରି ଢାଳକୁ ଫୋପାଡି ଘର ଭିତରକୁ ଧାଇଁଛି।

ଏହା ଦେଖି ସନୁ ହସି ହସି ବେଦମ୍। ତା ହସ ଦେଖି ଚୁଇଁ ବୁଢୀ କହିଲା କାହିଁକି କିରେ ପୋଡାମୁହାଁ ହସୁଛୁ। ଦେଖୁଛୁ ମୋ ଗୋଡ ହାତ ଥରୁଛି। ଯା ଡାକିବୁ ତୋ ବାଆକୁ ପଣ୍ଡିତ ଡାକି ପୂଜା କରିବା। ସବୁବେଳେ ସେ ଗଛଟାରେ ମୁଁ ସକାଳୁ ସେ ଚିରୀକୁଣିଟାକୁ ଦେଖୁଛି, ଡରି ଡରି ଦୁଇ ଯାଉଛି। ଏହା କହି ଅପେକ୍ଷା କଲା ସକାଳ ପାହିବାକୁ। ଖାଲି ଛଟପଟ ହେଉଥାଏ ଓ ଡାହାଣୀକୁ

ସମ୍ଭୁଥାଏ।

ସକାଳ ହେଲା, ଆଉ କିଛି ଦେଖାଗଲା ନାହିଁ। କଣେଇ କଣେଇ ଗଛ ଆଡକୁ ଚାହିଁ ବୁଢୀ ଦୁଇ ଗଲା।

ସେ ଦିନସାରା ଆଉ ବୁଢୀକୁ ଥୟ ନାହିଁ। କେମିତି ପଣ୍ଡିତ ଆସି ଭୂତ ଭଗେଇବାର ପୂଜା କରିବ। ଦିନ ଓଳିକେରେ ପଣ୍ଡିତ ଆସି ପୂଜାର୍ଚ୍ଚନା କରିଗଲା। ସବୁସରିଲା ପରେ ଟିକେ ଆସ୍ୱସ୍ଥ ହେଲା। ମାତ୍ର ସନୁ ଦିନ ଯାକ ମୁରୁକି ମୁରୁକି ହସୁଥାଏ।

ପ୍ରକୃତରେ ସନୁ ହସିବା ପଛରେଏକ ଭିନ୍ନ କାରଣ ଥାଏ। କିଛି ଦିନ ହେବ ସବୁ ସ୍ଥାନରେ ଲୋକଙ୍କୁ ଏକାଠି କରି ଆଲୋଚନା ଓ ସଚେତନ କରାଯାଉଛି ଗାଁକୁ "ବାହ୍ୟ ମଳ ମୁକ୍ତ ଅଞ୍ଚଳ" ଘୋଷଣା କରିବାକୁ। ଘରେ ଘରେ ପାଇଖାନା ତିଆରି ଚାଲିଛି। କିଛି ଲୋକ ସଚେତନ ମଧ୍ୟ ହୋଇଗଲେଣି ମାତ୍ର ତା ଜେଜେମାଆ ଯାହାକୁ ତାହା। ଯିଏ ଯେତେ କହିଲେ ଶୁଣିବାର ନାହିଁ। ସେଇ ଢାଳ ଧରି ଚାଲିଲା ବାଡିକୁ। ତାର ଏହି ଅଭ୍ୟାସ ବନ୍ଦ କରିବାର ଏହି ଅଭିନବ ରାତ୍ରିର ଉଡାଳିର ଯୋଜନା କରିବାର ମନରେ ପାଞ୍ଚି କାର୍ଯ୍ୟକାରୀ କରିବାକୁ ଲାଗିପଡିଥିଲା।

ସେଦିନ ପୂଜାପରେ ବୁଢୀ ଆରାମରେ ଶୋଇଗଲା। ପୁଣି ସଞ୍ଜ ହେଲା ବୁଢୀ ଢାଳ ଧରି ବାହାରିଲା। ସନୁ ତାର ଯୋଜନା ମୁତାବକ କାର୍ଯ୍ୟ କରିସାରିଥାଏ ଓ ତା ବାପା ମାଆଙ୍କୁ ମଧ୍ୟ ସେ ବାବଦରେ ଜଣାଇଥାଏ। ଯେମିତି ବୁଢୀ ବାହାରକୁ ଯାଇଛି ଦେଖିଲା ସେହି ଉଜ୍ଜଳ ଆଖି ଓ ଓଲଟା ଝୁଲନ୍ତା ଅବସ୍ଥା। ପୁଣି ଡରି ମରି ଆସି ଘରେ। କବାଟ ଦଉ ଦଉ କହିଲା, ସେ ପୋଡାମୁହାଁ ପଣ୍ଡିତ କି ପୂଜା କଲା କେଜାଣି, ଭୂତୁଣୀ ଟା ତ ଯିବାର ନାଁ ହିଁ ଧରୁନି। ଏମିତି କହି କହି ତିଆରି ହୋଇଥିବା ପାଇଖାନାକୁ ଗଲା। ଏହି ଦେଖି ସନୁ ଓ ପରିବାର ବର୍ଗ ହସି ହସି ବେଦମ୍।

ସେବେଠାରୁ ଆଉ ବୁଇଁ ବୁଢୀ ବାହାରକୁ ଦୁଇ କରିବାକୁ ଯାଏନାହିଁ। ଓ ସେହିଦିନଠାରୁ ସନୁର ଗାଁ ବାହ୍ୟ ମଳମୁକ୍ତ ଅଞ୍ଚଳ ହିସାବରେ ଗଣତି ହେଲା।

ସନୁର ସେହି ଝୁଲନ୍ତା ବାଦୁଡିର ଯୋଜନା ପାଇଁ ଗାଁରେ ସେ ଖୁବ ପ୍ରଶଂସିତ ହୋଇଥିଲା।

■

ଆରମ୍ଭ ଓ ଶେଷ

ଗୋଲାପ ପ୍ରକୃତିର ଏକ ନିଆରା ସୃଷ୍ଟି। ଫୁଲ ମଧ୍ୟରେ ଆଦୃତ ଏଥିପାଇଁ ଯେ ଏହାକୁ ପ୍ରେମର ଏକ ଅଂଶ ଭାବେ ଗ୍ରହଣ କରାଯାଇଛି। ନୂତନ ପ୍ରେମୀଯୁଗଳ ନିଜ ପ୍ରେମର ପ୍ରଥମ ନିବେଦନରେ ଏହାକୁ ବହୁ ମାନ୍ୟତା ଦେଇଥାନ୍ତି। ଭଲ ପାଇବାର ଏକ ଅପ୍ରକାଶିତ ଏକ ସନ୍ତକ ଭାବେ ଏହା ଆଦୃତ।

ଏହାକୁ ନେଇ ଆଜିର ଉପସ୍ଥାପନା।

ଆଜି ସୀମାର ଆଖିରୁ ଲୁହ ଗଡିବା ଛଡା ଆଉକିଛି ଉପାୟ ନାହିଁ। ଘରକୁ ଯିବାର ସବୁରାସ୍ତା ବନ୍ଦ କରିଦେଇଛି ସେ ନିଜେ। ନିଜ ପର୍ସରେ ଥିବା ସେହି ଶୁଖିଲା ଗୋଲାପ ପାଖୁଡା ହିଁ ତାର ସାଥି। ଦିନ ରାତି ସେହି ପାଖୁଡାରେ ହିଁ ଦୃଷ୍ଟି ନିରେଖି ବସିରହିଛି ଓ ସେହି ବିଶ୍ୱ ନିୟନ୍ତାଙ୍କ ପାଖରେ ନିଜର ଗୁହାରୀ ଜଣାଉଛି ଓ ପ୍ରଶ୍ନର ବାଣରେ କ୍ଷତାକ୍ତ କରି ଦେଉଛି।

ଆଜିକୁ ସାତଦିନ ହେବ ଅମନ ଚାଲିଗଲାଣି କେଉଁ ଏକ ଅଜଣା ରାଇଜକୁ ଯେଉଁ ଠାରୁ କେବେ କେହି ଫେରିବାର ଦେଖାଯାଇନାହିଁ।

କ'ଣ ଥିଲା ତାର ଭୁଲ,

କ'ଣ ଭଲ ପାଇବାଟା ଏତେ ଭୁଲ!

ତାର ପରିଣାମ କଣ ଏହା। ନା.. ଏପରି ହୋଇପାରେନା! ଇଚ୍ଛା ହେଉଥିଲା

ତାର ସୃଷ୍ଟିକୁ ବଦଳେଇ ଦିଅନ୍ତାକି...

ସମୟକୁ ପୁଣି ଫେରାଇ ଆଣି ପାରନ୍ତାକି। ତାହେଲେ ସେ ମଧ୍ୟ ଅମନ ସହ ଆରପାରିକୁ ହାତରେ ହାତଦେଇ ଚାଲି ଯାଇଥାନ୍ତା। ବର୍ତ୍ତମାନ ଏ ସମାଜର କୁଚକ୍ରୀ ଦୃଷ୍ଟିରୁ ରକ୍ଷା ପାଇଯାଇଥାନ୍ତା। ଏତିକି ଆତ୍ମସନ୍ତୋଷ ଥାନ୍ତା କି ଯାହା ସହ ସେ ସମ୍ପର୍କ ବାନ୍ଧି ଥିଲା ଇହ କାଳ ଓ ପର କାଳ ପାଇଁ ତା ସହ ସେ ଅଛି। ନିଜ ପ୍ରେମର ପରିସ୍ଫୁଟନ ଏକ ସଙ୍ଗେ କରିଥାନ୍ତା। ମାତ୍ର ଏ କଣ ହୋଇଗଲା। ଏହା ଭାବି କାନ୍ଦି କାନ୍ଦି ଅଭିଯୋଗ କରୁଥାଏ ସେହି ଶୁଖିଲା ଗୋଲାପକୁ ଅମନ ଭାବି।

ତୁମେ ତ କଥା ଦେଇଥିଲ ସାରା ଜୀବନ ସାଥିରେ ରହିବ। ସୁଖ ଦୁଃଖ ସବୁକୁ ଏକ ସଙ୍ଗେ ନିଭେଇବ। ଆମ ପ୍ରେମର ପ୍ରତୀକକୁ ଧରାପୃଷ୍ଠକୁ ଆମେ ଏକ ସଙ୍ଗେ ସ୍ୱାଗତ କରିବା। ମାତ୍ର ଏକଣ କଲ!

ମତେ ଏକା ଛାଡି ଚାଲାଗଲ। କେମିତି ବଞ୍ଚିରହିବି ଏ ଦୁନିଆରେ ତୁମ ବିନା। କାହାକୁ ପାଥେୟ କରିବି। ଆମ ପ୍ରେମର ସନ୍ତକକୁ କେମିତି ଦୁନିଆର ଝଡ ଝଞ୍ଜାରୁ ବଞ୍ଚେଇବି। ଏମିତି ଅନେକ ପ୍ରଶ୍ନ ସହ ଅସୁମାରୀ ଲୁହ।

ମନ୍ଥନ କରୁଥାଏ ସେହି ପ୍ରଥମ ଦେଖା। ଅମନ ସହ ଦେଖାହେଲା ମେଡିକାଲ କଲେଜର ଲ୍ୟାବରେ। ଉଭୟେ ଶେଷ ବର୍ଷର ଛାତ୍ର ଛାତ୍ରୀ। କିଛି ଦିନ ହେବ ଉଭୟଙ୍କ ଆଖିରେ ଆଖି ପଡୁପଡୁ ଦୂରତା ଆସି ଯାଉଥାଏ। ମାତ୍ର ସେଦିନ ମନ ଓ ଧ୍ୟାନ ହିଁ ଏକ ଥିଲା। ଉଭୟେ ଉଭୟଙ୍କ ସହ କଥା ହେବା ଆରମ୍ଭ କଲେ। କେତେବେଳେ ଯେ ଉଭୟଙ୍କ ଭିତରେ ଭଲପାଇବାର ସେ ବୀଜଟି ରୋପଣ ହୋଇସାରିଥାଏ ସେମାନେ ଜାଣିନଥାନ୍ତି। ଏହିପରି ଛ' ମାସ ବିତିଗଲା। ପ୍ରତ୍ୟକ ଦିନ ଉଭୟେ କିଛି ସମୟ କାଟନ୍ତି କଲେଜ ପରିସରରେ ପୁଣି ଘରକୁ ଫେରନ୍ତି ଏକ ନୂତନ ସକାଳର ଅପେକ୍ଷା କରି।

ସମୟ ସରିଗଲା। ଏବେ ଆରମ୍ଭ ହେବ ପ୍ରକୃତରେ ପାଠକୁ କାର୍ଯ୍ୟକାରୀ କରିବାର ସମୟ। ସମସ୍ତଙ୍କ ମନରେ କୋକୁଆ ଭୟ କରୋନାକୁ ନେଇ। ଯାହା ଶୁଣିବାକୁ ମିଳିଲା ସମସ୍ତ ନୂତନକରି ଉତ୍ତୀର୍ଣ୍ଣ ହୋଇଥିବା ପିଲାଙ୍କୁ କୋଭିଡ

ଡ୍ୟୁଟିରେ ପକାଯିବ। ସୀମା ଓ ଅମନ ମଧ୍ୟ ବିବ୍ରତ ହେଲେ। ମାତ୍ର ଏତିକି ଆଶ୍ୱାସନା ଉଭୟେ ଦେଲେ ଯେ ଯେଉଁଠି ରହିବେ ପାଖରେ ରହିବେ। ସତକୁ ସତ ତାହାହିଁ ହେଲା। ଉଭୟଙ୍କ ଡ୍ୟୁଟି ଗୋଟିଏ ସ୍ଥାନରେ ପଡିଲା। ନୂଆ କାର୍ଯ୍ୟ ତାହା ପୁଣି ବିପଦ ସଙ୍କୁଳ। ମାତ୍ର ଉଭୟଙ୍କ ପ୍ରେମ ଉଭୟଙ୍କୁ ସମ୍ଭାଳିବାକୁ ଯଥେଷ୍ଟ ଥିଲା। ଚାକିରୀର ପ୍ରଥମ ଦିନ, ଅମନ ସଦ୍ୟ ପ୍ରସ୍ଫୁଟିତ ନାଲି ଗୋଲାପ ଧରି ଆସି ପହଞ୍ଚିଲା ସୀମା ପାଖରେ। ଫୁଲ ଦେଖି ଖୁସିରେ ଆତ୍ମହରା ହୋଇଗଲା ସୀମା। ସେହିଦିନ ହିଁ ପ୍ରକୃତ ପ୍ରେମର ଗଣ୍ଠି ପଡିଲା।

ସମୟ ଗଡି ଚାଲାଲା। ନିଜ ପିଜର ଅନୁଭୂତିକୁ ବଖାଣିବା ସହ ନିକଟତର ହୋଇ ଆସୁଥିଲେ ଅମନ ଓ ସୀମା। ଭଲ ପାଇବା ଓ ବିଶ୍ୱାସର ସବୁ ସୀମା ଲଂଘନ କରି ମତୁଆଲା ଗୋଲାପ ପରି ମତୁଆଲା ହୋଇଯାଇଥିଲେ ଉଭୟେ। ସେ ଭିତରେ କେତେବେଳେ ଗୋଲାପର ପାଖୁଡା ଗୁଡିକ ନିଜ ସ୍ଥାନ ଛାଡିଯାଇଥିଲେ ତାହା ଜଣାନଥିଲା କାହାକୁ। ପ୍ରେମର ସାତ ରଙ୍ଗରେ ସଜେଇ ହୋଇ ଏକ ନୂତନ ରଙ୍ଗକୁ ଧାରଣ କରିବା ପାଇଁ ଅଗ୍ରସର ଥିଲେ ଅମନ ଓ ସୀମା।

ଇତି ମଧ୍ୟରେ ଡ୍ୟୁଟିର ଛୁଟି ସମୟରେ ଘରକୁ ଯିବା ପାଇଁ ଅନୁମତି ଆଣିଥିଲେ ଉଭୟେ। ଉଭୟଙ୍କ ନିବିଡତା ମଧ୍ୟ ବହୁତ ବଢିଯାଇଥାଏ ଏବଂ ସେମାନେ ବିବାହ ବନ୍ଧନରେ ବାନ୍ଧି ହେବାର ସ୍ୱପ୍ନ ଦେଖିବା ଆରମ୍ଭ କରିଥିଲେ।

ଛୁଟି ପଡିଲା। ଦୁହେଁ ଦୁହିଁଙ୍କୁ ବିଦାୟ ଦେଇ ଅଗ୍ରସର ହେଲେ ଆଗିମୀ ସମୟକୁ ସାଥିରେ ନେଇ ଚାଲିବାର ସ୍ୱପ୍ନରେ। ଫୋନରେ ଯୋଗାଯୋଗ ହେଉଥାଏ। ଅମନ କଥା ଦେଇଥିଲା ତାଙ୍କ ଘରେ ସବୁ କଥା କହି ରହି ଛୁଟି ଭିତରେ ବାହାଘର ତାରିଖ ଠିକ୍ କରିବା ପାଇଁ।

କିଛି ଦିନ ଗଲା। ଏ ଭିତରେ ଦୁଇଦିନ ହେବ ନିଜ କାର୍ଯ୍ୟରେ ବ୍ୟସ୍ତ ରହି କେହି କାହା ସହ କଥା ହେଇପାରିନଥାନ୍ତି।

ହଠାତ୍ କଲେଜରୁ ଫୋନ ଆସିଲା ଅମନ ଡାକ୍ତରଖାନାରେ ଆଡମିଶନ ହୋଇଛି ଓ ସେ କରୋନା ପିଡିତ। ଏହା ଶୁଣି ସୀମାର ପାଦତଳୁ ମାଟି ଖସିଲା

ପରି ଲାଗିଲା। ସିଧା ସେଠାରୁ ଉଠି ବାହାରିଲା ଡାକ୍ତରଖାନା ଅଭିମୁଖେ। ସେଠାରେ ଯାଇ ଦେଖେତ ପରିସ୍ଥିତି ଜଟିଳ। ପିପିଇ କିଟ ପିନ୍ଧି ଗଲା ଅମନ ପାଖକୁ। ଅସ୍ଥିର ମନରେ ଆଶ୍ୱାସନା ଦେଲା ତାକୁ ଏବଂ ତା ଭିତରେ ଏକ ନୂତନ ବୀଜ ଅଙ୍କୁରୋଦଗମ ହେବାର ସୂଚନା ମଧ୍ୟ ଦେଲା। କିଛି ସମୟର ଅକୁହା ଭାବର ଆଦାନ ପ୍ରଦାନ। ତାପରେ ସବୁ ଶେଷ। ସରିଗଲା ସବୁ। ଅନ୍ଧକାର ହୋଇଗଲା ଚତୁର୍ଦ୍ଦିଗ। ଚାଲିଗଲା ଅମନ।

ସେବେଠାରୁ ଆଜିକୁ ପନ୍ଦର ଦିନ ହେବ ସେହି ହଷ୍ଟେଲ ରୁମରେ ପଡିରହିଛି ସୀମା। ହଠାତ୍ କେହି ଜଣେ ଆସି ଡାକିଲେ। ଆପଣଙ୍କୁ ତଳେ ଖୋଜୁଛନ୍ତି। ତଳକୁ ଯାଇ ଦେଖେତ ତା ବାପା ମାଆଙ୍କ ସହ ଅମନର ବାପା ମାଆ ମଧ୍ୟ ଆସିଛନ୍ତି।

ଏକ ଅଜଣା ଆଶଙ୍କାରେ ଘେରି ହୋଇଗଲା ସୀମା। କିଛି କହିବା ଆଗରୁ ଅମନର ବାପା ମାଆ କହିଲେ ତୋର କିଛି କହିବା ଆବଶ୍ୟକ ନାହିଁ। ଆମେ ସବୁ ଜାଣିଛୁ। ଅମନ ଆମକୁ ସବୁ କହିଥିଲା। ମାତ୍ର ସମୟ ଆମକୁ ପୂରଣ କରିବାକୁ ଦେଲା ନାହିଁ। ସେ ସିନା ନାହିଁ ମାତ୍ର ତାର ସନ୍ତକ ଛାଡି ଯାଇଛି। ତାକୁ ହିଁ ନେଇ ଆମେ ଆମର ସମୟ କାଟିବୁ। ତୁ ଯଦି ରାଜି ତେବେ ଆମଘରର ଦୁଆର ସବୁଦିନ ତୋ ପାଇଁ ଖୋଲା ଓ ସ୍ୱାଗତ କରିବ। ଏହା ଶୁଣି ଖୁସିର ସୀମା ରହିଲା ନାହିଁ ସୀମାର।

ମନେ ମନେ ଯାହାକୁ ନିଜର ସ୍ୱାମୀ ରୂପେ ଗ୍ରହଣ କରିଥିଲା ଆଜି ତାରି ପତ୍ନୀ ହୋଇ ତାରି ଘରକୁ ଯିବ। ଏହା ଭାବି ହୃଦୟଟା ତାର ଫାଟିପଡିଲା ପରି ଲାଗିଲା। ସେଠାରେ ଉପସ୍ଥିତ ସମସ୍ତଙ୍କ ସାନ୍ତ୍ୱନା ଓ ଆଶ୍ୱାସନାରେ ସେ ନିଜକୁ ସମ୍ଭାଳି ଅମନର ସ୍ମୃତିରେ ଆଗାମୀ ଅମନକୁ ସ୍ୱାଗତ କରିବା ପାଇଁ ଦୃଢ ସଂକଳ୍ପ ନେଲା।

■

ସ୍ୱାଧୀନତା

ଭାରତ ଆଜି ସ୍ୱାଧୀନ। ବହୁ ଧୁମ୍ ଧାମରେ ପାଳନ ହେଉଛି ଆମ ଦେଶରେ ସ୍ୱାଧୀନତା ଦିବସ। ଆମ ପୂର୍ବ ପୁରୁଷ ମାନେ ଅକଥନୀୟ ଅତ୍ୟାଚାର, ଇଂରେଜମାନଙ୍କର ଲାଠି ସହ ବହୁ ଦୁର୍ବିସହ ଜୀବନ ଯାପନ କରି ଆଣି ଦେଇଛନ୍ତି ଆମକୁ ଏ ସ୍ୱାଧୀନତା।

ଆମ ଜନ୍ମରୁ ଆମେ ଶୁଣୁଛୁ ଦେଶ ସ୍ୱାଧୀନ। ୧୯୪୭ ମସିହା ଅଗଷ୍ଟ ୧୫। ଏହି ଦିନଟିକୁ ଆବାଳ ବୃଦ୍ଧ ବନିତା ସମସ୍ତେ ମନେରଖିଛନ୍ତି। ଶିକ୍ଷିତ ବି ମନେରଖିଛନ୍ତି ଓ ଅଶିକ୍ଷିତ ବି ମନେ ରଖିଛନ୍ତି। ବ୍ରିଟିଶ କବଳରୁ ଭାରତ ମାତାର ମୁକୁଳିବା ଏକ ସହଜସାଧ ପଦକ୍ଷେପ ନଥିଲା। କେତେ ମାଆଙ୍କର କୋଳ, କେତେ ନାରୀଙ୍କର ସିନ୍ଦୁର, କେତେ କୋମଳମତି ଶିଶୁମାନଙ୍କର ମଥାରୁ ଛାୟା, କେତେ ଭଉଣୀଙ୍କ ରାକ୍ଷୀ ଏ ମାଟିମାଆର କୋଳରେ ନିଜକୁ ଚିରଦିନ ପାଇଁ ଆଦରି ନେଇଛନ୍ତି। କଣ ପାଇଁ? ଏଇ ସ୍ୱାଧୀନତା ପାଇଁ।

ଦେଶ ହେଲା ସ୍ୱାଧୀନ ଆଜକୁ ୭୪ ବର୍ଷ ହେବ। ଦେଶ ଆଜି ଉନ୍ନତିର ଶିଖରରେ। ସାରା ଭୂଲୋକରେ ଆମ ଭାରତ ମାତା ମଥା ଟେକି ଆଜି ଛିଡାହୋଇଛି। ଯାହା ପାଇଁ ଆମେ ଆଜି ଗର୍ବିତ। କଣ ପାଇଁ? ଏଇ ସ୍ୱାଧୀନତା ପାଇଁ। ଦେଶ ସ୍ୱାଧୀନ ମାତ୍ର ଦେଶର କନ୍ୟା ଆଜିବି ପରାଧୀନ। କେଉଁଠି ଲୁଣ୍ଠିତା,ନିର୍ଯାତିତା ତ କେଉଁଠି ସେହି ନାରୀର ଛାୟା ତଳେ ଦଳିତା।

ଗୋଟେ ଝିଅ ଜନ୍ମ ଯେତେବେଳେ ନିଏ ସମସ୍ତେ କୁହନ୍ତି, "ଏହେ ପୁଅଟେ

ହେଲାନି"। ନିଜେ ଜନ୍ମ କଲା ମା ମନରେ ବି କିଞ୍ଚିତ ମାତ୍ରାରେ ଉଙ୍କି ମାରେ। ପରବର୍ତ୍ତୀ ସମୟରେ ମାଆ ହୃଦୟ, ତେଣୁ ଆତ୍ମା ଆପଣେଇନିଏ। ତାହାହେଲେ ଏହି ଚିନ୍ତାଧାରାରେ କାହିଁ ସ୍ୱାଧୀନତା ?

କ୍ରମେ ଝିଅଟି ବଡ ହୁଏ, ବିଦ୍ୟାଳୟର ମାଟି ମାଡେ। ସେତେବେଳେ ତଥାକଥିତ ଦୁରାଚାରୀଙ୍କ ଲୋଲୁପ ଦୃଷ୍ଟିରୁ ବଞ୍ଚାଇବା ପାଇଁ ଶିକ୍ଷା ଦେବାକୁ ପଡେ। କ୍ରମେ ସେହି କୋମଳ ମନ ଉପରେ ଲାଗେ ଅଙ୍କୁଶ। ଇଚ୍ଛା ଅନୁସାରେ ଆକାଶକୁ ଚାହିଁବାର ଶକ୍ତି ହରାଇବସେ। ସେଇଠି ଚାଲିଯାଏ ତାର ସ୍ୱାଧୀନତା।

ପାଠ ଭଲ ପଢିବା ପାଇଁ ବାପାମାଆ ଦିଅନ୍ତି ଘରୋଇ ଟିଉସନ। ସେଠି ମଧ୍ୟ ଭ୍ରଷ୍ଟ, ବ୍ୟଭିଚାରୀ, କାମୁକମାନଙ୍କ କୁଦୃଷ୍ଟି। ବହୁ ସ୍ଥାନରେ ଶିକ୍ଷକ ସାଜନ୍ତି ଭକ୍ଷକ। ବିଚରା ଝିଅଟି କହିବାକୁ ଚାହିଁ ବି ବାପାମାଆଙ୍କ ଆଗରେ ଆସି କରିପାରେନି। ପ୍ରତ୍ୟେକ ଦିନ ସେହି କାମୁକ ରାକ୍ଷସର ବଶବର୍ତ୍ତୀ ହୋଇ ନିଜ ଲୁହକୁ ନିଜେ ପିଇ ଯାଏ। ମାତ୍ର ମୁହଁ ଖୋଲି ପଦେ କରିପାରେନି। ଭୟ ଓ ଲଜ୍ଜାରେ। ଏହି କୋମଳମତି ଶିଶୁକନ୍ୟା ଯେତେବେଳେ ଶରୀରର ଶିହରଣର ଧାରଣା ନଥିବ ସେ ସମୟରୁ ଏହି କାମକୁ ରାକ୍ଷସମାନଙ୍କ ଆୟତକୁ ଚାଲିଯାଆନ୍ତି। ମାତ୍ର ମୁହଁ ଖୋଲନ୍ତିନି। ତେବେ କାହିଁ ସେ ସ୍ୱାଧୀନତା। ଧିରେ ଧିରେ ବଡ ହୁଏ ଓ ତାର ପରିପୂର୍ଣ୍ଣ ରୁପ ନିଏ। କଲେଜ ଯାଏ। ବାଟରେ, କଲେଜରେ କେତେ କମେଣ୍ଟ ଶୁଣେ। ମହାବିଦ୍ୟାଳୟ ଓ ମହାନ ପରିବେଶ। ସେଠି ମଧ୍ୟ ଅସହ୍ୟ ହୋଇପଡେ। ରାସ୍ତାରେ, ଯାନବାହନରେ ଗଲାବେଳେ କେତେ ନିର୍ଲଜ, ଓ ଭ୍ରଷ୍ଟମାନଙ୍କ ହାବୁଡରେ ପଡେ। କେତେବେଳେ କିଏ କେଉଁଠି ହାତ ଦେଲାଣି ତାର ଆଲୋଚନା ନ କରିବା ଭଲ। ସେଠି ମଧ୍ୟ ଚୁପ। କାରଣ ଲୋକ ଲଜ୍ଜା। ତାହାହେଲେ କାହିଁ ସ୍ୱାଧିନତା?

ତାପରେ ଆସେ ଆଉ ଏକ ପର୍ଯ୍ୟାୟ। ବିବାହ। ଗୋଟିଏ ପରିବାରରୁ ଆଉ ଏକ ପରିବାର। ପ୍ରକୃତରେ ସୃଷ୍ଟିର ନିୟମ ଅନୁଯାୟୀ ଯିଏ ତା ମନ ଓ ଶରୀରର ଅଧିକାରୀ ସିଏ ଆସେ ତା ଜୀବନକୁ। ମାତ୍ର ତା ସହ ଆସନ୍ତି କିଛି ଅଭଦ୍ର ବନ୍ଧୁବାନ୍ଧବ ଭଦ୍ର ମୁଖା ପିନ୍ଧି। ଶାଶୁଘର କୁଣିଆ ହିସାବରେ ଆରମ୍ଭ କରନ୍ତି ଅଶ୍ଳୀଳ ଇଙ୍ଗିତ। ଯାହା ହୋଇଯାଏ ସବୁଠାରୁ ଅସହ୍ୟ। ତା ଉପରେ

ଶାଶୁ ନାରୀଟିଏ ହୋଇ ମଧ୍ୟ ଆରମ୍ଭ କରେ ମାନସିକ ନିର୍ଯ୍ୟାତନା। ସେଠି ମଧ୍ୟ ଓଠ ଦୁଇଟି ଖୋଲିବାର ସାହସ ଯୋଗାଡ କରି ପାରେ ନାହିଁ। କାରଣ ବାପଘର ଲୋକେ କଥା ଶୁଣିବେ। ଶିଷ୍ଟାଚାର ଶିଖିନି। ତେଣୁ ମଥା ନୁଆଁଇ ବାକୁ ପଡେ ସବୁକୁ ହୃଦୟ ଭିତରେ ଚାପିରଖି। ତାହେଲେ କାହିଁ ସ୍ୱାଧୀନତା। ଏଇ କଣ ସ୍ୱାଧୀନତା।

ଯଦି ବିବାହ ପୂର୍ବରୁ କୌଣସି ମତେ ନିଜ ଗୋଡରେ ଛିଡା ହେବାର ଓ ସମାଜରେ ନିଜକୁ ପ୍ରତିଷ୍ଠିତ କରାଇବାର ଚେଷ୍ଟାରେ ସଫଳ ହେଲା ତେବେ କେଉଁଠି ଅଫିସର କର୍ମଚାରୀ ତ କେଉଁଠି ଉପରିସ୍ଥ ଅଧିକାରୀଙ୍କ ଲୋଲୁପ ଦୃଷ୍ଟିର ଶିକାର ହେବାକୁ ପଡେ। ସେଠି ବି ଚୁପ କାରଣ ପାଟି ଖୋଲିଲେ ନିଜର ପରିଚୟ ଯିବାର ଭୟ ଓ ଲୋକଲଜ୍ଜା। ତାହାହେଲେ କାହିଁ ସ୍ୱାଧୀନତା ?

ଯଦି ଜଣେ ନିଜକୁ ଏକ ଭଲ ଗୃହିଣୀ ଭାବେ ସାବ୍ୟସ୍ତ କରିବାକୁ ଚେଷ୍ଟା କରେ ତେବେ ସେ ସେଠି ବି ନିର୍ଯ୍ୟାତିତା ନିଜ ପରିବାର ଦ୍ୱାରା, କାରଣ କମ ପାଠ ପାଇଁ ଆଜିକାର ଉଗ୍ର ଆଧୁନିକ ସମାଜରେ ସେ ଅପାଠୁଆ। ସେଠି ବି ନିରବତା ତା ମୁହଁରେ ଶୋଭାପାଏ ଘରର ଚାରି କାନ୍ଥ ଭିତରେ। ସେଠି ସରିଯାଏ ତାର ସ୍ୱାଧୀନତା।

ଶେଷରେ ସେହି ଏରୁଣ୍ଡି ବନ୍ଧ ଡେଇଁ ବାହାରକୁ ଆସେ ତାର ଆତ୍ମା ନଥିବା ରକ୍ତମାଂସର ଶରୀର। ଯାହାକୁ ସେ ଏଇ ଭାରତ ମାତାର ଭୂଇଁରେ ପାଦ ଥାପିବା ଦିନଠୁ ଝୁଣି ଝୁଣି ଖାଇଚାଲିଥାନ୍ତି ଏଇ ସମାଜର ତଥାକଥିତ ଭଦ୍ର ବୋଲାଉଥିବା, ଭଦ୍ରତାର ମୁଖା ପିନ୍ଧି ଥିବା ନର ରୂପି ରାକ୍ଷସମାନେ।

ଆତ୍ମା ତ ସେବେ ଠାରୁ ପରାଧୀନ ଯେବେଠୁ ସେ ଆକାଶରେ ଉଡିବାର ସ୍ୱପ୍ନ ଦେଖିବା ଆରମ୍ଭ କରେ। ଜନ୍ମରୁ ମୃତ୍ୟୁ ପର୍ଯ୍ୟନ୍ତ ଗୋଟେ ନାରୀ ପରାଧୀନ। ଯେଉଁ ପର୍ଯ୍ୟନ୍ତ ସେ ଏକ ମୁଖା ପିନ୍ଧା ହସ ହସିପାରେ ସେ ସଭ୍ୟ, ଭଦ୍ର ଓ ଗୃହର ଲକ୍ଷ୍ମୀ। ଆଉ ଯେଉଁଠି ସେ ନିଜକୁ ସେହି ବ୍ୟଭିଚାରି,ଭ୍ରଷ୍ଟାଚାରୀ ପାଷାଣ୍ଡମାନଙ୍କ କବଳରୁ ନିଜକୁ ରକ୍ଷା କରିବା ପାଇଁ ମୁହଁ ଖୋଲିଲା, ସେ ହେଲା, କୁଲକ୍ଷଣି। ତାହା ହେଲେ ଏହାହିଁ କଣ ସ୍ୱାଧୀନତା।

ଯଦି ଜୀବନରେ କିଛି ବନ୍ଧୁ ବାନ୍ଧିବାର ଇଛା ରଖି ବନ୍ଧୁତା କଲା ତେବେ କେତେବେଳେ ସେହି ବନ୍ଧୁଟି କାମୁକ ରାକ୍ଷସର ରୂପ ନିଏ ଓ କେତେବେଳେ ସମାଜ। ଗୋଟେ ନାରୀକୁ ଏବେବି ଏ ସମାଜ ଉପଯୁକ୍ତ ନଜରରେ ଦେଖିପାରିନି କି ତାକୁ ସେ ଅଧିକାର ଦେଇନି କି ନିଜେ ସେ ସମାଜକୁ ଦେଖୁ ବୋଲି।

ତେବେ କଣ ୭୪ ବର୍ଷର ସ୍ୱାଧୀନତା ପରେ ଆହୁରି ପରାଧୀନତାର ବଶବର୍ତ୍ତୀ ନାରୀ। କାହିଁକି ସବୁ କ୍ଷେତ୍ରରେ ନାରୀକୁ ହିଁ ନିଜର ସବୁକିଛି ଜଳାଞ୍ଜଳି ଦେବାକୁ ହୁଏ। କାହିଁକି ସେ ମୁହଁ ଖୋଲିବାର ତାର ଅଧିକାର ନାହିଁ। କାହିଁକି ମୁହଁ ଖୋଲିଲେ ହୁଏ ସମାଲୋଚିତ, କଳଙ୍କିତ। ତେବେ ଏହାହିଁ କଣ ସ୍ୱାଧୀନତା?

ନା, ଦେଶ ସିନା ହୋଇଛି ସ୍ୱାଧୀନ ମାତ୍ର ମାନସିକତାରେ ହୋଇନାହିଁ ପରିବର୍ତ୍ତନ। ଆଜିବି ମଣିଷର ମାନସିକତାରେ କେଉଁଠି ନା କେଉଁଠି ଶାସନ କରୁଛି ବ୍ରିଟିଶ ସରକାର। କେଉଁଠି ନା କେଉଁଠି ଲୁହା ଶିକୁଳିରେ ବନ୍ଧା ଏଇ ନାରୀ। ମାନସିକତାରେ କେଉଁଠି ରହିଛି ଜାଲିଆନା ବାଗର ସେହି ଅମୁହା କୂଅ ଯେଉଁଠି ଝାସ ଦେଉଛନ୍ତି ଅସଂଖ୍ୟ ଲୁଣ୍ଠିତା ନାରୀ। ପ୍ରକୃତ ସ୍ୱାଧୀନତାର ସ୍ୱାଦ ସେହିଦିନ ହିଁ ଚାଖିହେବ ଯେଉଁ ଦିନ ମାଆ, ଭଉଣୀ, ଝିଅମାନେ ନିଜକୁ ସ୍ୱାଧୀନ ବୋଲି ଅନୁଭବ କରିବେ। ଦୁଷ୍ଟ ମାନସିକତା ନେଇ ବଞ୍ଚୁଥିବା ନରରୁପି ରାକ୍ଷସ ତାର ମାନସିକତାକୁ ସୁସ୍ଥ କରିବ। ସମସ୍ତ ନାରୀଙ୍କୁ ନିଜର ମାଆ ଓ ଭଉଣୀ ପରି ଦେଖିବ। ତେବେ ଯାଇ ଦେଶ ହେବ ସ୍ୱାଧୀନ।

ସେତେବେଳେ ମାନିବ ପ୍ରକୃତ ସ୍ୱାଧୀନତା।

■

ନିଃଶବ୍ଦ ସଙ୍ଗରୋଧ

ସୃଷ୍ଟି ହେଲା ପୃଥିବୀ। ସୃଷ୍ଟି ହେଲେ ଜୀବଜଗତ। ଗଛଲତା, ପାହାଡ ଜଙ୍ଗଲ, ପଶୁପକ୍ଷୀ ଇତ୍ୟାଦି। ପୁରାତନ ମତ ଅନୁଯାୟୀ ମନୁଷ୍ୟର ସୃଷ୍ଟି ପୂର୍ବରୁ ମାଙ୍କଡମାନଙ୍କ ସୃଷ୍ଟି। ସେମାନଙ୍କୁ ସର୍ବଦା ଏକ ଦଳ ଭିତରେ ଦେଖିବାକୁ ମିଳେ। ସେମାନଙ୍କ ପରବର୍ତ୍ତୀ ପୀଢି ହେଲେ ମାନବ। ସେଥିପାଇଁ ବୋଧହୁଏ ମନୁଷ୍ୟକୁ ଏକ ସାମାଜିକ ପ୍ରାଣୀ କୁହାଯାଏ। ସେଥିପାଇଁ ବୋଧହୁଏ ସୃଷ୍ଟି ହୋଇଛି ସମାଜ।

ପରସ୍ପର ସହିତ ମିଳିମିଶି ଚଳିବା, ସୁଖ ଦୁଃଖ ଭଲ ମନ୍ଦରେ ଜଣେ ଅନ୍ୟର କାନ୍ଧରେ କାନ୍ଧ ମିଳାଇ ଉପକାରରେ ଆସିବାକୁ ହିଁ ସାମାଜିକ ବନ୍ଧନର ମାନ୍ୟତା ଓ ବନ୍ଧନର ଅନୁମତି ରହିଛି। ସେଥିପାଇଁ ମାନବକୁ ଏକ ସାମାଜିକ ପ୍ରାଣୀର ଆଖ୍ୟା ଦିଆଯାଇଛି।

ପ୍ରଥାନୁଯାୟୀ ନିଜର ଭିନ୍ନ ଭିନ୍ନ ଆବଶ୍ୟକତା ପୂରଣ କରିବା ପାଇଁ ମନୁଷ୍ୟକୁ ସମୟେ ସମୟେ ଭିନ୍ନ ଭିନ୍ନ ମନୁଷ୍ୟର ସାହାଯ୍ୟ ଲୋଡା ହୋଇଥାଏ। ସେଥିପାଇଁ ବୋଧହୁଏ ଆଦାନପ୍ରଦାନର ପ୍ରଥା ପ୍ରଚଳିତ ହୋଇଅଛି। ସେ ଆବଶ୍ୟକୀୟ ସାମଗ୍ରୀ ହେଉ ବା ଭାବ ହେଉ। ତେଣୁ ଛୋଟ ମୋଟ ଆବଶ୍ୟକତା ପାଇଁ ବି ଜଣେ ଅନ୍ୟ ଜଣକ ଉପରେ ନିର୍ଭରଶୀଳ। ଏହାକୁ ହିଁ ଜୀବନ କୁହାଯାଏ।

ଦେଖାଯାଏ ଯେଉଁ ବ୍ୟକ୍ତି ନିଜ କାର୍ଯ୍ୟରେ ବ୍ୟସ୍ତ ହୋଇ ପାଖ ପଡ଼ୋଶୀଙ୍କ ସହ କଥାବାର୍ତ୍ତା କରିବାକୁ ଇଚ୍ଛା ପ୍ରକାଶ କରେ ନାହିଁ କି ସମୟ ପାଏ ନାହିଁ ତା ପାଇଁ ବହୁ ଶବ୍ଦ ଓ ଢଗଢମାଳି ଥାଏ ସମାଜ ପାଖରେ। ତାକୁ ଅସାମାଜିକ ବ୍ୟକ୍ତି

ହିସାବରେ ସମାଜ ଗଣତିରେ ନେଇଯାଏ।

କୌଣସି ବିବାହ ଓ କିଛି ସାମାଜିକ କାର୍ଯ୍ୟକ୍ରମକୁ ଯିଏ ଯେତେ ଯାକଜମକରେ ପାଳନ କଲା ବା ଯାହାର ଯେତେ ଅତିଥି ଆସିଲେ ତାର ସେତେ ବଡ ନା...। ତାକୁ ସମାଜରେ ଧନୀ ଲୋକର ଆଖ୍ୟା ଦିଆଯାଇଛି।

ସାମାଜିକ ଏକତ୍ରୀକରଣ ଯାହାର ଅଧିକ ତାର ପ୍ରତିଷ୍ଠା ସେତେ ଅଧିକ। ଏହା ହିଁ ବୋଧହୁଏ ସମାଜ। ଜାତିପ୍ରଥା ଓ ଧନୀ ଗରିବ ଏଇ ସମାଜର ସୃଷ୍ଟି। ଯିଏ ନିଜ ଘରର ତିନି ପ୍ରାଣୀକୁ ନେଇ ନିଜର ଛୋଟ ଛୋଟ ଖୁସିକୁ ପାଳନ କରେ ତାକୁ ସମାଜ ଛୋଟ ଲୋକ ନଜରରେ ଦେଖେ। ସେ ମଧ୍ୟ ଅନ୍ୟମାନଙ୍କ ପାଖରେ ନିଜର ମେରୁଦଣ୍ଡକୁ ସିଧା କରି ଛିଡା ହୋଇପାରେ ନାହିଁ। ଏହି ସବୁ ପ୍ରଥା ଓ ମାନସିକତାକୁ ନେଇ ସମାଜ ଗତିଶୀଳ। ପରସ୍ପର ଉପରେ ନିର୍ଭରଶୀଳ ହୋଇ ଏ ଦୁନିଆ ଓ ଏ ସମାଜର ଆଜି ଏ ଅଗ୍ରଗତି।

ସବୁ ଭିତରେ, ସବୁ ଯୁଗରେ ବି ବଞ୍ଚି ରହିଛି ମାନବିକତା। ଏହି ଧରଣର କିଛି ହାତ ଗଣତି ମନୁଷ୍ୟମାନଙ୍କୁ ନେଇ ଏ ସମାଜ ଆଜି ବଞ୍ଚିଛି। ସେଥିମଧ୍ୟରେ କିଛି ସ୍ୱାର୍ଥବାଦୀ ମଧ୍ୟ ଅଛନ୍ତି। ଧନ, ପ୍ରତିପତ୍ତି, ପ୍ରତିଷ୍ଠା ପଛରେ ଆଜି ଏ ମାନବ ସମାଜ ଯୋକ ପରି ଲାଗିରହିଛି।

ସେଥିପାଇଁ ଯେ କୌଣସି କାର୍ଯ୍ୟ କରିବାକୁ ସାହାଯ୍ୟ ପରିବର୍ତ୍ତେ ଅନ୍ୟର ଅପନିନ୍ଦା ଓ କୁତ୍ସାରଚନା, ଅହିତ ଚିନ୍ତାରେ ମଗ୍ନ ଥିବା ମନୁଷ୍ୟମାନଙ୍କୁ ବି ଏ ସମାଜ ଧରି ରଖିଛି। ମାନସିକତା ଏପରି ହୋଇଯାଇଛି ଯେ, କୌଣସି ଧନୀ ଲୋକ ଦେଖିଲେ ତା ସହ କଥା ହୋଇ ମନୁଷ୍ୟ ଭାବେ ତାର ସମାଜରେ ପ୍ରତିଷ୍ଠା ବଢିଗଲା। ମାତ୍ର କୌଣସି ମଧ୍ୟମ ଧରଣର ପଡୋଶୀ ଦେଖିଲେ କୌଣସି କାର୍ଯ୍ୟର ବାହାନା ଦେଖାଇ ଖସି ଆସିବାରେ ନିଜର ଗାରିମା ଦେଖାନ୍ତି। ଏହା ହିଁ ସମାଜ।

ତଥାପି ସୃଷ୍ଟି ଚାଲିଛି। କିଛି ଆତ୍ମଚେତନଶୀଳ ବ୍ୟକ୍ତି ବିଶେଷଙ୍କ ପାଇଁ। ଏହାର ଏକ ନିଦର୍ଶନ ଏହି କ୍ଷୁଦ୍ର ଗଳ୍ପ ମାଧ୍ୟମରେ।

ବର୍ତ୍ତମାନର ଏହି ଅଗ୍ରଗତିଶୀଳ, ବୈଜ୍ଞାନିକ ଯୁଗରେ ଯେଉଁଠି ମନୁଷ୍ୟ ପାଖରେ ସବୁ ସମାଧାନ ଅଛି ସେଠି ଆଜି ମନୁଷ୍ୟ ହାର ମାନିବାକୁ ବାଧ ହୋଇଛି ଏଇ କରୋନା ନାମ୍ନୀ ମହାମାରୀ ପାଖରେ।

ରମା ଏକ ସରକାରୀ କର୍ମଚାରୀ। ନିଜ ସ୍ୱାମୀ ଓ ଝିଅକୁ ନେଇ ତାର କ୍ଷୁଦ୍ର ସଂସାର। ଶାଶୁଘରର କିଛି ସମସ୍ୟାକୁ ନେଇ ସେ କିଛି ଦିନ ହେବ ଭଡାଘର ନେଇ ଏକ କଲୋନୀରେ ରହୁଛି। ତେଣୁ କିଛି ଲୋକଙ୍କର କଥାର ଶରବ୍ୟ ହେବାକୁ ପଡୁଛି ତାକୁ। ବହୁ ମାତ୍ରାରେ ମାନସିକ ଯନ୍ତ୍ରଣା ଓ ଚାପରେ ଦବି ଯାଇଛି ତାର ସ୍ୱାଭିମାନ। ବହୁ ସମୟରେ ବିଭିନ୍ନ ପ୍ରଶ୍ନବାଚୀର ଚାପ ତଳେ ଚାପି ହୋଇଯାଇଛି ସେ। ସେଇ ଭିତରେ ସୁଖ ଦୁଃଖର ଏକମାତ୍ର ସାଥି ଓ ନିଜ ସହକର୍ମୀ ନୀତି ହିଁ ତାର ଭରସା। ତାର କି ତା ଝିଅର ଭଲ ମନ୍ଦ ସୁବିଧା ଅସୁବିଧା ବହୁ ସମୟରେ ସମାଧାନର ସୂତ୍ର ପାଲଟିଯାଏ ନୀତି। ଆଜି ମହାମାରୀ କରୋନାର କବଜାରେ ଉଭୟେ ରମା ଓ ତା ସ୍ୱାମୀ। ପ୍ରଥମେ ସ୍ୱାମୀ ପୀଡିତ ହେଲେ ଓ ନିଜ ଘର ମଧ୍ୟରେ ରହିବାର ଅନୁମତି ପାଇଲେ। ତାର ଦୁଇଦିନ ପରେ ସେ ନିଜେ ପିଡିତ। କଣ କରିବ କିଛି ବୁଝି ପାରୁନଥିଲା। ଝିଅକୁ ଭାବିଲା ଶାଶୁଘରକୁ ପଠାଇ ଦେବ। ସେଠି ତାର ବାପା ଅଛନ୍ତି ତେଣୁ ରହିଯିବ। ମାତ୍ର ତା ମନ କଥା ପଚାରେ କିଏ।

ଶାଶୁଘରର ମନୋମାଳିନ୍ୟ ପାଇଁ ତ ସବୁଥାଇ ସେ ଆଜି ସଂଘରୋଧରେ। ଘରଲୋକଙ୍କ ଦୁଷ୍ଟ ମାନସିକତାର ଶିକାର ହେଲା ଶେଷରେ। ଝିଅଟି ଭଲ ଥିଲେ ମଧ୍ୟ ତାକୁ ପାଖରେ ରଖିବା ପାଇଁ ଶାଶୁଘର ଲୋକ ଅରାଜି ହେଲେ।

ଶେଷରେ ଝିଅକୁ ପାଖରେ ରଖି ରହିଲା ହୋମ କ୍ୱାରେନଷ୍ଟାଇନରେ। ଭରସା କିଏ ନା ନୀତି। ସଂଘରୋଧର ଅର୍ଥ ସେ ବହୁ ଆଗରୁ ବୁଝି ସାରିଥିଲା ଯେତେବେଳେ ସେ ଶାଶୁଘରେ ଗୋଟିଏ ରୁମରେ ରହୁଥିଲା। ସେଇ ଭିତରେ ରହିବା, ଖାଇବା, ଶୋଇବା ଓ ନିଜର ନିତ୍ୟକର୍ମ ସାରିବା ସହ ନିଜର ମାନସିକତାକୁ କିପରି ଠିକ ରଖିବ ତାହା ଆଗରୁ ଶିଖିଯାଇଥିଲା। ଆଜି ଏଇ ଦିନ ଦେଖିବାର ଥିଲା ବୋଲି ବୋଧହୁଏ ଭଗବାନ ଆଗରୁ କେମିତି ରହିବ ଶିଖେଇ ଦେଇଥିଲେ। ସେଥିପାଇଁ ତାଙ୍କୁ ଅଶେଷ ଧନ୍ୟବାଦ।

କରୋନା ଆକ୍ରାନ୍ତର ମୋହର ଲାଗିଗଲା। ସେଦିନ ପ୍ରକୃତରେ ଜଣା ପଡିଲା

ସଂଘରୋଧ କଣ। କହିବା, ଶୁଣିବା ଓ ଅଙ୍ଗେନିଭାଇବା ବହୁ ଭିନ୍ନ। ଏବେ ତାର ମହତ୍ତ୍ୱ ହୃଦୟଙ୍ଗମ କଲା ରମା। ଆଶାଦିଦିମାନେ ଆସି ଛାପ ଦେଇଗଲେ। ସେବେଠାରୁ ଅନ୍ୟ କର୍ମଚାରୀଙ୍କ ଦୃଷ୍ଟିରେ ସେ ହେଇଗଲା ମନୁଷ୍ୟ ମାରି ଜଘନ୍ୟ ଅପରାଧ କରିଥିବା ଆସାମୀ। ଆଖି ଉଠେଇ ଚାହିଁବାକୁ ବି ସେମାନେ ଅପରାଧ ବୋଲି ଭାବିଲେ।

ଗୃହବନ୍ଦୀ ହେଲା ଛୋଟ ଝିଅଟି। ବାଳୁତ ପିଲା, କୋମଳ ମନ ସେ ବା କି ବୁଝେ। ବାପା ସଂଘ ରୋଧ ହେତୁ ତାଙ୍କୁ ଦେଖିବାକୁ ପାଉନି। ଏପଟେ ଜନ୍ମ କରିଥିବା ମାଆ ପାଖରେ ଥାଇ ବି ଦେଖିବା ସ୍ୱପ୍ନ ହୋଇଯାଉଛି ତା ପାଇଁ। ଅଲିଅଳି ଗେହ୍ଲା ଝିଅକୁ ଛୁଇଁ ନ ପାରିବାର ସେ ହୃଦୟବିଦାରକ ସମୟ ଭୋଗିବାକୁ ପଡିବ ବୋଲି ରମା ସ୍ୱପ୍ନରେ ସୁଧା ଭାବି ନଥିଲା। ଛୋଟ ଛୁଆ ଅଝଟ ହୋଇ କିଛି ସମୟ ବାହାରେ ଛିଡା ହେବାକୁ ସମାଜ ଖରାପ ନଜରରେ ଦେଖିଲା।

ଦୁଇ ଓଳି ଦୁଇ ମୁଠା ଖାଇବାକୁ ଦେଉଥିବା ନୀତିକୁ ବି ଏକ ପ୍ରକାର ସଂଘରୋଧ କରିଦେଲା ଏ ସମାଜ। ନିଜର ନିତ୍ୟ ବ୍ୟବହାର୍ଯ୍ୟ ସାମଗ୍ରୀ ପାଇଁ ମଧ୍ୟ ନେହୁରା ହେବାକୁ ପଡିଲା ତାକୁ।

କିଛି ସମୟ ରମାର ଝିଅ ସହ ଠିଆ ହୋଇ ଝରକା ପାଖରେ କଥା ହେବାଟା ବି ଅସହ୍ୟ ହୋଇଗଲା ଏ ସମାଜ ପାଇଁ। ସେଥିପାଇଁ ନୀତିକୁ ବିରୋଧର ସମ୍ମୁଖୀନ ମଧ୍ୟ ହେବାକୁ ପଡିଲା। ତାହେଲେ ଏହା ହିଁ କଣ ସମାଜ ଓ ତାର ପରିଭାଷା। ନିଜର ଏମିତି ବହୁ ପ୍ରଶ୍ନର ବାଣରେ କ୍ଷତାକ୍ତ ହୋଇଗଲା ରମା।

ଯାହାର କି ଉତ୍ତର ନଥିଲା ତା ପାଖରେ। ସେ ସେତେବେଳକୁ ବୁଝିଯାଇଥିଲା ଆଜିକାର ସମାଜ ପାଇଁ ସଂଘରୋଧଟି ହେଉଛି ପ୍ରକୃତରେ "ନିଃଶବ୍ଦ ସଂଘରୋଧ"।

ସ୍ୱାଧୀନତାର ସ୍ୱାଦ

ଆଜି ବହୁତ ଦିନପରେ ମୀନା ଦେବୀ ତାଙ୍କ ଶାଶୁଙ୍କୁ ମନ ଦୁଃଖରେ ବସି ଥିବାର ଦେଖିଲେ। ମିତୁର ଖବର ଶୁଣିବା ପରଠୁ ସେ ଟିକେ ନିରବ ହୋଇଯାଇଛନ୍ତି। ପରିଣତ ବୟସରେ ନାତି ବା ନିତୁଣୀଙ୍କ ସହ ସମୟ ଅତିବାହିତ କରିବାରେ ଯେଉଁ ଆନନ୍ଦ ଥାଏ ତାହା ନିଜର ଯୌବନ ସମୟରେ ନଥାଏ। ତାହା ଅନୁଭବ କରିଛନ୍ତି ମୀନା ଦେବୀ ତାଙ୍କ ଶାଶୁ ଓ ଝିଅକୁ ଦେଖି।

ମିତୁ ତାଙ୍କର ଗୋଟିଏ ବୋଲି ଝିଅ। ବାପା ମାଆଙ୍କର ଗୋଟିଏ ଛୁଆ ହେତୁ ବହୁତ ଗେହ୍ଲା ହୋଇଛି। ଜେଜେ ମାଆ ମଧ୍ୟ ଭାରି ଭଲପାଆନ୍ତି। ଦୁଇଜଣଙ୍କ ମଧ୍ୟରେ ଏକ ନିବିଡ଼ ଓ ଗଭୀର ବନ୍ଧନ ଦେଖିବାକୁ ମିଳେ। କଥାରେ ଅଛି ପରା "ମୂଳ ଠାରୁ ସୁଧ ଅଧିକ ପ୍ରିୟ।"

ଆଧୁନିକ ଯୁଗ ସହ ତାଳ ଦେଇ ଜେଜେ ମାଆ ମଧ୍ୟ ନିଜକୁ ବେଳେବେଳେ ଷୋଳ ବୟସୀ ବୋଲି ଭାବିବାକୁ ପଛାନ୍ତିନି। କେଉଁଠି ନା କେଉଁଠି ମିତୁର ସ୍ପର୍ଶ ତାଙ୍କ ପାଖରେ ଦେଖିବାକୁ ମିଳେ।

ମିତୁର ହେତୁ ପାଇବା ଦିନଠୁ ସେ ଯାହା ଚାହିଁଛି ତାକୁ ମିଳିଛି। ସେ ମନ ଦୁଃଖ କଲେ ଜେଜେମାଙ୍କ ମନ କଷ୍ଟ ହୁଏ। ସବୁ ଠିକ୍ ମାତ୍ର ଗୋଟିଏ କଥାକୁ ନେଇ ଦୁଇଜଣଙ୍କର ଜମାରୁ ମତ ମିଶେ ନାହିଁ। ଜେଜେମା ସବୁବେଳେ ଦେଶ ସ୍ୱାଧୀନ ଓ ସେଥିରେ ମାତୃଭୂମିର ଭକ୍ତମାନଙ୍କ ବଳିଦାନ କଥା ଆରମ୍ଭ କଲେ, ମିତୁ ଆରମ୍ଭ କରେ ତାର ଚିରାଚରିତ ଢଙ୍ଗରେ ବର୍ଣ୍ଣନା।

ସ୍ୱାଧୀନତା କ'ଣ? ଆମେ ତ ଘରେ ରହୁଛେ, ବିଦ୍ୟାଳୟକୁ ଯାଉଛୁ, ବଜାର ବୁଲିବାକୁ ଯାଉଛୁ। ଯାହା ଇଚ୍ଛା ତ ତାହା କରୁଛୁ। ବାପା ମାଆଙ୍କ ସହ ଅନ୍ୟ ସ୍ଥାନକୁ ଭ୍ରମଣ କରିବାକୁ ବି ଯାଉଛୁ। କୌଣସିଥିରେ ତ ଆମକୁ କେହି କିଛି କହୁନାହାନ୍ତି। ଆମର ଯାହା ଇଚ୍ଛା ତାହା କରୁଛୁ। ଖାଲି ଆମେ କାହିଁକି ସମଗ୍ର ଦେଶରେ ଲୋକମାନେ ନିଜ ଇଚ୍ଛାରେ ବଞ୍ଚିଛନ୍ତି। କାହାରି ତ କିଛି ଅସୁବିଧା ହେଉନି। ଏହାର ଉତ୍ତରରେ ଯେତେବେଳେ ଜେଜେମା ଆରମ୍ଭ କରନ୍ତି ତାଙ୍କ ସମୟର ସେହି ଅନ୍ତର ଫଟା ଦୁଃଖଦ ଅନୁଭୂତିକୁ ସେତେବେଳେ ମିତୁର ମୁଣ୍ଡ ବିନ୍ଧା ବାହାରିଯାଏ। ଏସବୁ ପୁରାଣ ଯୁଗର କଥା। ଏବେ ସେ କଥା ତୁମେ କାହିଁକି କହୁଛ କହି ଚୁପ କରାଇଦିଏ।

ସେତେବେଳେ ଜେଜେମା କୁହନ୍ତି, ପରାଧୀନତାର ସଂଘର୍ଷ ଓ ତାର ଲୋମହର୍ଷକ କାହାଣୀକୁ ଯଦି ତୁମେ ପ୍ରକୃତରେ ଅନୁଭବ କରିପାରିବ ନାହିଁ ତେବେ ପ୍ରକୃତରେ ସ୍ୱାଧୀନତାର ସ୍ୱାଦ ଜାଣିପାରିବ ନାହିଁ। ଏହି କଥାଗୁଡିକ ମିତୁର ମଥା ଉପର ଦେଇ ଚାଲିଯାଏ। ଜେଜେମା ମନ ଦୁଃଖରେ ଭାବନ୍ତି ଯଦି ଆଜିକାର ପିଢି ପୁରାତନ ପିଢିମାନଙ୍କର ବଳିଦାନକୁ ଅନୁଭବ କରିପାରିବେ ନାହିଁ ତେବେ ଆମ ଦେଶର ଆତ୍ମା ସର୍ବଦା କ୍ରନ୍ଦନରତ ହେବ। ସଦା ସର୍ବଦା ଆମ ଦେଶ ମହାନର ନାରା ସେ ଘର ଭିତରେ ଦେଇଚାଲିଥାନ୍ତି।

ହଠାତ୍ ଦିନେ ଖବର ଦେଖିଲେ ଚୀନର ଆସିଥିବା କରୋନା ଭାଇରସ ତାଙ୍କ ଅଞ୍ଚଳରେ ତାର କାୟା ବିସ୍ତାର କରିବାକୁ ଅଣ୍ଟା ଭିଡି ସାରିଛି। ଏହି ଶୁଣି ସେ ବ୍ୟସ୍ତ ହୋଇ ତାଙ୍କ ପୁଅ ଓ ବୋହୂକୁ କହିଲେ ମିତୁକୁ କୁହ ସେ ଚାକିରିରୁ ଛୁଟି ନେଇ ବାଙ୍ଗାଲୋରରୁ ଶିଘ୍ର ପଳେଇ ଆସୁ। ତାହାହିଁ ହେଲା। କିଛି ଦିନ ପରେ ମିତୁ ଆସି ଘରେ ପହଞ୍ଚିଲା। ତାକୁ ଦେଖି ଜେଜେମା ଟିକେ ଆଶ୍ୱସ୍ତି ହେଲେ। ମାତ୍ର ସେତେବେଳକୁ ଭାଇରସ୍ ଟି ମିତୁକୁ କାବୁ କରିନେଇଥିଲା। ପରୀକ୍ଷାରୁ ଭାଇରସ୍ ଥିବାର ପ୍ରମାଣ ମିଳିଲା। ଡାକ୍ତର ଆସି କହିଲେ ହୋମ କ୍ୱାରେନଣ୍ଟାଇନରେ ରହିପାରିବେ। ତେଣୁ ତାଙ୍କ ଘରର ପଛ ପଟ ରୁମ୍ କୁ ଲାଗି ଗଧୁଆଘର ଥିବାରୁ ସେଠାରେ ରହିବାର ସ୍ଥିର ହେଲା। ଅତି କମ ଆସବାବ ପତ୍ର ଓ ନିଜର ଖାଇବା ବାସନ ଧରି ତାକୁ ସେଠାରେ ରହିବାକୁ ହେଲା। କବାଟ ଖୋଲି ବାହାରକୁ ନ ଆସିବାକୁ ଆଶା ଦିଦି କହିଦେଇ ଗଲେ।

ଭାରି ଅଡୁଆ ଲାଗିଲା ମିତୁକୁ। ଡେଣା ଝାଡି ଆକାଶ ସାରା ଉଡି ବୁଲୁଥିବା ଚଢେଇର ଡେଣା କାଟି ବାର କଷ୍ଟ ଅନୁଭବ କରିବାକୁ ଲାଗିଲା ମିତୁ ୨୧ ଦିନ କାହା ସହ କଥା ନାହିଁ, ଖାଲି ମୋବାଇଲ ଓ ସେ। ମାଆ ବାହାରୁ ଖାଇବା ଦେଇଆସନ୍ତି। ବାସ। ଦିନକୁ ଦିନ ନିଜକୁ ବନ୍ଦୀ ପରି ଭାବିବାକୁ ଲାଗିଲା ସେ। ସଦା ସର୍ବଦା ତାର ନିଜ ଲୋକ, ସାଙ୍ଗସାଥୀଙ୍କ କଥା ମନେ ପକାଇ ମନ ଦୁଃଖରେ ସମୟ କାଟିଲା। ଯେତେ ସ୍ୱାଦିଷ୍ଟ ଖାଦ୍ୟ ଦେଲେ ବି ସେ ଆଗ୍ରହ କଲା ନାହିଁ ଖାଇବାକୁ। ସେ ଘର ଭିତରେ ସବୁ ଥିଲେ ବି ଘୃଣା ଆସିଗଲା ତାକୁ। ସେତେବେଳେ ତାର ମନେ ପଡିଲା ଜେଜେମା କହୁଥିବା ପରାଧୀନ ଭାରତର ଗାଥା। ଭାରତମାତାର କେତେ ସନ୍ତାନ ସେମାନଙ୍କ ପ୍ରାଣବଳି ଦେଇଛନ୍ତି। ପରାଧୀନ କାହାକୁ କୁହାଯାଏ ଓ ତାହା କିପରି କଷ୍ଟ ଦାୟକ ତାହା ହୃଦୟରୁ ଅନୁଭବ କରିବାକୁ ଲାଗିଲା ମିତୁ। ଜେଜେମାଆଙ୍କର ସବୁ କଥା ଭାବି ଭାବି ସେ ହୃଦୟଙ୍ଗମ କରିବାକୁ ଲାଗିଲା ପରାଧୀନତାର କଣ। ତାର ୨୧ ଦିନ ପୂର୍ଣ୍ଣ ହେଲା। ସେତେବେଳକୁ ସେ ହୃଦୟଙ୍ଗମ କରି ସାରିଥିଲା ଜେଜେମାଙ୍କ କଥାକୁ।

ମୀନା ଦେବୀ ସକାଳୁ ଉଠି କହିଲେ, ଆଜି ମିତୁର ୨୧ ଦିନ ସରିଲା ସେ ଏବେ ଘର ଭିତରକୁ ଆସିପାରିବ। ଏହା ଶୁଣି ତାଙ୍କ ଶାଶୁଙ୍କ ମୁହଁରେ ଟିକେ ହସ ଫୁଟି ଉଠିଲା। ସେ ସିଧା ଘରୁ ବାହାରି ମିତୁ ପାଖକୁ ଧାଇଁଲେ। ମିତୁ ମଧ୍ୟ ଜେଜେମାଙ୍କୁ ଦେଖି କୁଣ୍ଢେଇ ପକେଇ ଭଲ ଭୋ ଭୋ କାନ୍ଦିବାକୁ ଲାଗିଲା।

ଜେଜେମା ଭାବୁଥିଲେ ଏତେ ଦିନ ପରେ ଦେଖିବାରୁ କାନ୍ଦୁଛି, ମାତ୍ର ମିତୁ ଯେ ପ୍ରକୃତ ସ୍ୱାଧୀନତାର ସ୍ୱାଦ ପାଇଥିବାରୁ ଖୁସିରେ କାନ୍ଦୁଛି ତାହା ସେ ବୁଝି ପାରୁନଥିଲେ।

■

ସୁନା ଚୁଡି

ରଜ... ଏହାର ପ୍ରକୃତ ଭାବାର୍ଥ ହେଲା, ମାତା ପୃଥିବୀ ଆଜି ରଜସ୍ୱାଳା। ତାକୁ ଆଜି ଶାନ୍ତି ଓ ସ୍ଥିରତାର ଆବଶ୍ୟକତା ରହିଛି। ମାତ୍ର କାହିଁ ସେ ଶାନ୍ତି, କାହିଁ ସେ ଶାନ୍ତ ପରିବେଶ। ସବୁଆଡ଼େ ଖାଲି ହା ହା କାର। ଚୋରି, ଡକାୟତି । କେଉଁଠି କିଏ କେଉଁ ଅବଳା ନାରୀ ସହ ଦୁଷ୍କର୍ମରେ ଜଡିତ ତ କେଉଁଠି ବଳାତ୍କାର। କେଉଁଠି ସେହି ଅଦୃଶ୍ୟ ଶକ୍ତିର ଇଚ୍ଛାରେ ହେଉ ବା ଭାଗ୍ୟର ଖେଳରେ ହେଉ ଦୁର୍ଘଟଣା ଘଟି ମନୁଷ୍ୟର ଅମୂଲ୍ୟ ଜୀବନର ଅନ୍ତ ଘଟୁଛି।

ସମଗ୍ର ବିଶ୍ବରେ ଆଜି ବ୍ୟାପିଛି କରୋନା। ଏହି ଅଦୃଶ୍ୟରୂପୀ ରାକ୍ଷସ କବଳରୁ ମୁକ୍ତି ପାଇବା ପାଇଁ ଯେନ ତେନ ପ୍ରକାରେଣ ସମସ୍ତ ଚେଷ୍ଟା ପ୍ରୟୋଗ କରି ଚାଲିଛି ମାନବ ଜାତି। ମାତ୍ର ଆଜିକୁ ପାଞ୍ଚ ମାସ ହେବ କୌଣସି ରାହା ଦୃଶ୍ୟମାନ ହେଉନାହିଁ। ନିରୁପାୟ ସମସ୍ତେ। ମନୁଷ୍ୟ ବହୁ ସ୍ୱାର୍ଥପର। ବିପଦ ସମୟରେ ଭଗବାନଙ୍କ ସ୍ମରଣ କରେ। ମାତ୍ର ଆଜି ସେ ବି ନିରବ ଓ ନିଶ୍ଚଳ। ଆଜି ସେ ବି ହୃଦୟହୀନ ହୋଇଯାଇଛନ୍ତି। ସମାଜ ପ୍ରତି ସେ ବି ବିମୁଖ। ...

ମାତ୍ର ଆଜିବି କିଛି ସାଧୁ ସନ୍ୟାସୀ ଓ ମହାତ୍ମା ସମଗ୍ର ମାନବ ଜାତିର ଉନ୍ନତି ନିମନ୍ତେ ଓ ସୃଷ୍ଟିର ସୁରକ୍ଷା ପାଇଁ ଅହରହ ପ୍ରଚେଷ୍ଟାରେ ରତ। ଅପେକ୍ଷାର ଅନ୍ତ ନିଶ୍ଚିତ ଭାବରେ ହେବ। ପୃଥିବୀ ଶାପ ମୁକ୍ତ ହେବ। ପୂନର୍ବାର ମଣିଷ ହସିବ। କୁନି କୁନି ପିଲାମାନେ ରଜ ପାଳନ କରିବେ। ପୁଚ୍ଛି ଖେଳିବେ। ରଜଗୀତ ଗାନ କରିବେ ସେହି ଆଶାରେ ଆଜି ସମଗ୍ର ପୃଥିବୀର ବାସିନ୍ଦା।

ହେ ମହାପ୍ରଭୁ ସମସ୍ତଙ୍କୁ ରକ୍ଷା କର। ତୁମେ ତ୍ରୀକାଳଦର୍ଶୀ। ଆଉ ବେଶୀ ଲୀଳା କରନାହିଁ। ମନୁଷ୍ୟ ଆଜି ଅଣନିଶ୍ୱାସୀ। ତୁମେ ସୃଷ୍ଟି କରିଥିବା ପୃଥିବୀ ଓ ମନୁଷ୍ୟକୁ କେବଳ ତୁମେ ହିଁ ରକ୍ଷା କରିପାରିବ।

ସମସ୍ତଙ୍କ ଶୁଭ ମନାସି ସକୁନ୍ତଳା ଶେଜରୁ ଉଠିଲା। ନିତି ପ୍ରତିଦିନର କାର୍ଯ୍ୟ। ପର ଘରେ ପଇଟି କରି ନିଜ ଦିନ ଚଳାଇନିଏ। ଦୁଇ ପୁଅ ଓ ସେ। ସମସ୍ତେ ତାକୁ ଘଇତାଖାଇ କୁହନ୍ତି। ସ୍ୱାମୀ ଯିବାପରେ ଗାଁରୁ ତଡିଦେଲେ। କୁନି କୁନି ଦୁଇ ଛୁଆଙ୍କୁ ଧରି ବାହାରି ଆସିଲା ସେହି ନିରାମୟଙ୍କୁ ଭରସା କରି। ଦୂର ସହରରେ ଏକ ଚାଳିରେ ଭଡାନେଲା। ମାସକୁ ଦୁଇଶହ ଟଙ୍କା।

ପାଖ କଲୋନୀରେ ବାସନ ମଜା, ଘର ଝାଡୁକରିବା ଇତ୍ୟାଦି କାମ ଆରମ୍ଭ କଲା। ନିକଟସ୍ଥ ଏକ ବିଦ୍ୟାଳୟରେ ଝାଡୁଦାର ଭାବେ କାମ ମଧ୍ୟ ପାଇଲା।

ମାତ୍ର ଦଇବ ତାକୁ ସହିଲା ନାହିଁ ଯେ କିଛି ବର୍ଷରେ ପଥୁରୀ ରୋଗରେ ପିଡିତ ହୋଇ ଅପରେସନ ହେଲା। କାମ କରିବାକୁ ସକ୍ଷମ ହେଲା ନାହିଁ। ତେଣୁ ବିଦ୍ୟାଳୟରୁ ଛୁଟି କରିଦେଲେ। ପିଲା ଦୁଇଟି ଇତି ମଧ୍ୟରେ ବଡ ହେଲେଣି। ନିଜେ ଛୋଟ ମୋଟ ରୋଜଗାରକ୍ଷମ। ମାତ୍ର ମା କଥା କିଏ ପଚାରେ। ଦୁଇଟି ଘରେ ପାଇଟି କରି ନିଜର ଭରଣ ପୋଷଣ ଦାଇତ୍ୱ ନିଜେ ନେଇଛି।

ହଠାତ ରଜର ଦୁଇ ଦିନ ପୂର୍ବରୁ ଉକ୍ତ ବିଦ୍ୟାଳୟର ପ୍ରଧାନଶିକ୍ଷକ ଖବର ପଠାଇଲେ। ପିଅନ ଆସି ଖବର ଦେଲା, ତୋର କିଛି ପଇସା ପାଇବାର ଅଛି ସାର ଡାକିଛନ୍ତି ଯିବୁ।

ଗରିବ ଖଟିଖିଆ ଲୋକ। ପଇସା ପାଇବ ଶୁଣି ଖୁସିରେ ଆତ୍ମହରା ହୋଇପଡିଲା। କାହାକୁ କିଛି ନକହି ଚାଲିଲା ବିଦ୍ୟାଳୟ ଅଭିମୁଖେ। ରାସ୍ତାରେ ଗଲାବେଳେ ମନେ ମନେ ଭାବୁଥାଏ ହାତ ଦୁଇଟି ଖାଲି ପଡିଛି। ସ୍ୱାମୀ ଯାହା ଦେଇଥିଲା ସବୁ ବିକି ଭାଙ୍ଗି ପିଲାଙ୍କୁ ମଣିଷ କଲି। ସେମାନେ ରୋଜଗାରକ୍ଷମ ହେଲେ ମାତ୍ର ଏବେବି ମୋ ହାତ ଖାଲି ଅଛି। ମୁଁ କ'ଣ ମୋ ଇଚ୍ଛାରେ ବଞ୍ଚି ପାରିବାର ଅଧିକାର ନାହିଁ!

ନା.. ମୁଁ ବଞ୍ଚିବି। ଦୃଢ ମନୋଭାବନେଇ ପହଞ୍ଚିଲା ବିଦ୍ୟାଳୟରେ।

ପ୍ରଧାନଶିକ୍ଷକ ୨୫୦୦୦ ଟଙ୍କା ବଢାଇଲେ ଓ କହିଲେ ଏହା ତୋର ପରିଶ୍ରମର ଫଳ। ଏହାକୁ ନେଇ କଣ କରିବୁ।

ଏକାଥରେ ଏତେ ଗୁଡେ ଟଙ୍କା ଦେଖି ବେହୋସ ପ୍ରାୟ ହୋଇ ଗଲା ସକୁନ୍ତଳା। ତାର ଖୁସି ଦେଖି ପ୍ରଧାନଶିକ୍ଷକ ତାକୁ ଧରି ବସାଇବା ସହ ପୁଣି ଥରେ ପଚାରିଲେ ଏତେ ପଇସା କଣ କରିବୁ।

ହସି ହସି ଗର୍ବର ସହ କହିଲା, "ନିଜେ_ବଞ୍ଚିବି"। ଏହା କହି ବାହାରିଆସିଲା। ସିଧା ଯାଇ ସୁନା ଦୋକାନରେ। ଗରିବ ବିଧବା ନାରୀ ସହର ବଜାର ଦେଖିନି। କାହାକୁ କିପରି କଥା କହିବାକୁ ହୁଏ ତାହା ତାକୁ ଜଣାନାହିଁ। ଭାଷା ଶୈଳୀ, ଛନ୍ଦ କପଟ ଜଣା ନାହିଁ। ମାତ୍ର ସାହାସ ସଞ୍ଚି କହିଲା "ବାବୁ ଚୁଡି ଦୁଇଟା ଦିଅ"। ଦୋକାନୀମାନେ ମଧ୍ୟ ପ୍ରବୃତିଖୋର। ଗାଡି ମଟରରେ ଅତ୍ୟାଧୁନିକ ସଜବାଜରେ ଆସୁଥିବା ଗରାଖଙ୍କୁ ଚୌକି ସହ ଚା'ରେ ଆପ୍ୟାୟିତ କରନ୍ତି ମାତ୍ର ଗରିବ ଖଟିଖିଆଙ୍କୁ ଦେଖିଲେ ନାକ ଛିଞ୍ଚାଡନ୍ତି। ଏହା ତ ଆଧୁନିକ ସମାଜର ଚଳନ୍ତି ପ୍ରଥା।

ସେ ଯାହା ହେଉ ଦୋକାନୀ ତାକୁ ଦୁଇଟି ଚୁଡି ଦେଖାଇଲା। ଏବଂ ୨୪୦୦୦ ଟଙ୍କା ବୋଲି କହିଲା। ଖୁସି ହୋଇ ସକୁନ୍ତଳା ପଇସାତକ ଦେଇ ସେଇଠି ସୁନା ଚୁଡି ସଳଖ ପିନ୍ଧି ଘରକୁ ଆସିଲା। ମନ ଛନଛନ ଥାଏ କାଲି ରଜା। କେମିତି ଆମ ଘରକୁ ଆସିବ ଓ ଚୁଡି ହଳକ ଦେଖାଇବ। ରାତିରେ ତାକୁ ଆଉ ନିଦ ନାହିଁ। ସକାଳ ପହରୁ ଉଠି ଧାଇଁଛି ଆମ ଘରକୁ। ଗେଟ ପାଖରୁ "ବୋହୁ ମାଆ, ବୋହୁ ମାଆ କହି ଚିଲୋଉଛି। କ'ଣ ହେଲା କହି ଗଲାରୁ ,ପ୍ରଥମେ ହାତ ଦୁଇଟି ଦେଖାଇଲା, ମୁଁ ବୁଝି ପାରିଲି ନାହିଁ। ଭାବିଲି କାଲି ରାତିରେ ଚେଙ୍କ ଲଗାଯାଇଛି ବୋଧେ। ମୁଁ ଖୋଜିଲି ବ୍ୟସ୍ତ ହୋଇ। ମୋ ବ୍ୟସ୍ତତା ଦେଖି ହସି ହସି କହିଲା, "ଆଚ୍ଛା ଲୋକ ତୁମେ, ମୋ ହାତର ସୁନା ଚୁଡି ତୁମକୁ ଦେଖାଯାଉନି କି! କେମିତି ହେଇଛି କହିଲ। ତାପରେ ଯାଇ ମୁଁ ଜାଣିଲି ତା' ଖୁସିରେ ପାଟିକରିବାର କାରଣ।

ବହୁତ ସୁନ୍ଦର ହେଇଛି କହିବାରୁ ତା ଖୁସିର ଆଉ ତୁଳନା ରହିଲା ନାହିଁ ,ସବୁ ବୃତାନ୍ତ କଲା ଏବଂ ଖୁସି ହେଇ କହିଲା ଆଜି ମୋର ରଜପାଳନ ହୋଇଗଲା। ଏହା କହି ଗୀତ ଗାଇ ଗାଇ ତା କାମରେ ଲାଗିଗଲା।

"ବନସ୍ତେ ଡାକିଲା ଗଜ, ବରଷକେ ଥରେ ଆସିଛି ରଜ, ଆସିଛି ରଜ ଲୋ ବେଗେ ହୁଅ ସଜ ବାଜ। "

ଏହା ଶୁଣି ମୋର ମଧ୍ୟ ଆଗ୍ରହ ଯାତ ହେଲା ନିଜକୁ ସଜାଇବା ପାଇଁ ଏବଂ ରଜ ପାଳିବା ପାଇଁ।

ପ୍ରକୃତରେ ଏହି ନିରିହ, ନିଷ୍ପାପ ମନୁଷ୍ୟ ଯେତେଦିନ ଏ ଧରା ପୃଷ୍ଠରେ ଥିବେ, ଏ ଧରା, ଏ ପୃଥିବୀ ବଞ୍ଚିରହିବ। କରୋନା ପରି ପରି ଯେତେ ମହାମାରୀ ଆସିଲେ ମଧ୍ୟ କିଛି କରିପାରିବ ନାହିଁ।

ରାନୁଦେବୀଙ୍କ ଜାତକ ଦେଖା

ରୁନି........ ମଧ୍ୟବିତ୍ତ ପରିବାରରେ ଜନ୍ମଗ୍ରହଣ କରିଥିବା ଏକ କନ୍ୟା। ବାପା ମାଆଙ୍କ ପରିଣତ ବୟସର ଏକ ମାତ୍ର ସାଥୀ। ପାଠ ପଢ଼ି ଏକ ସରକାରୀ ଚାକିରି କରିବା ପାଇଁ ତାର ବହୁତ ଇଚ୍ଛା ଏବଂ ବାପା ମାଆଙ୍କ ସାରା ଜୀବନ ସେବା କରିବା ତାର ଉଦ୍ଦେଶ୍ୟ।

ବାପା ସଦାନନ୍ଦ ବାବୁ ଏକ ବେସରକାରୀ ଅନୁଷ୍ଠାନରେ କାର୍ଯ୍ୟ କରନ୍ତି। ସାରା ଜୀବନ ନିଜର ନିଷ୍ଠା ଓ କର୍ତ୍ତବ୍ୟନିଷ୍ଠା ପାଇଁ ଅଫିସରେ ଆଦୃତ। ଯାହାର ଛାପ ଝିଅ ରୁନି ଉପରେ ମଧ୍ୟ ପଡ଼ିଛି। ପିଲାଟି ଦିନରୁ ରୁନି ପାଠପଢ଼ାରେ ଧୂରନ୍ଧର। ଗୋଟିଏ ଇଚ୍ଛା ସରକାରୀ ଚାକିରି। ତଦନୁଯାୟୀ ସେ କେବଳ ପାଠ ବ୍ୟତୀତ ଅନ୍ୟ କୌଣସିରେ ଆନ୍ତରିକତା ଦେଖାଏ ନାହିଁ। ସଦାନନ୍ଦ ବାବୁ ମଧ୍ୟ ରୁନିକୁ ନେଇ ବହୁତ ଗର୍ବିତ।

ମାଆ ରାନୁ ଦେବୀ, ମାଆ ମନ ସେ ଜାଣନ୍ତି ଝିଅ ଜନ୍ମ ତ ପରଘରକୁ ତେଣୁ ସର୍ବଦା ରୁନିର ବିବାହକୁ ନେଇ ଚିନ୍ତିତଥାନ୍ତି। ଗ୍ରାଜୁଏସନ ସରିବା ପରଠୁ ସେ ଲାଗି ପଡିଥାନ୍ତି ଝିଅର ଭଲ ପ୍ରସ୍ତାବ ନେଇ। ସାଇ ପଡିଶା, ବନ୍ଧୁ ବାନ୍ଧବ ଯାହାକୁ ଦେଖିଲେ ତା ସହ କେବଳ ଗୋଟିଏ ଚର୍ଚ୍ଚା, ଝିଅ ବିଭାଘର। ସଦାନନ୍ଦ ବାବୁ ମଧ୍ୟ ରାନୁ ଦେବୀଙ୍କର ଏହି ମାନସିକତା ଦେଖି ବେଳେବେଳେ ବିରକ୍ତି ଭାବ ପ୍ରକାଶ କରନ୍ତି। ସର୍ବଦା କୁହନ୍ତି ଏପରି ହେବା ଦ୍ୱାରା ରୁନିର ଆଗକୁ ବଢିବାର ଓ ନିଜେ ସ୍ୱାବଲମ୍ବୀ ହେବାର ଇଚ୍ଛାଶକ୍ତି ଉପରେ ପ୍ରଭାବ ପଡିପାରେ। ଏଥିପାଇଁ ସର୍ବଦା ରୁନିକୁ ଆଗକୁ ବଢିବା ପାଇଁ ଉତ୍ସାହିତ କରନ୍ତି।

ରୁନି ବିଭିନ୍ନ ପରୀକ୍ଷା ପାଇଁ ପ୍ରସ୍ତୁତି ଆରମ୍ଭ କରିଦେଇଥାଏ। ଇତି ମଧ୍ୟରେ ରାନୁ ଦେବୀ ରୁନି ପାଇଁ ଭଲ ପ୍ରସ୍ତାବଟିଏ ଖୋଜିସାରିଥାନ୍ତି। ଯାହାଙ୍କ ନାମ ରମେଶ। ବାପା ମାଆଙ୍କର ଗୋଟିଏ ବୋଲି ପୁଅ। ସେ ମଧ୍ୟ ଚାକିରି ପାଇଁ ବିଭିନ୍ନ ପରୀକ୍ଷା ଦେଉଥାଏ ମାତ୍ର କୃତକାର୍ଯ୍ୟ ହୋଇନଥାଏ। ତାର ବାପା ମାଆ ମଧ୍ୟ ଏ ପ୍ରସ୍ତାବରେ ରାଜି ପ୍ରାୟ ଥିଲେ। ସଦାନନ୍ଦ ବାବୁ ସବୁ ଶୁଣି ସାରି କିଛି ଉତ୍ତର ଦେବା ପୂର୍ବରୁ ଭାବିଲେ ରାନୁ ଦେବୀ ବି ଜଣେ ମାଆ ଯଦି ସିଧାସଳଖ କିଛି ନ କହିଦେବେ ତେବେ ତାଙ୍କ ଭାବନାରେ ଆଘାତ ଲାଗିପାରେ। ତେଣୁ ପରିସ୍ଥିତିକୁ ସୁହାଇଲା ଭଳି କହିଲେ ହଉ ଯଦି ସେମାନେ ରାଜି ତେବେ ସେମାନଙ୍କୁ ଆସିବାକୁ କୁହ।

ଦିନ ଧାର୍ଯ୍ୟ ହେଲା। ରୁନିର ଅନିଛା ସତ୍ତ୍ୱେ ସେମାନଙ୍କ ସାମ୍ନାରେ ଏକ ଚାବି ଦିଆ କଣ୍ଢେଇ ପରି ଆସି ଠିଆ ହେଲା। ସଦାନନ୍ଦ ବାବୁ ରୁନିର ଏପରି ଅବସ୍ଥା ଦେଖି ପରିସ୍ଥିତିକୁ ଟିକେ ସୁଧାରିବାକୁ ଯାଇ ରମେଶର ପାଠ ପଢା ପ୍ରସଙ୍ଗ ଉପରେ ଆଲୋଚନା କରିବା ଆରମ୍ଭ କଲେ। ତାର ଉତ୍ତରରେ ରମେଶ ନିଜର ମତ ସହ ଚାକିରି ପାଇଲେ ବିବାହ କରିବ ବୋଲି କହିବାରେ ସବୁ ଦ୍ୱନ୍ଦର ସମାଧାନ ହୋଇଗଲା। ସେମାନେ ମଧ୍ୟ ଖୁସି ଖୁସି ବିଦାୟ ନେଲେ।

ଇତି ମଧ୍ୟରେ ରମେଶର ପରିବାର ସହ ମିଶି ରାନୁ ଦେବୀ ଟିକେ ଅସନ୍ତୁଷ୍ଟ ଥିଲେ। ସେ ତାଙ୍କ ଝିଅ ପାଇଁ ବହୁ ଉଚ୍ଚ କୋଟୀର ଧନୀ ଘର ଖୋଜୁଥିଲେ ଯେଉଁଠାରେ ଚାକର ବାକର ଥିବେ, ଝିଅକୁ ବେଶି କାମ କରିବାକୁ ପଡିବ ନାହିଁ। ତେଣୁ କାଳ ବିଳମ୍ବ ନ କରି ସେ ରୁନିର ଜାତକ ଧରି ବାହାରି ପଡିଲେ ଜଣେ ପଣ୍ଡିତଙ୍କ ପାଖକୁ। ସେ ମଧ୍ୟ ଜାତକ ଦେଖି କହିଲେ ଝିଅ ବହୁତ ବଡ ଘରେ ବିବାହ କରିବ। ବହୁ ଚାକର ତା ପାଖରେ କମ କରିବେ। ଏହା ଶୁଣି ରାନୁ ଦେବୀଙ୍କ ଖୁସି କହିଲେ ନସରେ। ତାଙ୍କ ଗୋଡ ଆଉ ତଳେ ଲାଗୁନଥିଲା। ଦିନର ସବୁ ବିବରଣୀ ଆସି ସଦାନନ୍ଦ ବାବୁଙ୍କ ଆଗରେ ବଖାଣି ବହୁ ଖୁସି ହେଲେ। ତାଙ୍କ ଖୁସି ଦେଖି ସଦାନନ୍ଦ ବାବୁ ମଧ୍ୟ ଖୁସି ହେଲେ।

ଏଥିପାଇଁ ଯେ ତାଙ୍କର ବିଶ୍ୱାସ ଥିଲା ଯେ ରୁନି ଦିନେ ନା ଦିନେ ଭଲ ଚାକିରି କରିବ ଏବଂ ତା ଘରେ ବହୁ ଲୋକ କାମ କରିବେ। ଇତି ମଧ୍ୟରେ ଛ ମାସ

ବିତି ଯାଇଥାଏ କିନ୍ତୁ କିଛି ଭଲ ପ୍ରସ୍ତାବ ଆସୁନଥାଏ। ଯେଉଁ ପ୍ରସ୍ତାବ ଆସୁଥାଏ ତାହା ଉପଯୁକ୍ତ ମନେ ହେଉନଥାଏ ସଦାନନ୍ଦ ବାବୁଙ୍କର। କିଛି ନା କିଛି ବାହାନା ଦେଖାଇ ମନା କରିଦେଉଥାନ୍ତି। ରାନୁ ଦେବୀ ଶେଷରେ ଅନ୍ୟ କିଛି ଜ୍ୟୋତିଷଙ୍କୁ ଝିଅର ଜାତକ ଦେଖାଇଲେ। ସମସ୍ତଙ୍କର ସେହି ଗୋଟିଏ କଥା। ଏସବୁ ସତ୍ତ୍ୱେ କେଉଁଠି କିଛି ଭଲ ପ୍ରସ୍ତାବ ଆଖିକୁ ଆସୁନଥିଲା କେବଳ ରମେଶ ବ୍ୟତୀତ।

ସେତେବେଳକୁ ରମେଶ ଏକ ପ୍ରାଇଭେଟ କମ୍ପାନୀରେ ଭଲ ପୋଷ୍ଟରେ ଚାକିରି ପାଇସାରିଥାଏ। ତେଣୁ ତାଙ୍କ ଘର ତରଫରୁ ବିବାହ ପାଇଁ ଆଲୋଚନା କରିବାକୁ ଆଗ୍ରହ ପ୍ରକାଶ କରୁଥାନ୍ତି। ସେତେବେଳକୁ ରୁନି ସିଭିଲ ସର୍ଭିସ ପରୀକ୍ଷା ଦେଇଥାଏ। ଫଳ ବାହାରିନଥାଏ। ଏପଟେ ବିବାହର ବୟସ ହୋଇଯିବାରୁ ରାନୁ ଦେବୀ ଓ ସଦାନନ୍ଦ ବାବୁ ଉଭୟ ବିବାହ ପାଇଁ ରାଜି ହୋଇଗଲେ। ରୁନିର ଇଚ୍ଛା ନଥାଇ ମଧ୍ୟ ସାମାଜିକ ପରମ୍ପରା ଓ ବନ୍ଧନରେ ବାନ୍ଧି ହେବା ପାଇଁ ରାଜି ହୋଇଗଲା।

ସୁରୁଖୁରୁରେ ବିବାହ ସରିଲା। ଝିଅ ମଧ୍ୟ ଶାଶୁଘରେ ଭଲରେ ଥାଏ। ମାତ୍ର ରାନୁ ଦେବୀ ମନ ଦୁଃଖରେ ଖାଇବା ଛାଡିବା ପ୍ରାୟ। କେବଳ ଗୋଟିଏ ଚିନ୍ତା, ପ୍ରାଇଭେଟ ଚାକିରିର ସୁଖ କଣ ସେ ନିଜେ ଭୋଗି ସାରିଛନ୍ତି, ଇଚ୍ଛା କଲେ ମନ ଖୁସିରେ କିଛି କରିପାରନ୍ତି ନାହିଁ ଏବଂ ଏବେ ତାଙ୍କ ଝିଅ ସେହି ସବୁ ପରିସ୍ଥିତି ଭୋଗିବାକୁ ଯାଉଛି। ସର୍ବଦା ସେ ସେଇ ଜ୍ୟୋତିଷର କଥାକୁ କହି କାନ୍ଦିବାଟା ସଦାନନ୍ଦ ବାବୁ ସହ୍ୟ କରିପାରୁନଥାନ୍ତି।

ସିଭିଲ ସର୍ଭିସ ପରୀକ୍ଷାର ଫଳ ବାହାରିଲା। ଫଳାଫଳ ଦେଖି ସଦାନନ୍ଦ ବାବୁଙ୍କ ଖୁସି କହିଲେ ନସରେ। ରୁନି ଓ ତା ଶାଶୁଘର ମଧ୍ୟ ବହୁତ ଖୁସି। ସମସ୍ତେ ଆସି ତାଙ୍କ ଘରେ। ରାନୁଦେବୀ କିଛି ବୁଝିପାରୁନଥାନ୍ତି। କହିଲେ ଝିଅ ତ ଚାକିରି କରିବ, ହେଲେ ମୋ ସ୍ୱପ୍ନ ତ ପୁରା ହେବନି, ଏହା କହି କାନ୍ଦିବାକୁ ଲାଗିଲେ। ଏହା ଦେଖି ସମସ୍ତେ ଆଶ୍ଚର୍ଯ୍ୟ ହୋଇଗଲେ।

ମାତ୍ର ସଦାନନ୍ଦ ବାବୁ ଠିକ ବୁଝିଗଲେ ଯେ ତାଙ୍କ ଶ୍ରୀମତୀ ଏବେବି ଏହାର ଅର୍ଥ ବୁଝୁନାହାନ୍ତି। ସାରା ଜୀବନ ଘର ଓ ପରିବାର କଥା ବୁଝି ଏକ ସୁଗୃହିଣୀ

ଓ ଏକ ଭଲ ମାଆର କର୍ତ୍ତବ୍ୟ ସମାପନ କରିଛନ୍ତି, ସମସ୍ତଙ୍କ ଖୁସି ଭିତରେ ସେ ବାହାର ଦୁନିଆ ଯେମିତି ଭୁଲିଯାଇଛନ୍ତି ।

ତେଣୁ ସେ କହିଲେ, ହଇହୋ ଶ୍ରୀମତୀ, ଝିଅ ତୁମର ଆଇଏଏସ୍ ଅଫିସର ଭାବେ ନିଯୁକ୍ତି ପାଇବ, କେତେ ଚାକର ବାକର ତା ପାଖରେ କାମ କରିବେ, କେତେ ଗାଡି ତା ଦୁଆରେ ଲାଗିବ। ତୁମ ସ୍ୱପ୍ନ ପୁରଣ ହୋଇଗଲା। ଏହା କହି ଖୁସିରେ କାନ୍ଦି ପକାଇଲେ। ଏହା ଶୁଣି ରାନୁ ଦେବୀଙ୍କ ଖୁସି କହିଲେ ନ ସରେ। ଏତେ ଖୁସି ଯେ ବଡ ପାଟିରେ କହି ଉଠିଲେ, ସତରେ କଣ ତାହେଲେ ମୋର ଜାତକ ଦେଖା ସାର୍ଥକ ହୋଇଗଲା। ଏହା ଶୁଣି ସମସ୍ତେ ହସି ହସି ବେଦମ ହେଲେ।

■

ଏଇତ ଜୀବନ (ଟିକେ ଖରା ଟିକେ ଛାଇ)

ଗୋଟେ କପ ଚା ଧରି ମାନି ବାଲକୋନୀରେ ବସି ବର୍ଷାର ଟପର ଟପର ଶବ୍ଦକୁ ଶୁଣୁଥାଏ। ମାଆଙ୍କ ଚା କପ ମଧ୍ୟ ଥୁଆ ହୋଇ ଥଣ୍ଡା ହେବା ଉପରେ। ଦୁଇ ଥର ବିରକ୍ତ ହୋଇ ଡାକିଲାଣି ମାତ୍ର ଶୁଣୁନାହାନ୍ତି, କାହିଁକିନା ତାଙ୍କ ଦିଅର ଆସିଛନ୍ତି। ତାଙ୍କ ମଧ୍ୟାହ୍ନ ଭୋଜନ କଥା ବୁଝୁଛନ୍ତି ତାହା ପୁଣି ଅପରାହ୍ନ ୫ଟାରେ ।

ହଠାତ ଚାକରାଣୀ ସାରିଆ ଆସି ଡାକିଲା, ମାଆ ଡାକୁଛନ୍ତି ତଳକୁ। ଏହା ଶୁଣି ମାନି କହିଲା, ଯା କହିବୁ ମୁଁ ଅଫିସ କାମରେ ବ୍ୟସ୍ତ ଅଛି ଟିକେ ପରେ ଯିବି। ଏହା ଶୁଣି ସେ କହି ତ ଦେଲା ମାତ୍ର ପୁନର୍ବାର ଆସି ପଚାରିଲା, ଦିଦି ତୁମ କାକା ଆସିଛନ୍ତି ଗଲନି ତଳକୁ। ଏହା ଶୁଣି ତାଙ୍କ ପାଖକୁ ଡାକି ବସାଇଲା ଓ କହିଲା, ମୁଁ କେତେବେଳେ କହିଲି ସେ ମୋ କାକା ବୋଲି, ସେ ତ ମାଆର ଦିଅର।

ଏହା ଶୁଣି ସାରିଆ ଟିକେ ରାଗିଯାଇ କହିଲା, ସେମିତି କଣ କହୁଛ ମ ଦିଦି?

ସାରିଆ ଭଳି ନିରିହ ଓ ନିଷ୍କପଟ ଲୋକ ସହରୀ ସଭ୍ୟତାର କୂଟନୀତି ବାବଦରେ ସମ୍ପୂର୍ଣ୍ଣ ଅଜ୍ଞ। ତେଣୁ ସେ ବୁଝି ପାରିଲା ନାହିଁ। ବୋକାଙ୍କ ପରି ଚାହିଁ ରହିଲା। ଏହା ଦେଖି ମାନିର ସେହି ପୁରୁଣା ଦିନ କଥା ମନେ ପଡିଗଲା। ତାକୁ ଶୁଣେଇଲା।

ବୁଝିଲୁ ସାରିଆ ଏହା ଏବେକାର କଥା ନୁହେଁ, ଦୀର୍ଘ ୨୦ ବର୍ଷ ତଳର କଥା। ଆମେ ଯେତେବେଳେ ଭଡାଘରେ ରହୁଥିଲୁ। ଆମେ ତିନି ଭାଇ ଭଉଣୀ ବିଦ୍ୟାଳୟରେ ପାଠ ପଢୁଥିଲୁ। ବାପାଙ୍କର ଏକା ଚାକିରି। ଆମ ପାଠପଢା କଥା ବୁଝିବା ସହ ଗାଁ ଘର କଥା, କାକାମାନଙ୍କର ପାଠପଢା, ବାହାଘର ଓ ଚାକିରି ସବୁ କଥା ବୁଝୁଥିଲେ। ଜେଜେ ନଥିବାରୁ ବଡ ହିସାବରେ ସମସ୍ତଙ୍କ କଥା ବୁଝିବା ପାଇଁ ପଡୁଥିଲା ତାଙ୍କୁ।

ମୋର ହେତୁ ପାଇବା ଦିନୁ ମୁଁ ଦେଖିଛି ସବୁ କାକାମାନେ ଜଣ ଜଣ କରି ଆସି ଆମ ପାଖରେ ରୁହନ୍ତି, ଚାକିରି କରି ନିଜେ ସ୍ୱାବଲମ୍ବୀ ହେଲା ପରେ ଯାଇ ଅନ୍ୟତ୍ର ସ୍ଥାନାନ୍ତର ହୋଇଯାଆନ୍ତି। ମାଆ ବାପା କିଛି ଦିନ ପାଇଁ ମନ ଦୁଃଖ କରନ୍ତି ଏବଂ ନିଜ କର୍ତ୍ତବ୍ୟ ଭାବି ଭୁଲିଯାଇଛନ୍ତି। ମାତ୍ର ଏ କାକାଙ୍କର କାହାଣୀ ଟିକେ ନିଆରା।

ବାପାଙ୍କ ବୁଝାସୁଝା କରିବା ପରେ ଏକ ସରକାରୀ କାର୍ଯ୍ୟାଳୟରେ ଚୁକ୍ତିଭିତ୍ତିକ ନିଯୁକ୍ତି ମିଳିଗଲା ତାଙ୍କୁ। ସେତେବେଳେ ମୁଁ ସପ୍ତମ ଶ୍ରେଣୀରେ ପାଠ ପଢୁଥାଏ। ତାଙ୍କ ଉପରିସ୍ଥ ଅଧିକାରୀଙ୍କର ଏକ ବଡଘର ସହ ବଗିଚା ମଧ୍ୟ ଥିଲା। ସେଠାରେ କେହି ରହୁନଥିଲେ। ତାର ଦେଖାଶୁଣା କରିବା ପାଇଁ ଏଇ କାକାଙ୍କୁ ଦାୟିତ୍ୱ ଦେଲେ। ଆଦେଶ ଯେତେବେଳେ ମାନିବାକୁ ପଡିବ। ତେଣୁ ସେଠାରେ ରହିଲେ।

ସେତେବେଳେ ଆମ ଘରର ପରିସ୍ଥିତି ସେତେ ଭଲନଥାଏ। ବାପାଙ୍କର ସ୍ୱଳ୍ପ ଦରମା ଭିତରେ ଗାଁ ଓ ଘର ସମସ୍ତଙ୍କ କଥା ବୁଝିବାକୁ ପଡୁଥାଏ। ବାପା ଭାବନ୍ତି ଭାଇମାନେ ଲାଗିଗଲେ ତେଣୁ ସାହାଯ୍ୟ କରିବେ ତ ଟିକେ ହାଲୁକା ବୋଧ ହେବ। ମାତ୍ର ଯେ ଯାହା ବାଟରେ ରହିଲେ, ସେଥିପାଇଁ ବହୁ ମନକଷ୍ଟରେ ଜୀବନଟା ଅତିବାହିତ ହେଉଥାଏ। ଏମିତିକି ବେଳେବେଳେ ଚା ପିଇବା ପାଇଁ କ୍ଷୀର କି ଅମୂଲ୍ ନଥାଏ। ଯେତେବେଳେ ଏ କାକା ଚାକିରି ପାଇଲେ, ସେତେବେଳେ କହିଲେ, ଏଠି ତ ରହିବା ପାଇଁ କମ ଜାଗା, ଆମେ ଗୋଟେ ବଡ ଘର ଭଡା ନେବା, ସମସ୍ତେ ସେଠି ରହିବା। ଏହା ଶୁଣି ମୋ ମାଆର ମନ ଭାରି ଖୁସି ହୋଇଯାଇଥିଲା। ଏମିତି ଆସନ୍ତି ସବୁବେଳେ ଦିନ ତିନିଟା ପରେ।

ଆମେ ଖାଇ ସାରିଥାଉ। ମାଆ ପୁଣି ରୋଷେଇ କରି ଖାଇବାକୁ ଦିଏ। ଏହା ଦେଖି ଦେଖି ଆମେ ଭାଇ ଭଉଣୀ ବି ବିରକ୍ତ ହୋଇଯାଉ। ମାତ୍ର ମାଆ ବୁଝାନ୍ତି ସେ ପରା ତୁମ ବାପା ସମାନ ସେମିତି କ'ଣ କହୁଛ। ଆମେ ଚୁପ ହୋଇଯାଉ।

ଥରକର କଥା, ଦିନେ ଦିନ ୨ଟାରେ ଆସି ପହଞ୍ଚିଲେ। ଆମେ ଖାଇ ବସିଥାଉ। ସେତେବେଳେ ଦରମା ପାଇଲେ ବାପା ମାଂସ ଆଣନ୍ତି ଏବଂ ସବୁ ରବିବାର ଓ ବୁଧବାରରେ ମାଛ ଆଣନ୍ତି । ଆମର ଇଚ୍ଛା ଥିଲେ ବି ଆମେ କହୁନି କାହିଁକି ନା ଆମେ ଘରର ପରିସ୍ଥିତି ସମ୍ପର୍କରେ ଅବଗତ ଥାଉ। ଦିନେ ଦିନେ ମାଆ ଆମକୁ ଅଣ୍ଡା ଆଣି ଖାଇବାକୁ ଦିଏ। ମାତ୍ର ସେଦିନ ହୋଇଥାଏ ଶନିବାର। ସବୁ ସାଧାରେ ହୋଇଥାଏ। ଏଇ କାକା ଆସି ପହଞ୍ଚିଲେ। ମାଆ ଖାଇବା ପାଇଁ ବାଢିଦେଲେ। ଆମେ ଶାନ୍ତ ପଡିଲୁ କାରଣ ଖାଇବା ସମୟ ମାଆକୁ ଆଉ ଥରେ କରିବାକୁ ପଡିବନି ଚଳିଯିବ। ଯାହା ଅଛି ମିଶିକି ଖାଇଦେବା। ସେ ଯେତେବେଳେ ଆସିଲେ ସାଧା ହୋଇଛି ଦେଖି କହିଲେ, ଭାଉଜ ମୁଁ ଟିକେ ଅଣ୍ଡା ନେଇ ଆସେ। ଏହା କହି ଚାଲିଗଲେ। ଆମେ ମନେମନେ ଖୁସି ହୋଇଗଲୁ। ଆଜି ଅଣ୍ଡା ମିଳିବ। ତେଣୁ ଧିରେ ଧିରେ ଖାଉଥାଉ। ଆସି ପହଞ୍ଚିଲେ। ମାଆ ହାତକୁ ବଢାଇଦେଲେ। ମାଆ ନେଇଗଲା। କହିଲେ ଆମଲେଟ୍ କରିଦିଅ। ମାଆ ରୋଷେଇ ଘରକୁ ଯାଇ ଟିକେ ଜୋରରେ କହିଲେ, ତୁମମାନଙ୍କର ଖାଇବା ସରିଲାକି ନା ବାପା ଆସିଲେ କହିବି, ଆଜି କେହି ପାଠ ପଢି ନ ବୋଲି। ଏହା ଶୁଣି ଧଡପଡ ହୋଇ ଆମେ ଖାଇ ଉଠିଗଲୁ।

ସେମାନେ ଶୋଇବାକୁ ଗଲେ। ମାତ୍ର ମୁଁ ହାତ ଧୋଇ ଆସି ମାଆ ପାଖରେ ପହଞ୍ଚିଲି। ଦେଖେ ତ ମାଆ ଆଖିରେ ଲୁହ। ମୁଁ ବିବ୍ରତ ହୋଇ କାରଣ ପଚାରିବା ପୂର୍ବରୁ ମୋ ଆଖିରେ ପଡିଲା, ମାଆ ଭାଙ୍ଗୁ ଥିବା ଗୋଟିଏ ଅଣ୍ଡା। ମୋର ବୁଝିବାରେ ଆଉ ବାକି ରହିଲାନି ଯେ, ଏଇ କାକା କେବଳ ତାଙ୍କ ପାଇଁ ଗୋଟିଏ ଅଣ୍ଡା ଆଣିଥିଲେ। ମାଆ ନେଇ ଖାଇବାକୁ ଦେଲା। ସଙ୍ଗେ ସଙ୍ଗେ ଏଇ କାକା କହି ଉଠିଲେ, ପିଲାମାନେ ଖାଇସାରିଥିଲେ ତ ସେଥିପାଇଁ ଗୋଟିଏ ଆଣିଲି। ସେଦିନ ମାଆ ଆଉ ଖାଇଲା ନାହିଁ।

ଆମ ଭାଇ ଭଉଣୀଙ୍କର ମଧ୍ୟ ବହୁତ ମନ ଦୁଃଖ ହେଲା।

ରାତିରେ ବାପା ଅଫିସରୁ ଆସିଲା ବେଳେ, ଆମର ଓ ମାଆର ମନର ବେଦନା ବୋଧେ କେମିତି ଠାକୁରଙ୍କ କୃପାରୁ ଜାଣି ପାରିଥିଲେ, ରାତିରେ ଅଣ୍ଡା କଷା ଓ ରୁଟି ଖାଇବା ପାଇଁ ୧୨ ଟି ଅଣ୍ଡା ଧରି ଆସିଥିଲେ। ଏହା ଦେଖି ଆମେ ଭାଇ ଭଉଣୀ ଖୁସିରେ ନାଚିଗଲୁ।

ଏହା ଶୁଣି ସାରିଆ କହିଲା, ହେ ମା... ଏ ଏମିତିକା ଲୋକ। ତାଙ୍କ ପାଇଁ ମାଆ ତେଣେ ଏତେ ବ୍ୟସ୍ତ ହୋଇ ମତେ ଆଉଥରେ ରୋଷେଇ କରାଇଲେ। ଏହା କହି ଚା କପଟିକୁ ଧରି ବଡ ପାଟିରେ ଡାକି ଡାକି ଯାଉଥିଲା, ମାଆ ତୁମ ଚାହା ଥଣ୍ଡା ହୋଇଗଲା ଶିଘ୍ର ଆସ, ବାକି କାମ ମୁଁ କରିଦେବି।

ସେତେବେଳକୁ କାକା ପ୍ରତ୍ୟାବର୍ତ୍ତନ କଲେଣି। ମା ଗରମ ଚା କପଟି ଧରି ଆସି ପହଞ୍ଚିଲେ ତାଙ୍କ ସହିତ ସାରିଆ ମଧ୍ୟ। ମୁଁ କିଛି ନ କହୁଣୁ ସାରିଆ କହିଲା ମାଆ ବାପା (ଆମ ବାପାଙ୍କୁ ସେ ବାପା ଡାକେ)ଙ୍କ ସାନ ଭାଇ ଆସିଥିଲେ କ'ଣ ପଳେଇଲେ। ଏହା ଶୁଣି ମୁଁ ମଧ୍ୟ ତା କଥାର ଉତ୍ତର ଚାହିଁବାରୁ ମା କହିଲେ ସେତେବେଳେ ଆମେ ଛୋଟ ଘରେ ରହିଥିଲୁ, ଆମର ବେଶି ଧନ ନଥିଲା ବୋଲି ତାଙ୍କ ବିଭାଘର ପରେ ତାଙ୍କ ସ୍ତ୍ରୀକୁ ନେଇ ବାହାରେ ରହୁଥିଲେ। ଏବେ ଆମର ନୂଆ ଘର ଦେଖି କହିଲେ ବହୁତ ଭଲ ଘର ହେଇଛି, ତୋ ଖୁଡୀଙ୍କ ସହ ଆସି ରହିହେବ କି ପଚାରୁଥିଲେ, ତାଙ୍କୁ ବାହାରେ ଘର ଭଡା ବେଶି ପଡୁଛି ସେଥିପାଇଁ।

ଏହା ଶୁଣି ମୁଁ ବିରକ୍ତ ଭାବ ପ୍ରକାଶ କରି କହିଲି, ଆଉ ଯେତେବେଳେ ଗୋଟେ ଅଣ୍ଡା ଆଣି ଖାଉଥିଲେ ସେତେବେଳେ ଆମ କଥା ମନେ ପଡୁନଥିଲା ବୋଧେ।

ଏହା ଶୁଣି ମାଆ କହିଲେ, "ଆରେ ମା.. ଏଇଟା ପରା ଜୀବନ ,କେତେବେଳେ ଖରା ତ କେତେବେଳେ ଛାଇ"। ତେଣୁ ସବୁ ସମ୍ଭବ।

ଆମେ ଦୁଇଜଣ କିଛି ବୁଝି ନପାରି ଦୁହେଁ ଦୁହିଁଙ୍କ ମୁହଁକୁ ଚାହିଁ ରହିଲୁ।

ମାଆ ପଣତ

ରୋହନ ଆଜି ଏକ ବହୁତଳ ପ୍ରାସାଦର ଏକ ବାଲକୋନୀରେ ବସି ରାସ୍ତାରେ ଯାଉଥିବା ଗାଡି ଗୁଡିକୁ ଦେଖିବାରେ ଲାଗିଛି। କେଉଁ ଗାଡିଟି ଆଗେଇ ଯାଉଛି ତ କେଉଁ ଗାଡିଟି ପଛେଇ ଯାଉଛି। ଏଇ ଆଗ ପଛ ଭିତରେ ଗୋଟେ ମଣିଷ ରାସ୍ତା ପାର ହେବା ପାଇଁ ବାରମ୍ବାର ଚେଷ୍ଟା କରି ବିଫଳ ହେଉଛି। ଅନେକ ସମୟ ଧରି ଏପରି ଚାଲିଲା। ଶେଷରେ ସେ ଲୋକଟି ସାଥିରେ ଥିବା ଅନ୍ୟ ଲୋକଟିର ହାତ ଛାଡି ଆଗକୁ ଆସି ରାସ୍ତା ପାର ହେବାରେ ସକ୍ଷମ ହୋଇଗଲା। ମାତ୍ର ଆର ଲୋକଟି ସେପଟେ ରହିଗଲା। ଆସିଲା ପରେ ସେ ଜାଣିପାରିଲା ଯେ ଏକା ଆସି କିଛି ଲାଭ ନାହିଁ କାରଣ ଆଗକୁ ଯିବାକୁ ହେଲେ ହାତ ଛାଡିଥିବା ଅନ୍ୟ ବନ୍ଧୁଙ୍କର ସାହାଯ୍ୟର ଆବଶ୍ୟକତା ରହିଛି। ଅନେକ ସମୟ ଅପେକ୍ଷା ପରେ ଅନ୍ୟ ବନ୍ଧୁ ଜଣକ ରାସ୍ତା ପାର ହୋଇ ଆସି ହସିହସି ଆଗ ଲୋକଟି ପାଖରେ ପହଞ୍ଚିଗଲା ଓ ଶେଷରେ ଉଭୟେ ଏକ ସଙ୍ଗେ ନିଜ ଗନ୍ତବ୍ୟ ସ୍ଥଳ ଅଭିମୁଖେ ପାଦ ଆଗକୁ ବଢେଇଲେ।

ଏହା ଦେଖି ରୋହନ ଆଖିରେ ଲୁହ ଜକେଇ ଆସିଲା।ମନେ ପଡିଗଲା ତାର ଅତୀତ ଯାହା ପାଇଁ ଆଜି ତାର ଜୀବନ ତିକ୍ତତାରେ ପରିପୂର୍ଣ୍ଣ।

ପିଲାଟି ଦିନରୁ ଚେସ୍ ଖେଳରେ ତାର ବହୁତ ମନଥିଲା। ଯେତେବେଳ ବାପା ତାକୁ ଚେସ୍ ବୋର୍ଡ ଆଣି ଦେଇଥିଲେ ସେବେଠାରୁ ତାର ଆଗ୍ରହ ବହୁତ ବଢିଯାଇଥିଲା। ଅନେକ ସମୟରେ ବିଶ୍ୱନାଥନ ଆନନ୍ଦଙ୍କ ଖେଳ ବସି ଦେଖୁଥାଏ। ମାଆଙ୍କର ଚେସ୍ ଖେଳରେ ଆଗ୍ରହ ଥିବାରୁ ଦୁହେଁ ବସି ଅନେକ

ସମୟ ଚେସ୍ ଖେଳନ୍ତି। ମାଆଙ୍କର ପ୍ରଚେଷ୍ଟାରେ ଅନେକ ସ୍ଥାନରେ ଖେଳିବାକୁ ଯାଇ ଅନେକ ପୁରସ୍କାର ଓ ମାନପତ୍ର ପାଇ ସମସ୍ତଙ୍କୁ ଗୌରବାନିତ୍ୱ କରିଥିଲା। ମାଆଙ୍କ ଆଙ୍ଗୁଳିଧରି ଧିରେ ଧିରେ ଉନ୍ନତିର ପାହାଚ ପରେ ପାହାଚ ଚଢ଼ି ଚାଲିଲା। ଶେଷରେ ଜାତୀୟ ଓ ଆନ୍ତର୍ଜାତୀୟ ସ୍ତରରେ ମଧ୍ୟ ଅନେକ କୃତିତ୍ୱ ହାସଲ କଲା। ସେହି ସମୟରେ ଦେଖାହୁଏ ଆନି ସହ। ଉଚ୍ଚ ବର୍ଗର ଧନୀଙ୍କ ମଧ୍ୟରେ ଅନ୍ୟତମ ଆନି। ତା ରୂପରେ ଆକର୍ଷିତ ହୋଇ ଓ ତାର ନାରେ ଆହୁରି ଉପରକୁ ଉଠିବା। ସେତେବେଳେ ଛାଡି ଚାଲିଲା ସେଇ ମାଆର ହାତ, ଯାହାକୁ ଧରି ସେ ଚାଲିବା ଆରମ୍ଭ କରିଥିଲା। ଶେଷରେ ଏପରି ହେଲା ନିଜର ମଧ୍ୟବିତ୍ତ ଚଳଣୀ ରୋହନକୁ ପସନ୍ଦ ହେଲାନାହିଁ। ଧନୀକ ଚଳଣୀ ପାଇଁ ଅନ୍ୟ ଏକ ବହୁତଳ ପ୍ରାସାଦ କିଣି ସେଠାରେ ରହିବାକୁ ଲାଗିଲା। ଅନେକ ଚାକର ଚାକରାଣୀ। ସମୟର ଅଭାବ। କେତେବେଳେ ପାର୍ଟି ତ କେତେବେଳେ ସେଲିବ୍ରେସନ। ସେତେବେଳେ ଆଉ ବିଶ୍ୱନାଥନ ଆନନ୍ଦ ମନେ ପଡନ୍ତି ନାହିଁ, ଯିଏକି ଦିନେ ତାର ପ୍ରେରଣା ଥିଲେ। ଯାହାକୁ ଦେଖି ତାର ଦିନ ଆରମ୍ଭ ହେଉଥିଲା। ପାଶ୍ଚାତ୍ୟ ସଭ୍ୟତାକୁ ଆପଣେଇ ମାଆର ପଣତ ଭୁଲିଗଲା ରୋହନ। ଆନି ତାକୁ ସମସ୍ତଙ୍କ ଠାରୁ ଦୂରେଇ ଧନ ଅର୍ଜନର ଏ ମାଧ୍ୟମ ଭାବେ ଆପଣେଇ ନେଲା। ଏପରିକି ବିବାହ ସମୟରେ ବାପାମାଆଙ୍କୁ ଭୁଲିଗଲା।

ଆଜି ଆନି ପାଖରେ ସମୟ ନାହିଁ। ସେ ତାର ବ୍ୟବସାୟ ଓ ସମ୍ପତ୍ତି ପଛରେ ଧାବମାନ। ପାଖରେ ନାହାଁନ୍ତି ବାପାମାଆ, ଯାହାର କୋଳରେ ମୁଣ୍ଡ ଦେଇ ଶାନ୍ତି ପାଇବ। ଏତେ ବଡ ପ୍ରାସାଦରେ ସେ ଏକା। ଖାଇବାକୁ ପାଶ୍ଚାତ୍ୟ ଖାଦ୍ୟ। ମାଆର ହାତରନ୍ଧା ଡାଲି ,ଭାତ ତାକୁ ସ୍ୱପ୍ନ।

ଅଣନିଃଶ୍ୱସୀ ହୋଇଯାଇଛି ରୋହନର ଜୀବନ। ପଛକୁ ଫେରିବାକୁ ଇଚ୍ଛା ଥିଲେ ବି ପାଦ ବଢେଇଲା ବେଳେ ପୁଣି ଫେରୁଛି ।

ଏହାହିଁ କ'ଣ ଧନୀକ ବର୍ଗର ଲୋକଙ୍କ ଚଳଣୀ। ଭଲ ଚେସ୍ ଖେଳାଳୀ ଭାବେ ଦେଖିବାକୁ ମାଆ ଚାହିଁଥିଲେ, ମାତ୍ର ଭୂଇଁରୁ ପାଦ ଟେକି ନଫେରିବାକୁ ମାଆ ଚାହିଁନଥିଲେ।

ଆଜି ଇଚ୍ଛା କଲେ ବି ଫେରିପାରୁନି ରୋହନ। ଏହା ତାର ନିଜସ୍ୱ ନିଷ୍ପତ୍ତି ନା ଆଉକିଛି। ତାର ଉତ୍ତର ଖୋଜୁଛି ଆଜିର ଚେସ୍ ଚାମ୍ପିୟାନ।

■

ଅନୁଭୂତି

ଆଜି ଡେରି ହୋଇଗଲା ଘରକୁ ଫେରିଲା ବେଳକୁ। ବିରକ୍ତ ବି ଲାଗୁଥିଲା। ସକାଳୁ କାହା ମୁହଁ ଚାହିଁଥିଲି ଜାଣିନି ମାତ୍ର ଦିନଟି ବହୁତ ଖରାପ ଗଲା ମାତ୍ର ଭଗବାନଙ୍କ ନିକଟରେ ଅଶେଷ ଧନ୍ୟବାଦ କାମଟି ହୋଇଗଲା। କଥାରେ କହନ୍ତି ସକାଳୁ ସକାଳୁ କାହାର ଅଧୁଆ ମୁହଁ ଯଦି ଚାହିଁଲେ ତେବେ ଦିନ ଯାକର କାମ ବେଙ୍ଗା ହୋଇଯାଏ। ଆଜି ବୋଧେ ଅଜାଣତରେ କାହାର ସେମିତି ମୁହଁ ଚାହିଁଛି ତେଣୁ ଯାବତୀୟ ଅସୁବିଧା ହେଇଛି।

ରାଗ ବି ଲାଗୁଛି ଓ ହସ ବି ।

ପିଲାଦିନେ ଜେଜେମାଆଙ୍କ ଠାରୁ ଓ ଟିଭିରେ ଅବୋଲକରା କଥା ଦେଖିବାକୁ ମୁଁ ଭାରି ଭଲପାଏ। ସେଥିରେ ଦେଉଥିବା ଗପ ମତେ ଯେତିକି ଭଲ ନଲାଗେ ତାର ଦୁଇ ପ୍ରମୁଖ ଚରିତ୍ର ପଣ୍ଡିତ ଗୋସେଇଁ ଓ ଧରମା (ଅବୋଲକରା)। ଅବୋଲକରାର ବୋକା ପରି କଥାବାର୍ତ୍ତା ଓ ସରଳ ମନୋଭାବ ମତେ ବେଶି ଆକର୍ଶିତ କରେ। ଯେତେବେଳେ ଦୂରଦର୍ଶନରେ ଆରମ୍ଭ ହୁଏ ମୋର ମନେ ଅଛି ମୁଁ ପ୍ରଥମରୁ ଅବୋଲକରାର କଥା ଓ ଗୋସେଇଁଙ୍କର ତାକୁ କହିବାର ଶୈଳି ଦେଖିବା ପର୍ଯ୍ୟନ୍ତ ଅପେକ୍ଷା କରି ରହିଥାଏ। ତାପରେ ଗପ ମଝିରେ ମଝିରେ ଉଠି ପଳାଏ। ତେଣୁ ଅବୋଲକରାର କଥାବାର୍ତ୍ତା ଓ ଜୀବନରେ କିଛି ନ ଜାଣି ପାରିବାର ଅନୁଭୂତି ମୋ ପାଇଁ ନିଆରା ଥିଲା। ବୋଧେ ତାର ପ୍ରତିଫଳନ ଆଜି ମତେ ଦେଖିବାକୁ ମିଳିଲା ମୋ ଜୀବନରେ। ମୁଁ ବୁଝିପାରିଲିନି ମୁଁ ଅବୋଲକରାର ଜୀବନ ଧାରଣ କରିନେଲି ନା ମତେ ସମୟ

ବାଧ କଲା। ଅନେକ ଦିନ ତଳେ ମୁଁ ଯେତେବେଳେ ସହର ବାହାରକୁ ଯାଇଥିଲି କୌଣସି ଗୁରୁତ୍ୱପୂର୍ଣ୍ଣ କାର୍ଯ୍ୟରେ ସେତେବେଳେ ମୋ ସହ ଦେଖା ହୋଇଥିଲେ ବିକାଶ ବାବୁ। ପ୍ରକୃତରେ ବିକାଶ ବାବୁ ଜଣେ ଜମି ଦଲାଲ। ମୋର ଚାକିରୀ ଓ ପରିବେଶ ଦେଖି ସେ ମୋ ସହ ବହୁମାତ୍ରାରେ ମିଶାମିଶି କରୁଥିଲେ। କହିବାକୁ ଗଲେ ପ୍ରତ୍ୟେକ ଦିନ ସନ୍ଧ୍ୟାବେଳେ ଆମ ଘର ସାମନା ବଗିଚାରେ ଏକ ଆସର ବସେ। ପାଖ ଆଖ ଅଞ୍ଚଳର କିଛି ଭଦ୍ର ବ୍ୟକ୍ତି ମଧ୍ୟ ଆସନ୍ତି। ଅନେକ ବିଷୟରେ ଆଲୋଚନା ହୁଏ। କିଛି ସମସ୍ୟାର ସମାଧାନ ମଧ୍ୟ ହୁଏ। ମୁଁ ମଧ୍ୟ ସେମାନଙ୍କ ଠାରୁ ଅନେକ କିଛି ଶିଖେ। ସେହି ସମୟରେ ଏକ ନୂଆ କମ୍ପାନୀ କିଛି ଜାଗା ନେଇ ତାର ଏକ ଫ୍ୟାକ୍ଟ୍ରି କରିବାର ଯୋଜନା ଶୁଣିବାକୁ ମିଳୁଥିଲା ମାତ୍ର ତାହା କେତେ ସତ କେତେ ମିଛ ଯିଏ କହିବା ତାକୁ ଜଣା। ଏମିତି ଭାବି ଆମେ ଚୁପ ରହିଲୁ। ଏହି କଥା ହେବାର କିଛି ଦିନ ପରେ ବିକାଶ ବାବୁ ଦିନେ ମୋ ଘରେ ଆସି ହାଜର। ହଠାତ୍ ତାଙ୍କୁ ଅସମୟରେ ଦେଖି ମୁଁ ଆଶ୍ଚର୍ଯ୍ୟ ହୋଇଗଲି ଓ କହିଲି, ଆରେ ଆପଣ କ'ଣ ଏ ଅସମୟରେ ଆମ ଘରେ କଣ ସନ୍ଧ୍ୟାବେଳେ ଆସିବେନି? ମୋ କଥା ଶୁଣି ସେ କହିଲେ, ନାଇଁ ଆଜ୍ଞା ଏକ ଜରୁରୀ କାମ ଥିଲା ତେଣୁ ଆସିଲି। ଭାବିଲି ଏକାନ୍ତରେ ଆପଣଙ୍କ ସହ କଥା ହେବି। ତାଙ୍କ କଥାଶୁଣି ମତେ ବି ଟିକିଏ ଅଡୁଆ ଲାଗିଲା। ବସିବାକୁ କହି ପଚାରିଲି କଣ କିଛି ଅସୁବିଧା ଅଛିକି। ସେ ଏକ ମୁରୁକି ହସ ଦେଖେଇ କହିଲେ ନାଇଁ ଆଜ୍ଞା ଆପଣ ଯୋଉଠି ଅଛନ୍ତି ସେଠି ଅସୁବିଧା କ'ଣ। କଥା କ'ଣ କି ଆପଣ ତ ଶୁଣିଥିବେ ଏକ କମ୍ପାନୀ ଆମ ଅଞ୍ଚଳରେ ଜାଗା ପବାକୁ ଯୋଜନା କରିଛି। ଏକଥା ବହୁତ କମ ଲୋକ ଜାଣିଛନ୍ତି। ମୁଁ କଣ କହୁଥିଲି କି ଯଦି ଆପଣ କିଛି ଜାଗା ଏଠି କିଣି ଦିଅନ୍ତେ ତେବେ ସେ କମ୍ପାନୀ ଆସିଲା ବେଳକୁ ଜାଗା ନେବା ପାଇଁ ଅପଣଙ୍କୁ ତିନି ଗୁଣ ପଇସା ମିଳନ୍ତା। ଏହା ଶୁଣି ମୁଁ ଟିକେ ବିରକ୍ତ ହୋଇ କହିଲି ଯେଉଁ କଥା ତୁମେ ଠିକ୍ ସେ ଜାଣିନ ସେ କଥା କାହିଁକି କହୁଛ। ସେ ସବୁରେ ମୋର କିଛି ଆବଶ୍ୟକତା ନାହିଁ। ତାପରେ ମୁଁ ଏଠି କେତେଦିନ ରହିବି ମୋର ଏ ସବୁ କିଏ ବୁଝିବ। ସେକଥା ହୋଇପାରିବନାହିଁ।

ବୋଧେ ମୋ କଥାରୁ କିଛି ଆସ୍ତିବାଚକତାର ବୋଧ ହେଲା ତାଙ୍କୁ, ସଙ୍ଗେସଙ୍ଗେ କହିଲେ ନାଇଁ ଆଜ୍ଞା ଆପଣ କିଛି ବୁଝିବା ଦରକାର ନାହିଁ ମୁଁ ସବୁ ବୁଝିବି। ଯଦି ଆପଣ ଏଠୁ ପଳାନ୍ତି ତେବେ ବି ଆପଣଙ୍କ ପ୍ରାପ୍ୟ ସମୟ ହେଲେ

ମୁଁ ଆପଣଙ୍କୁ ଜଣେଇଦେବି। ଆପଣ ଖାଲି ହଁ କଲେ ହେଲା। ମଣିଷ ମାତ୍ରକେ ଲୋଭ। ବିରକ୍ତ ଭାବ ପ୍ରକାଶ କରି ମୁଁ କହିଲି ତେବେ ଜାଗା ଠିକ ତ । ନା ମୋ ଠାରୁ ଭୁଲେଇ ପଇସା ନେଇଯିବ। ଏହା ଶୁଣି ସେ କହିଲେ, ଆଜ୍ଞା କୋର୍ଟ କାଗଜରେ ଲେଖାପଢା ହେବ। ତେଣୁ ଅବିଶ୍ୱାସ କଥା କୋଉଠୁ ଆସିବ। ହଉ କହି ପାଞ୍ଚଲକ୍ଷ ଟଙ୍କା ତାଙ୍କୁ ଦେଲି। ତାଙ୍କ କହିବା ଅନୁସାରେ ଛ ମାସ ଭିତରେ ମତେ ପନ୍ଦର ଲକ୍ଷ ଟଙ୍କା ମିଳିବ। ମୁଁ ବି ଖୁସି। ଯାହା ହେଉ ବସି ବସି ଏତେ ପଇସା ମିଳିଯିବ।

କିଛି ଦିନ ଗଲା। ଅବଶ୍ୟ କହିବା ମୁତାବକ କୋର୍ଟ କାଗଜ ସହ ମତେ ବିକାଶ ବାବୁ ଜାଗା ଦେଖେଇ ଆଣିଲେ ଏବଂ କହିଲେ, ଏ ବାବଦରେ ବିଶେଷ କାହା ଆଗରେ କହିବେ ନାହିଁ। ମୁଁ ମଧ୍ୟ ଖୁସି। ଆଉ କାହିଁ କିଏ ମୋ ପରି ପଇସା ପାଇବ।

ବାସ୍ କିଛି ଦିନ କଟିଗଲା। ମୋର ସ୍ଥାନାନ୍ତର ହୋଇଗଲା। ଏ ଭିତରେ ମୁଁ ସେ ଜାଗା କଥା ଭୁଲି ଯାଇଥାଏ।

କଥାରେ ଅଛି ପରା ପାଖରେ ଅଧିକ ଅର୍ଥ ହେଲେ ତାହାର ହିସାବ ରହେ ନାହିଁ। ତାହା ହିଁ ହେଲା।

ଦିନକର କଥା ନୂଆ ସ୍ଥାନରେ ମୁଁ ଅଫିସରେ ବସିଥିଲା ବେଳେ ମୋର ଜଣେ ସହକର୍ମୀ ଆସି ଖୁସି ହୋଇ କହିଲେ, ବୁଝିଲେ ଆଜ୍ଞା କିଛି ଦିନ ତଳେ ଏକ ଯାଗା କିଣିଥିଲି ସ୍ୱଳ୍ପ ମୂଲ୍ୟରେ ଯାହାର ଆଜି ଦୁଇଗୁଣ ପଇସା ମତେ ମିଳିଗଲା। ଘରଟି ଅଧା ଥିଲା ଶେଷ କରିଦେବି। ତାଙ୍କ କଥା ଶୁଣି ମୋର ମନେ ପଡିଗଲା ମୋ ପାଞ୍ଚ ଲକ୍ଷ କଥା। ତାଙ୍କ ଠାରୁ ସବିଶେଷ ବୁଝେ ତ ମୁଁ ଯେଉଁ ସ୍ଥାନରେ ଥିଲି ସେଠାର କଥା କହୁଛନ୍ତି। ସଙ୍ଗେ ସଙ୍ଗେ କାଳ ବିଳମ୍ବ ନକରି ବିକାଶ ବାବୁଙ୍କ ପାଖକୁ ଫୋନ ଲଗେଇଲି। ପ୍ରଥମେ ତ ସେ ଜାଣିପାରିଲେ ନାହିଁ ତା ପରେ ଜାଣିପାରିଲେ। ତାଙ୍କୁ ସବୁ କଥା ପଚାରିବାରେ ସେ ଯାହା କହିଲେ ମୋର ମୁଣ୍ଡ ଖରାପ ହୋଇଗଲା।

ସେ କହିଲେ ଆପଣ ଯେଉଁ ଯାଗା କିଣିଥିଲେ ସେ ସ୍ଥାନ ପୂର୍ବରୁ କିଛି ଦୂର

ପର୍ଯ୍ୟନ୍ତ ସେମାନେ ଜାଗା ନେଲେ। ଆପଣଙ୍କ ଜାଗା ପଡିଲା ନାହିଁ। ତେବେ ଯଦି ଆପଣ କହିବେ ମୁଁ କଥା ହେଇ ତାଙ୍କୁ ଜାଗାଟା ଦିଆ କରେଇ ଦେବି। ମାତ୍ର କିଣା ମୂଲ୍ୟରେ ଆପଣ ପଇସା ପାଇବେ। ଏହା ଶୁଣି ମୋତେ ଆଉ କିଛି ବୁଦ୍ଧି ବାଟ ଦିଶିଲା ନାହିଁ। ମତେ ପୁରା ଲାଗିଲା ଅବୋଲକରା କାହାଣୀରେ ଯେମିତି ଗୋସେଇଁ ଅବୋଲକରାକୁ କଥା କହି ଭଣ୍ଡେଇ ଦେଉଥିଲେ ଠିକ ସେମିତି କଥା ମୋ ସହ ହେଉଛି।

ଆଉ ଦ୍ୱିତୀୟ ଚିନ୍ତା ନକରି ହଁ ଭରିଲି, କାରଣ ମୂଳ ତ ମିଳୁ। ତେଣୁ ସିଧା ସକାଳୁ ଉଠି ଧାଇଁଲି ସେଠାକୁ ପହଞ୍ଚି ଫୋନ କଲାରୁ ସେ ବ୍ୟକ୍ତି ଜଣକ କହିଲେ ଅମୁକ ଜାଗାକୁ ଆସନ୍ତୁ ମୁଁ ଯାଉଛି।

"ପକା କମ୍ବଳ ପୋତ ଛତା, ବସ ଅବୋଲକରା କହିବି କଥା" ପରି ତା କଥାକୁ ମାନି ଚାଲିଲି।

ଅପେକ୍ଷା ପରେ ଅପେକ୍ଷା। ଏବେ ଏଇ ସ୍ଥାନରେ ତ କେବେ ସେଇ ସ୍ଥାନରେ। ଏମିତି ସନ୍ଧ୍ୟା ହୋଇଗଲା। ବିରକ୍ତ ହୋଇ ଶେଷରେ କହିଲି ଅବୋଲକରା ପରି ମୁଁ ଏଠାରେ ବସିଲି, ଯେମିତି ମୋ ପାଖରୁ ପଇସା ନେଇଥିଲ ସେମିତି ଆଣି ଫେରେଇ ଦିଅ ନହେଲେ ମୁଁ ଏଠୁ ଉଠିବିନି ପରବର୍ତ୍ତୀ ପରିସ୍ଥିତି ତୁମେ ବୁଝିବ। ଅବୋଲକରାର ପନ୍ଥା ଧରିଲି। ବୋଧେ ବିକାଶ ବାବୁ ମୋ କଥାର ଗୁରୁତ୍ୱ ବୁଝିଗଲେ।

କିଛି କ୍ଷଣ ପରେ ମତେ ମୋ ପଇସା ଆଣି ଫେରେଇଲେ।

ଓହୋ ମୋ ପଇସା ଫେରି ପାଇ ମୁଁ ଟିକେ ଶାନ୍ତିରେ ନିଃଶ୍ୱାସ ନେଲି ଓ ଘରକୁ ଫେରିଲି।

ମନେ ମନେ ଭାବୁଥାଏ ବେଳେବେଳେ ଅବୋଲକରା ଭଳି ବୋକାର ଅଭିନୟ ବହୁ ବିପତ୍ତିରୁ ଉଦ୍ଧାର କରିଦିଏ।

ଆତ୍ମ ଚିନ୍ତନ

ଆଜି ବିଶ୍ୱମହିଳା ଦିବସ। ଅନେକ ଆଡୁ ଅନେକ ବାର୍ତ୍ତା, ଶୁଭେଚ୍ଛା। ଫେସବୁକ ଓ ଅନ୍ୟ ସୋସିଆଲ ମିଡିଆରେ ରଙ୍ଗ ବିରଙ୍ଗର ଚିତ୍ର ସହ ମହିଳା ଦିବସର ବାର୍ତ୍ତା ଭରି ହୋଇଯାଇଛି। ଅନେକ ସ୍ଥାନରେ ବିଭିନ୍ନ କାର୍ଯ୍ୟକ୍ରମ ମଧ୍ୟ ଆୟୋଜିତ ହୋଇଛି।

ଏମିତି ଏକ କାର୍ଯ୍ୟକ୍ରମରେ ମତେ ମଧ୍ୟ ଯୋଗ ଦେବାପାଇଁ କୁହାଯାଇଥିଲା। ମୁଁ ମଧ୍ୟ ଖୁସିରେ ବିଭୋର ହୋଇଗଲି।

ଆରେ ନହେବି କେମିତି, ଅନେକ ଲୋକ ଥିବେ। ବିଭିନ୍ନ କାର୍ଯ୍ୟକ୍ରମ ହେବ। ତା' ଉପରେ ପୁଣି ନାରୀ ଦିବସ। ଆଜିର ଦିନରେ ଟିକେ ଭାଉ ଅଧିକ ରହିବ। ତେଣୁ ସକାଳୁ ସକାଳୁ ସଜବାଜ ହୋଇ ଚାଲିଲି।

ଯଥା ସ୍ଥାନରେ ପହଞ୍ଚି ଦେଖିଲି ଅତି ସୁନ୍ଦର ସାଜସଜ୍ଜା। ଦେଖି ମୁଗ୍ଧ ହୋଇଗଲି। ମନେ ମନେ ଭାବିଲି ଆଜି ମୋ ଷ୍ଟାଟସକୁ ଭରି ଦେବି ଫଟୋରେ। ମୋ ସାଙ୍ଗମାନେ ବି ଟିକେ ଦେଖନ୍ତୁ ମୁଁ କେମିତି ମହିଳା ଦିବସ ପାଳନ କରିଛି।

ଏମିତି ଅନେକ ଭାବି ଭାବି ନିଜକୁ ଟିକେ ଠିକ୍ କରିନେଇ ଭିତରକୁ ଗଲି। ବାହାର ଅପେକ୍ଷା ଭିତର ଆହୁରି ସୁନ୍ଦର ଥିଲା। ତାଜା ସତେଜ ଫୁଲର ମହକରେ ପୁରା ଅଡିଟୋରିୟମ ମହକି ଉଠୁଥିଲା।

ଅନେକ ଚିହ୍ନା ପରିଚିତ ଦେଖା ହେଲେ ସମସ୍ତେ ସମସ୍ତଙ୍କୁ ଶୁଭେଚ୍ଛା ବାର୍ତ୍ତା ଦେବାରେ ତିଳେ ମାତ୍ର ଅବହେଳା କରୁନଥିଲେ। ମୁଁ ମଧ୍ୟ ସେଥିରୁ ବାଦ୍ ଯିବି କେମିତି। ମୁଁ ମଧ୍ୟ ଅନେଙ୍କୁ ଶୁଭେଚ୍ଛା ଜଣେଇ ଯାଇ ଆଗରେ ପଡିଥିବା ଚୌକିରେ ବସିଗଲି।

କିଛି ସମୟ ବସିଛି କାର୍ଯ୍ୟକ୍ରମ ଆରମ୍ଭ ହେଲା। ମୁଖ୍ୟ ଅତିଥିଙ୍କୁ ସମସ୍ତେ ଅପେକ୍ଷାରତ ଥିଲେ। ସେ ଯେମିତି ଆସିଲେ ମଞ୍ଚ ଉପରୁ ଜଣେ ମହିଳା ଧାଇଁ ଆସି ମତେ କହିଲେ, ମ୍ୟାଡାମ ଏ ଧାଡିଟି ମୁଖ୍ୟ ଅତିଥି ଓ ବକ୍ତାମାନଙ୍କ ପାଇଁ ଉଦ୍ଦିଷ୍ଟ, ଆପଣ ଟିକେ ପଛ ଧାଡିରେ ବସନ୍ତୁ। ମହିଳା ଜଣଙ୍କର କଥା ଶୁଣି ଟିକେ ଅଡୁଆ ଲାଗିଲା । ଠିକ୍ ଅଛି କହି ପଛ ଧାଡିରେ ଯାଇ ବସିଲି। ମନରେ ଆଗ୍ରହ ବଢିଲା ମୁଖ୍ୟ ଅତିଥି ଓ ବକ୍ତାଙ୍କୁ ଦେଖିବା ପାଇଁ।

ଆରେ ଏ କ'ଣ, ଏ ଜଣଙ୍କ କ'ଣ ମୁଖ୍ୟ ଅତିଥି। ଏ ତ ଆମ ସାହିର ପଣ୍ଡା ବାବୁ। ଯିଏକି ଏବେ ବ୍ୟାଙ୍କରେ କାର୍ଯ୍ୟ ରତ। ଏ ତେବେ ଆଜିକାର ମୁଖ୍ୟ ଅତିଥି।

ମନରେ ଧାରଣା ନଥିଲା ଏପରି ବ୍ୟକ୍ତିତ୍ୱଙ୍କ ଗହଣରେ ଆଜିର ଦିନ କାଟିବାକୁ ପଡିବ ବୋଲି।

ଆସିଛି ଯେବେ ରହିବାକୁ ତ ପଡିବ।

ମୁଖ୍ୟ ଅତିଥି ଓ ବକ୍ତାମାନଙ୍କୁ ମଞ୍ଚ ଉପରକୁ ସ୍ୱାଗତ କରାଗଲା। କରତାଳିରେ ପୁରା ଅଡିଟୋରିୟମ କମ୍ପି ଉଠୁଥାଏ।

ସେହି କମ୍ପନ ଭିତରେ ମତେ ଶୁଣାଗଲା ତିନିଦିନ ତଳେ ତାଙ୍କ ଘରୁ ଆସିଥିବା ଆର୍ତ୍ତଚିତ୍କାର। ସନ୍ଧ୍ୟା ସମୟ। ତାଙ୍କ ପୁଅର ବାହାଘର ଅଳ୍ପଦିନ ହେବ ହୋଇଛି। ବୋହୂ ତାଙ୍କର ପାଠୋଇ ହେଲେ ମଧ୍ୟ ସ୍ୱାବଲମ୍ବୀ ନୁହେଁ। ଶାଶୁଘରକୁ ନିଜ ଘର ଭାବିବ ବୋଲି ମାଆ ତାର ସିଖେଇ ପଠେଇଛି। ସେ ମଧ୍ୟ ତାକୁ ଅକ୍ଷରେ ଅକ୍ଷରେ ପାଳନ କରୁଛି।

ଦିନକର କଥା.. ମୁଁ ଛାତ ଉପରେ କିଛି କାମରେ ଥାଏ ତା ସହ ଦେଖାହେଲା।

ସେ ମଧ୍ୟ ଉପରକୁ କିଛି କାମରେ ଯାଇଥାଏ। ନୂଆ ବୋହୂ ମନରେ ଅନେକ ଉତ୍ସାହ ଓ ଉଦ୍ଦୀପନା ରହିବା କଥା ମାତ୍ର ତା ମନର ନିରସତାକୁ ମୁଁ ବୁଝିପାରି ତାକୁ ପଚାରିଦେଲି, କ'ଣ ମନ ଦୁଃଖ ଅଛି, ବାପାମାଆଙ୍କ କଥା ମନେ ପଡୁଛି ବୋଧେ।

ମୋ କଥା ଶୁଣି ଭୋ ଭୋ କାନ୍ଦି ପକେଇଲା।

ମୋ ପାଟିରୁ ବାହାରି ଆସିଲା, ଆରେ ଆରେ ଏମିତି କାନ୍ଦୁଛ କ'ଣ, କ'ଣ ହେଲା ?

ତରବର ହୋଇ ଲୁହକୁ ପୋଛି କହିଲା ଟିକେ ଆପଣଙ୍କ ଫୋନ୍ ଦିଅନ୍ତେନି ମାଆ ପାଖକୁ ଫୋନ୍ କରନ୍ତି। ତା କଥା ଶୁଣି ଟିକେ ଅଡୁଆ ଲାଗିଲା। ତଥାପି ଫୋନଟି ବଢେଇ ଦେଲି।ଫୋନଟି ଧରି ଯେଉଁ ବିକଳତାର ସହ ସେ ନମ୍ବର ଲଗେଇଲା ମୁଁ ଆଶ୍ଚର୍ଯ୍ୟ ହୋଇଗଲି। ସତେ ଯେମିତି ଦୀର୍ଘ ଦିନ ବନ୍ଦୀ ଜୀବନ କାଟିଲା ପରେ ଆଜି ସେ ମୁକ୍ତ ହୋଇଛି।

ଫୋନରେ ତାର ଗୋଟିଏ ପଦ କଥା, ମାଆ ତୁ ଶିଘ୍ର ବାପାଙ୍କୁ ଧରି ଆସେ।

ବାସ୍ ସେତିକିରେ ଫୋନ୍ କାଟିଦେଇ ମତେ ଧନ୍ୟବାଦଟିଏ ଦେଇ କାହାକୁ ନ ଜଣେଇବାକୁ ଅନୁରୋଧ କରି ତରତର ହୋଇ ସେଠାରୁ ପଳେଇଲା।

ମୁଁ ମଧ୍ୟ ବ୍ୟସ୍ତରେ ଥିଲି ବୁଝିପାରିଲିନି ମୋ କାମରେ ଆଗେଇଲି।

କିଛି ଦିନପରେ ତାଙ୍କ ଘରୁ ଏକ ଚିତ୍କାର ଶୁଣାଗଲା। ମୁଁ ହଠାତ୍ ଡରିଗଲି। ଏ ପ୍ରକାର ଚିତ୍କାର। କାହାର କ'ଣ ହେଲା। ଭାବିଲି ପଣ୍ଡା ବାବୁଙ୍କ ଧର୍ମପତ୍ନୀ ଟିକେ ମୋଟାଲୋକ ପଡିଗଲେକି। ଏମିତି ଭାବି ତଳକୁ ଧାଇଁଲି। ଯାଇ ଦେଖେତ ତାଙ୍କ ବୋହୁର ହାତ ପୋଡିଯାଇଛି ଏବଂ ସେ ଯନ୍ତ୍ରଣାରେ ଛଟପଟ ହେଉଛି। ପଣ୍ଡା ବାବୁ ଓ ତାଙ୍କ ସ୍ତ୍ରୀ ସୋଫା ଉପରେ ବସି କହୁଛନ୍ତି କ'ଣ ହେଲା ଚିଆଁ ଟିକେ ତ ଲାଗି ଯାଇଛି, ଏତେ ଚିତ୍କାର କାହିଁକି କରୁଛୁ। ଲୋକେ କ'ଣ ଭାବିବେ, ଆମେ ବୋହୁକୁ ଯନ୍ତ୍ରଣା ଦେଉଛୁ। ସେତେବେଳକୁ ସେ କଷ୍ଟରେ ଛଟପଟ ହୋଇ ତଳେ

ଗଡୁଛି। ମୁଁ ଧଡପଡ ଯାଇ ତାକୁ ଧରି କିପରି ସେ ଯନ୍ତ୍ରଣା ମୁକ୍ତ ହେବ ତାର ବ୍ୟବସ୍ଥା କଲି। ପଣ୍ଡା ବାବୁଙ୍କ ସ୍ତ୍ରୀ ମତେ କହିଲେ, ନାଇଁ ମ ସେମିତି କିଛି ହୋଇନି ତୁମେ ବ୍ୟସ୍ତ ହୁଅନି । ସେ ଆପେ ଭଲ ହୋଇଯିବ। ତାଙ୍କ ବୋହୁର ଡାହାଣ ହାତ କହୁଣୀ ପର୍ଯ୍ୟନ୍ତ ପୋଡିଯାଇଥିବା ଦେଖି ମୁଁ କହିଲି, ଆପଣ ବରଫ ଦିଅନ୍ତୁ ମୁଁ ଔଷଧ ଆଣି ଦେଉଛି। ବୟସରେ ବଡ ତେଣୁ ଅଧିକ କିଛି କହି ହେଲାନି।

ଔଷଧ ଲଗେଇବା ସମୟରେ ସେ କେବଳ ମତେ ଏତିକି କହିଲା ଯୌତୁକରେ କମ ହୋଇଯାଇଛି ବୋଲି ରାଗରେ ମାଆ ମୋ ହାତକୁ ଗ୍ୟାସ ଚୁଲାରେ ଟାଣି ନେଇ ଜଳେଇବାକୁ ଚେଷ୍ଟା କରୁଥିଲେ, ମୁଁ ଚିତ୍କାର କରିବାରୁ ଛାଡିଦେଇ ଯାଇ ସୋଫାରେ ବସିଲେ। ବାହାଘର ଦିନଠୁ ମୋ ବାପା ମାଆଙ୍କ ସହ କଥା କରେଇ ଦେଉନାହାଁନ୍ତି।

ଏତିକି ଶୁଣି ମୁଁ ଯଥାଶିଘ୍ର ସେଠାରୁ ଆସି ଯେଉଁ ନମ୍ବରରେ ସେ ତା ମାଆକୁ ଫୋନ୍ କରିଥିଲା ସେହି ନମ୍ବରରେ ଫୋନ କରି ତା ମାଆ ବାପାଙ୍କୁ ସବୁ କଥା କହି ତୁରନ୍ତ ଆସି ତାଙ୍କ ଝିଅକୁ ନେଇଯିବା ପାଇଁ କହିଲି। ସେମାନେ ମଧ୍ୟ ଏ କଥା ଶୁଣି ସଙ୍ଗେ ସଙ୍ଗେ ଆସି ଝିଅକୁ ଦେଖି ଡାକ୍ତର ଦେଖେଇବା ବାହାନାରେ ଝିଅକୁ ନେଇ ଯାଇଛନ୍ତି ଯେ ସେବେଠୁ ସେ ଆଉ ଫେରିନାହିଁ।

ଆଉ ସେହି ବ୍ୟକ୍ତି ଆଜି ମଞ୍ଚ ଉପରେ ନାରୀଙ୍କୁ ସମ୍ମାନିତ କରିବାକୁ ନିମନ୍ତ୍ରିତ ହୋଇଛନ୍ତି। ବାଃ.. ରେ ଦୁନିଆ।

କିଛି ଭଦ୍ର ମୁଖାପିନ୍ଧା ବ୍ୟକ୍ତିବିଶେଷଙ୍କ ପାଇଁ ସମାଜରେ ନାରୀ ଆଜି ଉନ୍ନତିର ଶିଖର ଚଢି ମଧ୍ୟ ଅନେକ ପାହାଚର ତଳେ ଅଛି।

ପ୍ରକୃତିସ୍ଥ ହେଲି କୋଳାହଳ ଶୁଣି। କରତାଳିରେ ପ୍ରକମ୍ପିତ ହେଉଥିଲା ଚତୁର୍ଦ୍ଦିଗ। ଅତିଥିଙ୍କ ନାରୀମାନଙ୍କ ଉପରେ ଥିବା ଭାଷଣଟି କୁଆଡେ ବହୁତ ହୃଦୟସ୍ପର୍ଶୀ ଥିଲା।

ମନଟା ବିଦ୍ରୋହ କରି ଉଠୁଥିଲା ମାତ୍ର ପରିସ୍ଥିତି ବାଧ୍ୟ କଲା ଚୁପ ରହିବାକୁ।

ଭଦଭଦଳିଆ ରୂପକ ଏ ମାନବ ନିଜ ସ୍ୱାର୍ଥ ପାଇଁ କେତେ ଯେ ମୁଖା ପିନ୍ଧିପାରେ ତାହା କହିବା ଅସମ୍ଭବ।

■

ମିଥ୍ୟା ଅହମିକା

ବିନତି ଦେବୀ ଆଜି ନିଶ୍ଚଳ ପ୍ରାୟ ହୋଇଯାଇଛନ୍ତି ସୁକନ୍ୟାକୁ ଦେଖି। ସୁକନ୍ୟା ବିନତି ଦେବୀଙ୍କର ଏକ ମାତ୍ର ଅଲିଅଳି ଝିଅ। ସେ ଜନ୍ମ ହେବା ଦିନଠାରୁ ତାଙ୍କ ଘରର ଉନ୍ନତି ହୋଇ ଚାଲିଛି। ସେବେଠାରୁ ସେ କେବେ ପଛକୁ ବୁଲି ଚାହିଁ ନାହାଁନ୍ତି। ସୁକନ୍ୟାକୁ ଯିଏ ଦେଖେ ଘଡିଏ ଚାହିଁ ରହେ। ଏତେ ସୁନ୍ଦର। ସତରେ କ'ଣ ଏତେ ସୁନ୍ଦର ଝିଅ ଅଛନ୍ତି। ଯିଏ ଦେଖେ ତା ପାଟିରୁ ଏହାହିଁ ପ୍ରଥମ ଶବ୍ଦ ବାହାରେ। ସେଥିପାଇଁ ବିନତି ଦେବୀ ମନେ ମନେ ବହୁତ ଗର୍ବ କରନ୍ତି।

ମୋର ମନେ ଅଛି ଯେଉଁ ଦିନ ଦେବଦାସ ଚଳଚ୍ଚିତ୍ର ଦେଖିବା ପାଇଁ ଯାଇଥିଲୁ ସେହିଦିନ ସେ ସିନେମା ହଲରେ ହିଁ କହିଥିଲେ ପାରୋ ଠାରୁ ବି ମୋ ଝିଅ ସୁନ୍ଦର । ତାର ଯଦି ତା ସୁନ୍ଦରତାକୁ ନେଇ ଏତେ ଗର୍ବ ତେବେ ମୋର କି ମୋ ଝିଅ ବଡ ହେଲେ ତାର କାହିଁକି ନ ହେବ। ସେଦିନ ସୁକନ୍ୟା ଦଶ କି ବାର ବର୍ଷର ହୋଇଥିଲା। ଦେବଦାସ ଚଳଚ୍ଚିତ୍ରର ଐଶ୍ୱର୍ଯ୍ୟା ରାୟର ପାର୍ବତୀ(ପାରୋ) ର ଅଭିନୟ ଏତେ ନିଖୁଣ ଥିଲା ଯେ ତାହା ସୁକନ୍ୟାର ମନ ଭିତରେ ଏକ ପ୍ରକାର ଘର କରିଯାଇଥିଲା। କେଜାଣି କାହିଁକି ସବୁବେଳେ ସେ ତାରି ସୁନ୍ଦରତାକୁ ନିଜ ସହ ତୁଳନା କରେ। ବିନତି ଦେବୀ ମଧ୍ୟ ତ କଥାକୁ ସମର୍ଥନ କରି ତାକୁ ମୁହଁ ଦିଅନ୍ତି। ଏତେ ସେ ପାରୋର ଚରିତ୍ରକୁ ଭଲପାଇ ବସିଲା ଯେ ବେଳେବେଳେ ନିଦରେ ବି ତା ସୁନ୍ଦରତାକୁ ବର୍ଣ୍ଣନା କଲା।

ଧିରେ ଧିରେ ସମୟ ଗଡିଲା ତା ସହ ବୟସ ବି। ପ୍ରକୃତରେ ପୂର୍ଣ୍ଣିମାର ଚାନ୍ଦ ପରି ସୁକନ୍ୟାର ସୁନ୍ଦରତା ବଢି ବଢି ଚାଲିଲା ତା ସହ ତାର ଗର୍ବ। ସେହି

ଭିତରେ ନିଜକୁ ସଜେଇବାରେ ସେ ଏତେ ବ୍ୟସ୍ତ ରହିଲା ଯେ ପାଠ ପଢିଲା ନାହିଁ କି ପଢିବା ପାଇଁ ଇଚ୍ଛା କଲା ନାହିଁ। ବିନତି ଦେବୀ ମଧ୍ୟ ତା ପାଠରେ ଧ୍ୟାନ ଦେଲେ ନାହିଁ। ସଦା ସର୍ବଦା କହିଲେ ମୋ ଝିଅର ପାଠ କଣ ହେବ ତାକୁ ତ ବାହା ହେବା ପାଇଁ ବର ଅନେଇ ବସିଛନ୍ତି। ତଙ୍କର ଏପରି କଥା ଧିରେ ଧିରେ ସମସ୍ତଙ୍କୁ ଖରାପ ଲାଗିଲା। ସେପଟେ ସୁକନ୍ୟା ତା ସାଙ୍ଗମାନଙ୍କ ସହ ସଦା ସର୍ବଦା ନିଜ ସୌନ୍ଦର୍ଯ୍ୟ ଚର୍ଚ୍ଚାରେ ବ୍ୟସ୍ତଥାଏ। ପାରୋ ଚରିତ୍ରଟି ତାର ମନକୁ ଏପରି ପାଇଥିଲା ଯେ ସେ ଚଳଚ୍ଚିତ୍ରର ପ୍ରତିଟି ମୁହୂର୍ତ୍ତ ଯେଉଁ ଠି ସେ ଅଭିନୟ କରିଛି ତାକୁ ମୁଖସ୍ତ କରି ସେହି ପ୍ରକାରେ ଅଭିନୟ କରିଦେଉଥିଲା। ଅନେକ ସମୟରେ ତା ସାଙ୍ଗମାନେ କୁହନ୍ତି, ତୁ ଯାଆ ସେହି ଚଳଚ୍ଚିତ୍ରରେ ଅଭିନୟ କରିବୁ। ଏହା ଶୁଣି ତା ମନ କୁଣ୍ଢେମୋଟ ହୋଇଯାଏ। ବିବାହ ସମୟ ଆସିଲା। ବର ଖୋଜା ଚାଲିଲା। ପ୍ରଥମେ ପ୍ରଥମେ ଭଲ ଘରର ପ୍ରସ୍ତାବ ଆସିଲା ମାତ୍ର ପାଠ ନଥିବାରୁ ସେସବୁ ମନା କରିଗଲେ। ତାପରେ ବି କିଛି ମଧ୍ୟମ ଧରଣର ପ୍ରସ୍ତାବ ଆସିଲା ସେଥିରେ ବିନତି ଦେବୀ ମନା କରନ୍ତି କାରଣ ସବୁଠି ସୁକନ୍ୟାକୁ ଘର କାମ କରିବାକୁ ପଡିବ ବୋଲି ଜାଣି ପାରନ୍ତି ତେଣୁ କୁହନ୍ତି ମୋ ଝିଅର ସୌନ୍ଦର୍ଯ୍ୟ ନଷ୍ଟ ହୋଇଯିବ।

ଏସବୁ ବାଦେ ବି ଏକ ଭଲ ଘରର ପ୍ରସ୍ତାବ ଆସିଲା। ଏକ ମାତ୍ର ପୁଅ ଓ ମାଆ,ବାପା। ଘରେ ଜଣେ ମଧ୍ୟ ବୟସ୍କା ମହିଳା ଥାନ୍ତି କାମ କରିବା ପାଇଁ। ତେଣୁ ସେଠାରେ ବିନତି ଦେବୀ ରାଜି ହୋଇଗଲେ। ମାତ୍ର ପୁଅ ସ୍ୱଳ୍ପ ବେତନଭୋଗୀ କର୍ମଚାରୀ। ହଉପଛେ ସବୁ ରାଜି ହୋଇ ବିବାହ ଖୁବ ଭଲରେ ହେଲା। ସୁକନ୍ୟା ଶାଶୁ ଘରକୁ ଗଲା। ମାତ୍ର ଗଲା ବେଳେ ବିନତି ଦେବୀ ଏକ ମନ୍ତ୍ରଣା ଦେଲେ ଯେ ବିବାହର ପାଞ୍ଚ ବର୍ଷ ପର୍ଯ୍ୟନ୍ତ ସନ୍ତାନ କଥା ଧରିବୁନି ନହେଲେ ତୋର ସୌନ୍ଦର୍ଯ୍ୟ ନଷ୍ଟ ହୋଇଯିବ। ମାଆର କଥାଟି ଅକ୍ଷରେ ଅକ୍ଷରେ ପାଳନ କରୁଥିଲା ସୁକନ୍ୟା।

ବର୍ଷେ ଯାଇ ଦୁଇ ବର୍ଷ ହେଲା ମାତ୍ର ସୁକନ୍ୟାର କୋଳ ଶୂନ୍ୟ ଦେଖି ଲୋକେ କହିବା ଆରମ୍ଭ କଲେ। ଯେଉଁମାନେ ଶାଶୁଘରେ ତା ସୁନ୍ଦରତାକୁ ବଖାଣି ବଖାଣି ଥକୁନଥିଲେ ସେମାନେ ହିଁ କହିବା ଆରମ୍ଭ କରିଦେଲେ।

ସେତେବେଳକୁ ସ୍ୱାମୀ ଓ ସ୍ତ୍ରୀ ମଧ୍ୟରେ ବି ଏଇ କଥାକୁ ନେଇ ଝଗଡା

ଆରମ୍ଭ ହୋଇଯାଏ। ବାରମ୍ବାର ସୁକନ୍ୟାର ଗର୍ଭ ନଷ୍ଟ ହେଉଥିବାରୁ ଡାକ୍ତରଙ୍କ ପରାମର୍ଶ କଥା କହିଲେ ସୁକନ୍ୟା ଅରାଜି ହୁଏ। ତେଣୁ ଧିରେ ଧିରେ ଶାଶୁଘରର ସମସ୍ତେ କହିବା ଆରମ୍ଭ କଲେ। ଏପରି ଦିନେ ସେ ରାଗିକି ତାଙ୍କ ଘରକୁ ପଳେଇଆସିଲା।

ମାଆ ବିନତି ଦେବୀ ମଧ୍ୟ ତାର ପକ୍ଷ ନେଇ ଚୁପ ରହିଲେ। ଏପରି କହିଲେ ତୋ ସୁନ୍ଦରତାକୁ ଛାଡି ତୋ ଶାଶୁଘର ଲୋକ ରହିପାରିବେ ନାହିଁ ତୁ ବ୍ୟସ୍ତ ହେବୁନି। ଏପରି କିଛି ମାସ କଟିଲା। ଶାଶୁଘର ଲୋକ ଆସିଲେନି। ବଳେ ବଳେ ସୁକନ୍ୟା ତାଙ୍କ ଘରକୁ ଗଲା। କ୍ରମେ କ୍ରମେ ତା ମନରେ ବସା ବାନ୍ଧିଲା ଯେ, ତାର ପ୍ରିୟ ଚଳଚ୍ଚିତ୍ର ନାୟିକା ପାରୋର ଯେଉଁ ଅବସ୍ଥା ହେଲା ଓ ସେ ଯେଉଁ ଦୁଃଖ ଭୋଗକଲା ତାର ଅବସ୍ଥା ତାହା ହେବନି ତ! ଏମିତି ଭାବି ଏଥର ନିଜ ଜିଦିରୁ ଓହରିଲା। ମାତ୍ର ବିଧିର ବିଧାନ ବିଚିତ୍ର। ଯେତେ ଚେଷ୍ଟା କଲେବି ଯେଉଁ ଔଷଧ ସବୁ ଖାଇଥିଲା ତାର ପ୍ରଭାବରେ ସେ ଆଉ ମାଆ ହୋଇପାରିଲା ନାହିଁ। ମାତୃ ସୁଖରୁ ବଞ୍ଚିତ ହୋଇ ସେ ପାଗଳ ପ୍ରାୟ ହୋଇଗଲା। ଆଇନାରେ ତା ନିଜ ମୁହଁ ଯେତେବେଳେ ଦେଖେ ସେ କଳା ନାଲି ରଙ୍ଗ ଦେଇ ତାକୁ ବିକୃତ ରଙ୍ଗ କରି ମନେ ମନେ ହସେ ଓ କୁହେ ପାରୋଠୁ ମୁଁ ଆହୁରି ସୁନ୍ଦର।

ତାର ଏପରି ବ୍ୟବହାର ଦେଖି ବିନତି ଦେବୀ ତାକୁ ଘରକୁ ନେଇଗଲେ। ଅନେକ ବୈଦ ଓ ଡାକ୍ତର ଦେଖାଇଲେ ମାତ୍ର ତାର ବିକୃତପଣ ଆଉ ଠିକ ହେଲା ନାହିଁ।

ଯେତେବେଳେ ସେ ଦର୍ପଣ ଦେଖିଲା ସେତେବେଳେ ନିଜକୁ ବିକୃତ କରି ସଜେଇହେବା ଆରମ୍ଭ କରିଦିଏ।

ସେବେଠାରୁ ବିନତି ଦେବୀ ନିଜେ ମଧ୍ୟ ଦର୍ପଣ ଦେଖନ୍ତି ନାହିଁ ଓ ସବୁବେଳେ କୁହନ୍ତି ଏ ଦର୍ପଣଟା ଅଭିସପ୍ତ, ମୋ ଝିଅକୁ ନଜର ଲଗେଇଦେଲା। ମାତ୍ର ପ୍ରକୃତରେ ଅନ୍ତର ମଧ୍ୟରେ ସେ ନିଜକୁ ହିଁ ଏସବୁ ପାଇଁ ଦାୟୀ କରନ୍ତି।

ନୀଳ ଦିଦି

ନୀଳ ଦିଦି ଅଗଣାରେ ବସିଥିଲା ବେଳେ ହଠାତ୍ ରାମୁ ପିଅନ ଆସି ଡାକିଲା। ଦିଦି ଗାଁ ଲୋକ ସବୁ ଆସିଲେଣି, ସରପଞ୍ଚ ଡାକୁଛନ୍ତି ଆସନ୍ତୁ। ଏହା ଶୁଣି ନୀଳ ଦିଦି ଚାଲିଲେ ରାମୁ ପଛେ ପଛେ। ଏକ ଦୋଷୀ ପରି । ଦୋଷ କ'ଣ, ନା ସେ ଏକ ଅପୂର୍ଣ୍ଣା ନାରୀ। ମା ହେବାର ଗୌରବ ଅର୍ଜନ କରିପାରିନାହାଁନ୍ତି। ତା' ଉପରେ ଗାଁର ସବୁ ଝିଅଙ୍କୁ ପାଠ ପଢିବା ପାଇଁ କହୁଛନ୍ତି ଓ ସ୍ୱାବଲମ୍ବୀ ହେବାକୁ ପ୍ରୋତ୍ସାହିତ କରୁଛନ୍ତି। ସବୁରି ଉପରେ ଏକ ଦୋଷାରୋପ ତାଙ୍କ ଉପରେ ସେ ଏକ ଡାହାଣୀ। ଯାହାର ଛୁଆକୁ ଧରି କଥା ହେଉଛନ୍ତି ସେ ଆଉ ବାପା ମାଆଙ୍କ କଥା ମାନୁନି କେବଳ ନୀଳ ଦିଦି ପଛରେ ଧାଉଁଛନ୍ତି।

ଗାଁର ପୁରୁଖା ଶ୍ୟାମାଦେବୀ, ଯାହାର କଥା ଗାଁର ସମସ୍ତେ ମାନନ୍ତି। ତାଙ୍କ ଅଜ୍ଞାନତାରେ ସେ ସମସ୍ତଙ୍କୁ ବାନ୍ଧି ରଖିଛନ୍ତି। ନୀଳ ଦିଦି ଆସିବା ଦିନଠୁ ତାଙ୍କର ପ୍ରତିପତ୍ତି କମିବାରୁ ସେ ନୀଳ ଦିଦି ଉପରେ ଡାହାଣୀର ଛାପ ଦେଇ ଲୋକଙ୍କ ମନରେ ଅନ୍ଧବିଶ୍ୱାସର ବିଜ ଛାଡିଛନ୍ତି। ଏକଥା ଜାଣିଲେ ପାଖ ଗାଁରେ ରହୁଥିବା ଜନାର୍ଦ୍ଦନ ବାବୁ। ଯିଏକି ନୀଳ ଦିଦିକୁ ମନେ ମନେ ଅନେକ ପ୍ରଶଂସା କରନ୍ତି ମାତ୍ର ବୟସ ଓ ଜଣେ ଖ୍ୟାତି ସମ୍ପନ୍ନ ବ୍ୟକ୍ତି ଯୋଗୁଁ ସର୍ବଲୋକରେ କଥାବାର୍ତ୍ତା କରନ୍ତି ନାହିଁ। ମାତ୍ର ଆଜିର ଏ ଅନ୍ଧବିଶ୍ୱାସର ଜାଲକୁ ତେନାଲିରାମାର କାହାଣୀ ମହଲ ଭିତରେ ଭୂତର କାହାଣୀ ପରିସମାପ୍ତି କଲା ପରି ତାର ପୁନରାବୃତ୍ତି କରିବାର ଦୃଢ ନିଶ୍ଚିତ କଲେ। ମନରେ ରାମାକ୍ରିଷ୍ଣ ପରି ଡର ଥାଏ ମାତ୍ର କିଛି କରିବାର ଇଚ୍ଛା ବି ଥାଏ। ତେଣୁ ସେ ମଧ୍ୟ ବାହାରିଲେ।

ସମୟ ପୂର୍ବରୁ ସମସ୍ତେ ପହଞ୍ଚିଲେ। ସରପଞ୍ଚ ଜନାର୍ଦ୍ଦନ ବାବୁଙ୍କୁ ଦେଖି ଖୁସି ହେଲେ ମାତ୍ର ଶ୍ୟାମାଦେବୀ ମନରେ ଗାଳିଦେବା ଆରମ୍ଭ କରିଦେଲେ। ବିଚାର ଆରମ୍ଭ ହେଲା। ପ୍ରଥମରୁ ହିଁ ଶ୍ୟାମାଦେବୀ କହିଲେ, ଏ ନୀଳଦିଦି ଏକ କୁଲକ୍ଷଣୀ, ଡାହାଣୀ। ନିଜେ ସନ୍ତାନହୀନ ତେଣୁ ଏ ଗାଁର ସବୁ ପିଲାଙ୍କୁ ଖାଇବାକୁ ଏଠାକୁ ଆସିଛି ତାକୁ ଏ ଗାଁରୁ ବାହାର କର। ଏହା ଶୁଣି ସରପଞ୍ଚ କହିଲେ କାହାର କିଛି ପକ୍ଷ ରଖିବାର ଅଛି ଯଦି କୁହ ନହେଲେ ଏ ପଞ୍ଚାୟତ ଏବେ ଫଇସଲା ଶୁଣେଇବ। ଜନାର୍ଦ୍ଦନ ବାବୁ ଆରମ୍ଭ କଲେ ତାଙ୍କର ଦୋଷ କ'ଣ? ଗାଁର କିଛି ମହିଳା କହିଲେ ସେ ଆମ ଛୁଆଙ୍କୁ କ'ଣ କରିଛି ସେମାନେ ଆମ କଥା ନମାନି ବିଲକୁ ନଯାଇ ତା ପାଖକୁ ଯାଉଛନ୍ତି। ସେଠୁ ପିଲାମାନଙ୍କୁ ପଚାରିବାରେ ସେମାନେ ଉତ୍ତର ଦେଲେ ଯେ ସେମାନେ ନୀଳ ଦିଦିଙ୍କ ପାଖକୁ ପାଠ ପଢ଼ିବାକୁ ଯାଉଛନ୍ତି। ପାଠପଢ଼ି ସେମାନେ ବଡ ମଣିଷ ହେବେ। ନୀଳ ଦିଦି ପରି ଚାକିରି କରିବେ। ଏକଥା ଶୁଣି ସବୁ ଲୋକଙ୍କ ମୁହଁ ଚୁପ ହୋଇଗଲା। ତାପରେ ରହିଲା ଗାଁର ଝିଅମାନଙ୍କ କଥା। ସେମାନେ କହିଲେ ଯେ, ସେମାନେ ଏ ବାଲ୍ୟ ବିବାହ ପ୍ରଥା ଉଠାଇବାକୁ ଶପଥ ନେଇଛନ୍ତି ଯାହା ପାଇଁ ଆଜି ନୀଳ ଦିଦିଙ୍କର ଏ ଅବସ୍ଥା।

ଜନାର୍ଦ୍ଦନ ବାବୁ ଜାଣିବାକୁ ଚାହିଁଲେ ପ୍ରକୃତ କଥା କ'ଣ। ସେମାନଙ୍କ ମଧ୍ୟରୁ ଜଣେ କହିଲା, ଦିଦିଙ୍କର ବାଲ୍ୟ କାଳରେ ଜଣେ ପ୍ରୌଢ଼ ବ୍ୟକ୍ତିଙ୍କ ସହ ବାହାଘର ହୋଇଯାଇଥିଲା। ବାହାଘରର ଦୁଇଦିନରେ ତାଙ୍କର ଦେହାନ୍ତ ହୋଇଗଲା। ପ୍ରକୃତରେ ତାଙ୍କର ସମ୍ପତ୍ତି ପାଇଁ ତାଙ୍କ ବାପାମାଆ ଲୋଭରେ ନୀଳଦିଦିଙ୍କର ବିବାହ କରାଇଥିଲେ। ସେବେଠାରୁ ସେ ଘରଛାଡି ଚାଲିଆସିଛନ୍ତି। ତେଣୁ ସେ ମାତୃତ୍ୱର ସୁଖ ଭୋଗକରି ପାରିନାହାନ୍ତି। ସେଥିପାଇଁ ଆମେ ଦୃଢ଼ ପ୍ରତିଜ୍ଞା ବଦ୍ଧ ଆମେ ତାଙ୍କ ଏହି ଅଭିଯାନରେ ତାଙ୍କର ସହାୟତା କରିବୁ। ଏକଥା ଶୁଣି ଗାଁ ଲୋକ ବୁଝିଗଲେ ପ୍ରକୃତ କଥା କ'ଣ ଓ ଶ୍ୟାମାଦେବୀଙ୍କୁ ଖରାପ ବୋଲି ଗାଳିଦେବାକୁ ଲାଗିଲେ। ଜନାର୍ଦ୍ଦନ ବାବୁ ସେହି ସଭାରେ ଉଠି ନୀଳ ଦିଦିଙ୍କୁ ବିବାହ କରିବାର ପ୍ରସ୍ତାବ ରଖିଲେ। ଏହା ଦେଖି ସରପଞ୍ଚ ଖୁସିରେ ସ୍ୱାଗତ ଜଣାଇ ନୀଳଦିଦିଙ୍କୁ ଦୋଷ ମୁକ୍ତକଲେ। ଜନାର୍ଦ୍ଦନ ବାବୁ ଖୁସି ହେଲେ ଯେ ସେ ତାଙ୍କର ତେନାଲିରାମାର କଥାବୃତ୍ତିର ପୁନରାବୃତ୍ତି କରି ଏକ ଭଲ କାର୍ଯ୍ୟ କରିଛନ୍ତି ବୋଲି। ନୀଳ ଦିଦି ମଧ୍ୟ ଖୁସି ହୋଇଗଲେ।

ଅଦୃଶ୍ୟ ଶକ୍ତି

ସକାଳର ସୁନେଲି କିରଣ ସହ ଭାବ ବିହ୍ୱଳ ହୋଇଗଲି ଏକ ପୁରୁଣା ସ୍ମୃତି ମନରେ ଉଙ୍କିମାରିଲା। ଶରୀରର ଲୋମ ଟାଙ୍କୁରି ହୋଇଗଲା।

ମାନବ ସମାଜ ଆଜି ପ୍ରଗତିର ବହୁ ଉଚ୍ଚରେ। ମାତ୍ର ଯେତେବେଳେ ବିପଦ ଆପଦ ପଡେ ସେତେବେଳେ ମନେପଡନ୍ତି ଏଇ ବିଶ୍ୱନିୟନ୍ତା ଏବଂ ସେ ମଧ୍ୟ ସଦାସର୍ବଦା ତାଙ୍କ ହାତ ପ୍ରସାରିଥାନ୍ତି ତାଙ୍କ ରଚିତ ସୃଜନକୁ ତାଙ୍କ ପଣତ ରୂପକ ଆଶିର୍ବାଦରେ କୋଳେଇ ନେଇ ଅଭୟ ପ୍ରଦାନ କରିବା ନିମନ୍ତେ।

ଏହାକୁ ନେଇ ମୋର ଏକ କ୍ଷୁଦ୍ର ଅନୁଭୂତି।

ଦଶହରାର ସମୟ। ମା ଜଗତଜନନୀ ଧରାପୃଷ୍ଠକୁ ମଣ୍ଡିତ କରିଥାନ୍ତି। ସମସ୍ତଙ୍କ ମୁଖରେ ମାଆଙ୍କ ଶ୍ଳୋକଉଚ୍ଚାରଣ। ମନ୍ତ୍ରମୁଗ୍ଧ ସାରା ଧରିତ୍ରୀ। ଆମେ ମଧ୍ୟ ଖୁସିରେ ମାଆଙ୍କ ପୂଜାରେ ଧ୍ୟାନ ଥାଉ। ଦଶହରା ସମୟରେ ଛୁଟିଥାଏ ତେଣୁ କିଛି ସମୟ ମିଳେ ଘରକୁ ଆସି ବାପାମାଆଙ୍କ ସହ ବ୍ୟତିତ କରିବାକୁ। ଖୁସିର ସମୟ। ସମସ୍ତେ ହସ ଖୁସିରେ ମସଗୁଲ। ହଠାତ୍ ବାପାଙ୍କର ଶରୀର ଅସୁସ୍ଥ ହେଲା। ନିକଟସ୍ଥ ଡାକ୍ତରଙ୍କ ପରାମର୍ଶ ପାଇଁ ଗଲୁ। ସେ କହିଲେ କିଛି ଅସୁବିଧା ନାହିଁ ସାମାନ୍ୟ ବଦହଜମି ହୋଇଯାଇଛି। ମାତ୍ର ତାର ଔଷଧ କାଟୁ କଲାନାହିଁ। ସଙ୍ଗେସଙ୍ଗେ ଆମେ ଭାଇଭଉଣୀ ତାଙ୍କୁ ନିକଟସ୍ଥ ଡାକ୍ତରଖାନାକୁ ନେଇଗଲୁ ସେଠାରେ ସେ କହିଲେ ହୃଦଘାତ ଜନିତ ସମସ୍ୟା। ତାଙ୍କୁ ଡାକ୍ତରଖାନାରେ ଆଡମିଶନ କରେଇଲେ। ଏହାଶୁଣି ଆମକୁ ଚତୁର୍ଦ୍ଦିଗ ଅନ୍ଧକାର ଦିଶିଲା।

ବୟସରେ ସାନ। କୌଣସି ଅଭିଜ୍ଞତା ନାହିଁ। କ'ଣ କରିବୁ। ତଥାପି ସେଇ ମୁହୂର୍ତ୍ତରେ ମୋର ଆରାଧ୍ୟ ସାଇ ବାବାଙ୍କୁ ସ୍ମରଣକରି ତାଙ୍କ ଅଶିଷ ନେଲି। ସେ ହିଁ ରକ୍ଷାକର୍ତ୍ତା। ଘରେ ମାଆର ଅବସ୍ଥା ଅସମ୍ଭାଳ। ବାପାଙ୍କୁ ଘରକୁ ଆଣ। ହଁ ଭରିବା ସହ ଆଶ୍ୱାସନା ଦେଲୁ। ମାତ୍ର ଡାକ୍ତରଙ୍କ ପରାମର୍ଶ ଅପରେସନ ହେବ। ଅର୍ଥର ଯୋଗାଡ କର। ଅର୍ଥର ପରିମାଣ କିଛି କମ୍ ନୁହେଁ। ସମସ୍ୟା ଭିତରେ ଆମ ମସ୍ତିଷ୍କ କିଛି କାମ କରୁନଥାଏ। ଭାଇକୁ ଧୈର୍ଯ୍ୟ ଧରିବାକୁ କହି ମୁଁ ବାହାରିଆସିଲି।

ପାଦ ପଡୁନଥାଏ ମାତ୍ର କଥାରେ ଅଛି ଝିଅ ଜନମ ପରଘରକୁ। ପ୍ରକୃତରେ ନିଜ ଜନ୍ମିତ ବାପାମାଆଙ୍କୁ ଛାଡିଦେଲେ କେହି ତୁମ ଅନ୍ତରର ବେଦନା ବୁଝିବେ ନାହିଁ। ଭଗବାନଙ୍କ ଭରସାରେ ଛାଡି ମୁଁ ଆଗେଇଲି ମୋର କର୍ତ୍ତବ୍ୟ ପଥରେ। ସେଦିନ ଠାରୁ ନା ଆଖିର ଲୁହ ଶୁଖୁଥାଏ ନା ନିଦ ଆସୁଥାଏ ନା ଖାଦ୍ୟ ରୁଚୁଥାଏ। ପ୍ରତି ମୁହୂର୍ତ୍ତରେ ସେହି ଭଗବାନଙ୍କୁ ଡାକୁଥାଏ କେମିତି ଏ ସମସ୍ୟା ଟଳୁ ଓ ଆମ ବାପା ଭଲ ହୋଇ ଘରକୁ ଯାନ୍ତୁ।

ହଠାତ୍ ଦିନେ ରାତିରେ ଶୋଇଛି ମତେ ଲାଗିଲା ଯେମିତି ଏକ ଅଦୃଶ୍ୟ ଶକ୍ତି ମତେ ଡାକୁଛି। ଏକ ବହି ଓ ତା ଭିତରେ ଏକ ଗୋଲାପଫୁଲକୁ ଦେଖାଉଛି। ବାରମ୍ବାର ସେହି ଦୃଶ୍ୟ ମୋ ସାମନାକୁ ଆସିଲା। ତାର ଅର୍ଥ ମୁଁ ବୁଝିପାରିଲି ନାହିଁ। ମୂଢ ମଣିଷ ଆମେ ଭଗବାନଙ୍କ ଇଶାରା ବୁଝିବାରେ ବି ଅସମର୍ଥ। ତା'ପରଦିନ ସକାଳୁ ଉଠି ସମସ୍ତଙ୍କୁ ପଚାରିବାରେ ଜଣାଗଲା ଏହା ବାବାଙ୍କ ନିର୍ଦ୍ଦେଶ। ବହିର ଅର୍ଥ ବାବାଙ୍କର ଏକ ସାପ୍ତାହିକ ପାରାୟଣ ଉତ୍ସବ ହୁଏ ଏବଂ ଗୋଲାପ ଫୁଲ ବାବାଙ୍କର ଅତି ପ୍ରିୟ। ଏଥି ପୂର୍ବରୁ ମୋର ଧାରଣା ନଥିଲା ଏ ବାବଦରେ। ସେପଟେ କିଛି ରାହା ମିଳୁନଥାଏ ବାପାଙ୍କ ଅପରେସନ ପାଇଁ। ପାରାୟଣ ଆରମ୍ଭ କଲି। ମନରେ ସାଇଙ୍କ ଛବିକୁଧରି। ସାତଦିନ ଗଲା। ସେପଟେ ଭାଇ କହିଲା ଅପରେସନ ହେବ। ସାଧମତେ ଅର୍ଥର ଯୋଗାଡ ହୋଇଗଲା। ଠିକ ସମୟରେ ଅପରେସନ ହେଲା। ଡାକ୍ତର କହିଲେ ଠିକ୍ ସମୟରେ ଆଡମିସନ ହୋଇଛି। କିଛି ଅସୁବିଧା ହେବ ନାହିଁ। ଆମର ଅସହାୟତା ଦେଖି ସେ ସାମନାରୁ ଭଗବାନଙ୍କ ପରି ଆସି ଆମକୁ ଆଶ୍ୱାସନା ଦେଲେ। ଆମର ଆମ ଛଡା ଓ ଭଗବାନଙ୍କ ଛଡା ଆଉ କେହି ଭରସା ନଥିଲେ। ଶେଷରେ ତାଙ୍କ ଆଶିଷରୁ

ବାପା ସୁସ୍ଥହେଲେ, ଘରକୁ ଆସିଲେ। ବହୁତ ବଡ ବିପଦ ଟଳିଗଲା। ସବୁ ସେହି ଭଗବାନ ଓ ସାଇବାବାଙ୍କ ଆଶିର୍ବାଦରୁ ସମ୍ପନ୍ନ ହେଲା।

ପ୍ରକୃତରେ ସାଇବାବା ହିଁ ସୁପରଷ୍ଟାର ଆମ ଜୀବନରେ। ଭଗବାନଙ୍କ ବିନା ମନୁଷ୍ୟର ଗତି ନାହିଁ। ତାଙ୍କ ବିନା ନିର୍ଦ୍ଦେଶରେ ଗଛର ପତ୍ର ମଧ୍ୟ ହଲିବ ନାହିଁ।

ତେଣୁ "ଶ୍ରୀ ସାଇ ଚରଣେ ପ୍ରଣତି,

ସଭିଏଁ ଲଭନ୍ତୁ ପ୍ରଶାନ୍ତି।"

■

ଗଳ୍ପ ଓ ଗାଳ୍ପିକାଙ୍କ ସମ୍ପର୍କରେ ଦୁଇପଦ

ମନ୍ଦିର ମାଳିନୀ ଭୁବନେଶ୍ୱରରେ ଜନ୍ମିତ ପିତା- ରାଜକିଶୋର ଶତପଥୀ ଓ ମାତା- କନକଲତା ଶତପଥୀଙ୍କର କନ୍ୟା ସୁଚିସ୍ମିତା ଶତପଥୀ । ତାଙ୍କର ଲେଖା ଲେଖିରେ ଆଗ୍ରହ ବୁଦ୍ଧି ଜାଣିବା ଦିନ ଠାରୁ। ଜୀବନ ଜଞ୍ଜାଳ ଓ ସରକାରୀ ଚାକିରୀର ବ୍ୟସ୍ତତା ଭିତରେ ଲେଖାଲେଖିକୁ ସେ ପ୍ରାଧାନ୍ୟ ଦେଇ ଆସିଛନ୍ତି।

ଆଜି ଜଣେ ପ୍ରତିଷ୍ଠିତ ଇଂଜିନିୟର ହୋଇ ବାରିପଦା ସଦର ବ୍ଲକରେ କନିଷ୍ଠ ଯନ୍ତ୍ରୀ ରୂପେ ଅବସ୍ଥାପିତ। ସୁଚିସ୍ମିତା ଲେଖିଥିବା ରୋମାଞ୍ଚକର ଓ ଦୁଃଖପୂର୍ଣ୍ଣ ଗଳ୍ପ "କଳିକା"ର ପାଣ୍ଡୁଲିପିଟି ଆମୂଳାନ୍ତ ପଢିଲି। ଜୀବନରେ ସୁଖ ଅଛି, ଦୁଃଖ ଅଛି - "ଚକ୍ରବତ୍ ପରିବର୍ତ୍ତନ୍ତେ ସୁଖାନିଚ, ଦୁଃଖାନିଚ"। ସୁଖରେ ବିହ୍ୱଳିତ ନହେବା, ଦୁଃଖରେ ବିଚଳିତ ନହେବା ହିଁ ସଫଳ ଜୀବନ ଯାତ୍ରାର ଲକ୍ଷଣ, ଯାହାକି ସୁଚିସ୍ମିତାଙ୍କ କ୍ଷେତ୍ରରେ ଦେଖାଦିଏ। ଦୁଃଖକୁ ନିଜର କରି ସୁଖକୁ ସ୍ୱାଗତ କଲେ ସୁଖ ଦୁଃଖରେ ସମୋଚିତ୍ତ ରହି ଜୀବନ ବିତାଇଲେ ହିଁ ମଣିଷ ମଣିଷ ପରି ବଞ୍ଚିପାରିବ, ଅନ୍ୟଥା ତ ନୁହେଁ।

ଏହି ସନ୍ଦେଶ ଏହି ସଂଶିତ ସାହିତ୍ୟିକ କୃତି ତଟିନୀର ଅନ୍ତଃସ୍ରୋତ। ଗଳ୍ପଟିର ନାମକରଣ ଚମତ୍କାର। ଶିରୋନାମା ବିଷୟବସ୍ତୁ ନିହିତ ସନ୍ଦେଶର ସମ୍ବାହକ। ଆଶା ଓ ବିଶ୍ୱାସ ଲେଖାଟି ବିଜ୍ଞ ଓ ପାଠକ ବର୍ଗଙ୍କ ସ୍ୱୀକୃତି ଓ ଆଦୃତି ଲାଭ କରିବ।

।। ଇତି ଶମ୍ ।।

www.ingramcontent.com/pod-product-compliance
Lightning Source LLC
La Vergne TN
LVHW041711060526
838201LV00043B/681
9789395374439